桑玠 著

你听得到

江苏凤凰文艺出版社
JIANGSU PHOENIX LITERATURE AND ART PUBLISHING

图书在版编目（CIP）数据

你听得到 / 桑玠著. -- 南京：江苏凤凰文艺出版社，2023.9

ISBN 978-7-5594-7812-2

Ⅰ.①你… Ⅱ.①桑… Ⅲ.①长篇小说－中国－当代 Ⅳ.①I247.5

中国国家版本馆CIP数据核字（2023）第097953号

你听得到

桑玠 著

责任编辑 王昕宁
策划编辑 小 米 靴 子
特约编辑 连 慧
装帧设计 有点态度设计工作室·蜀黍
责任印制 刘 巍
出版发行 江苏凤凰文艺出版社
南京市中央路165号，邮编：210009
网 址 http://www.jswenyi.com
印 刷 天津鸿彬印刷有限公司
开 本 880毫米×1230毫米 1/32
印 张 10.25
字 数 280千字
版 次 2023年9月第1版
印 次 2023年9月第1次印刷
书 号 ISBN 978-7-5594-7812-2
定 价 49.80元

“想听歌吗？”

“好。”

“我想听。”

“你准备唱哪首？”

“《今夜晓晓》。”

缘来则聚，缘去则散，

网络上的 Djay 留给你们，今后现实中的谢修弋，

只属于柯姣。

菠菜的频道 ID：20150505 2.5W

Djay

菠菜

麦序模式

岱华

白银

夕元

贺曲优

古奈

——pia戏厅——

——办公室——

——秘密基地——

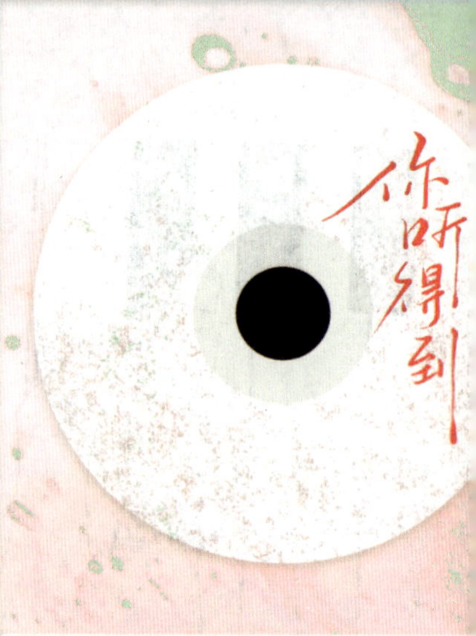

目　录/ contect

无论你来不来，我就在这里。

等着你，不离开。

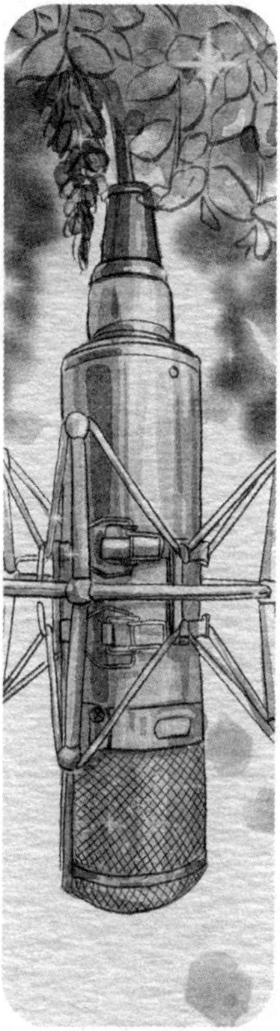

楔子

长清录

下午五点左右。

柯姣把家里的暖气再调高几度，抱着笔记本电脑窝进被窝，吸了吸被纸巾擦得红红的鼻子，点开微博，刷新界面。

她这两天感冒，吃了药原本昏昏欲睡，可这时眼睛突然瞄到刚跳出来的第一条微博，整个人瞬间就清醒了。

天啊……没看错吧？ Djay 竟然发微博了！

她拼命揉了揉眼睛，热血沸腾地坐直了身体，赶紧把脸凑到屏幕前仔细看。

【(五人合唱)《长清录》，K 站首发。词：Djay，曲：Djay，唱：Djay、岱华、白银、蘑菇酱、凯凯，混音：岱华，人设、海报：殇殇。】

这条微博干净、简洁，没有一丝多余的废话，再看一眼发微博的人，的确是已经快一个月没在微博上出现过的 Djay 本人用他的微博客户端发布的。

她记得，公子上一次出歌，好像……已经是去年的事情了吧？

Djay，昵称公子，网络配音圈、古风圈、翻唱圈的全能歌手。

这是她心目中唯一的偶像，也是她在网络上喜欢了整整三年的绝好声音。

柯姣颤抖着手再刷新了一下，短短两分钟内这条微博就已经有近千条回复，根本不用点开看就知道他的粉丝都沸腾了。柯姣手忙脚乱地爬到床头柜上去拿耳机插进电脑，赶紧先点开 K 站音乐链接听歌。

舒缓而悠扬的笛声旋律动听婉转，一个接一个知名好声音接连出现，岱华的声音磁性醇厚，白银的高音震撼，蘑菇酱的声音甜软，凯凯的少年音柔和，柯姣一直屏住呼吸静静听着，直到那个最熟悉的嗓音出现。

“长歌夜半江湖，清都冷漠征途。”

Djay 的声音出现的第二秒，她就激动得快要哭了。

他的声音冷漠中带着温度，疏离中带着亲近，清亮而透彻，只听一次便能彻底沦陷，他的声线甚至根本无人可以效仿。

“太好听了……”柯姣默默感叹一句，眼泪汪汪地再次抽纸巾擦了擦鼻涕，“为什么能这么好听……”

只有真正热爱着音乐的人才能体会，这种偶像出现的瞬间究竟能够让人多么疯狂，说是整个世界都亮了也不为过。

柯姣认认真真地把整首歌下载下来先听了五遍，再去点开 Djay 那条微博的评论，评论量瞬间已经飙升到了五千多条。

【公子我爱你！啊啊啊！】

【Djay 都大半年没出新歌了，一出竟然是合唱，还只有三句独唱，可就算这样我还是感动得好想哭。】

【我听得整个人都快化掉了，公子你那么美是想怎样啊！】

【我今天晚上不睡了，要把这首歌循环播放一夜。】

柯姣感同身受地看了会儿评论，心情激荡地拿起手机拨给闺密曾倩。

“倩倩，我现在真的好激动，我偶像出新歌了你知不知道！他竟然出新歌了！”

曾倩那边环境有点嘈杂，过了几秒才传来声音：“又是那个叫 Djay 的网络配音演员兼古风歌手？”

“嗯嗯！”

“瞧你这点出息，你说说，不就是个网络上的男人吗？看不见摸不着的，可你对他倒比对你现实生活中的事情都更上心。”

“我也不是随便犯花痴的人，他唱功又好又有才，为人还低调，这种人值得被称为偶像啊。”一谈起 Djay，柯姣就忍不住啰嗦起来，“你知不知道，在网络配音圈和古风音乐圈，他就是如同神一般的存在。要我说，你带的那些艺人，根本没一个比得上他……”

“行了行了，这个点都快吃晚饭了，你先伺候好谢少爷吧，小、厨、娘。”

曾倩话音刚落，柯姣就像瞬间被人枪杀一般，整张脸都绿了。

沉默几秒，她慢慢僵硬地从被子里爬出来：“曾倩，我恨你。”

曾倩在电话那头干笑了两声：“我知道。”

“我真的恨你。”柯姣将手机开了免提扔在被子上，皱着眉头从衣柜里翻出衣服来往身上套，“现在外面越来越冷了你知道吗？我还重感冒了……”

“嗯嗯，好好做菜，我艺人叫我了，先挂了。”

柯姣幽怨地听着电话那头传来嘟嘟的忙音，垂头丧气地围上围巾，将手机和钥匙塞在衣服口袋里，去厨房拿了早上买好的两袋菜，走出家门。

步入了十二月，T 市的天气也越来越冷，柯姣把整张脸都埋在围巾里，一边用手机播放《长清录》安慰自己，一边快步穿过马路，笔直地朝前走去。

她步行了不到五分钟，很快就来到了一栋独立的白色大厦前。

柯姣坐电梯上楼到了二十层，熟门熟路地拐出电梯，按响 2001 户的门铃。

大约等了快十分钟，紧闭的大门才从里面轻轻打开。

一张熟悉的苍白的脸从门后显露出来，如往常般毫无血色。

“不知道的人还以为自己看到了吸血鬼……”柯姣被吓了一下，没好气地伸手推开大门，走进屋子。

对方没理她，看了她一眼，又重新回到沙发上。

柯姣换上拖鞋，关上门，抬眼看向在沙发上专注地打游戏机的男人：“今天做青椒土豆丝、辣子鸡和红烧茄子，怎么样？”

“不要茄子。”过了几秒，一个冰冷而好听的男声在游戏机的背景音中慢悠悠地响起。

“那芹菜呢？”

“也不要。”

柯姣拎着两袋菜，脸上青筋迭起：“谢修弋，你不爱吃的食物完全可以做成一本食谱你知道吗？我从来没见过像你这么挑食的人。”

被唤作谢修弋的男人的视线始终没从电视屏幕上移开过：“做肉类。”

“你已经连吃两天红烧肉了。”柯姣愤恨地看着他细长的手臂和腿，“你是吃不胖，我这两天却已经胖了一斤了，这样下去，我都要出不去这个门了。”

过了一会儿，谢修弋才淡淡道：“那就从阳台出去。”

柯姣翻了个白眼，气呼呼地进了厨房。

柯姣深知他挑食的毛病，到最后还是选了虾代替他不爱吃的茄子，等把菜端上桌，谢修弋才关上游戏机，慢慢走来餐桌边坐下。

柯姣因为感冒，这两天胃口一直不是太好，她帮他盛了饭和汤，挑出了自己吃的部分，就低头继续刷 Djay 的微博，偶尔抬头看他一眼。

虽然已经连着看了几天，但她还是不得不承认，这个吸血鬼一般的男人，长得还不错。

谢修弋五官精致，手生得好看，身材又好，就是脾气实在是怪诞，也难怪虽然曾倩的经纪公司被他虐得不轻，但也拼了老命想把他给捧红。

“吃完了。”

就在她想得入神的时候，谢修弋已经放下了碗筷，一双漂亮的黑色瞳孔静静地望着她：“明天我要吃荔枝和西瓜。”

柯姣愣了一愣，轻轻蹙蹙眉头：“现在都十二月了，这两种水果都是夏季才有的。”

“就要这两样。”他不再多话，轻轻把筷子放在碗边，起身居高临下地看她一眼，“要新鲜的。”

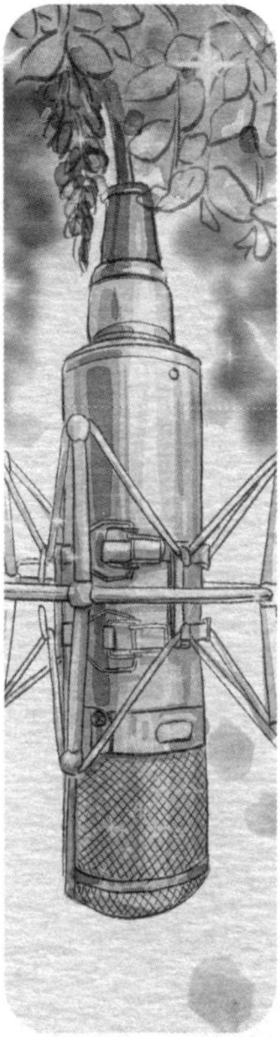

第一卷
兰亭序

第一章　凤仙引

直到走出谢修弋家门的时候，柯姣还是气得头晕眼花的。

她发现谢修弋不仅高冷，而且还有天独厚的使唤人的技能，就连最基本的生活常识都不具备。

现在是寒冬，他竟然让她去买两种夏季才有的新鲜水果，真当她是叮当猫吗？

柯姣抬手按下电梯按钮，无奈地裹紧了围巾，不禁又想起三天前犹如噩梦一般的夜晚。

那天晚上她正好在电脑前写新文的大纲，家里的门铃突然被按响了，刚打开门，就见曾倩像土匪一样地闯进了她的家，后面还跟着她从未见过的谢修弋。

“介绍一下。”曾倩气定神闲地站在她家客厅，指了指一身黑衣的谢修弋，“这是我们公司最近新签的男歌手，谢修弋。”

柯姣站在原地一头雾水，木然地看向眼前的陌生男人：“你好。”

谁料对方都不瞧她一眼，脸上没什么表情地看向一边。

“来，你先坐吧。”曾倩笑得像条大尾巴狼一样地拉开椅子，让谢修弋坐下，然后一把抓住柯姣的手臂往厨房走，“菠菜你跟我来。”

“到底怎么回事？”等关上厨房门，柯姣终于忍不住开口道，“你带你的艺人来我家干吗？”

“别提了，真是一言难尽。”

曾倩一双大眼睛转了两圈，清了清嗓子道：“你刚刚看到的人，风华绝代，才华横溢，我敢发誓，这是我当经纪人以来看过的绝无仅有的可塑之才。”

“然后呢？”柯姣揉了揉太阳穴，“讲重点。”

“然后……这位先生什么都好，就是性格相当奇怪。”曾倩的声音听起来充满感慨，“他当时是被人举荐来我们公司的，虽然不是自愿，但还是来面试了，谁知道一首歌就让老板当场定下来签他，照理来说，任何人都会好好把握这种机会，早日一炮而红。”

“但谁知道，他自从签了合同，就失踪了，整整一个月，发短信不回，打电话不接，前天晚上我忍无可忍直接去他家堵人，在门口好说歹说劝了他一个小时，他才肯开门让我进去。”

说到这里，曾倩好像是回忆起了什么极其恐怖的事情：“你敢相信吗？长得那么好看的一个男人，整整一个月连一步也不跨出家门，从早到晚只吃泡面，也不和任何人交流，我们还担心他是不是死了……”

“奇葩。”柯姣直接给出了自己的第一主观意见。

“对，真的是，只能用这个词来形容。”

“所以，你就是想让我见识下奇葩？”

“不是。”曾倩顿了顿，似乎是在思考应该怎样措辞，“那个……菠菜啊。”

柯姣凭着多年和她相处的经验，心里马上就有一种不太好的预感。

“我对你很好吧？我们是一辈子最好的闺密吧？”曾倩突然两手紧紧扣住她的肩膀，神情夸张道，“我们的友谊如同钻石般牢不可破吧？”

柯姣一听她的京剧腔就浑身发寒：“你要我帮什么忙？除了卖身。”

“那怎么会？我像是那种人吗？”曾倩假装义正词严地反驳了两句，才切入正题，“嗯，就是，我就是想请你从明天开始，每天去门外那位奇葩的家里给他做一日三餐……”

柯姣把她那段话在脑子里反复琢磨了两遍，然后甩开她的手：“曾倩你疯了吧？”

“我没疯！你先听我把话说完！”曾倩急得大喊，“今天早上他和我们老板签了个军令状，他禁止我们对他的生活模式指手画脚，但他会在一个月之内写出十首歌。”

“那这和要我去他家做饭有什么关系？”

“你要知道，我们老板已经在为他策划他的第一张个人专辑了，我们担心他没写出歌前就会先把自己饿死，那我们的巨资不就打水漂了吗？”

柯姣挑了挑眉：“那你们为什么不去帮他请一个专业的钟点工或者厨师来做饭？”

“因为他说钟点工的厨艺太糟糕，他已经辞退过十几个了。”

“我的厨艺就这么好吗？”

“至少我身边所有人里，没有一个人的家常菜能做得像你这么好，而且你又是全职作家，时间宽裕、灵活性大，反正你自己也要吃饭，只是多做一个人的量而已，对了，你家里现在有什么食材？要不你先随便做点什么，看看对不对谢大少爷的胃口？”

柯姣沉默地咬着嘴唇，目光定定地看着曾倩。

“菠菜，我知道这件事很荒诞，但是我真的请求你帮我这个忙，我不想眼睁睁地看着一个奇才因为自己性格上的缺陷沦为平庸。”曾倩毫不退让地和她对视，“你不是也很喜欢让人心动不已的好声音吗？”

柯姣叹了口气，她能理解曾倩的心情，无论身处什么样的行业，谁都不愿意放过一个或许能改变那个行业的人物。

更何况，曾倩就是凭着一颗喜爱音乐的心，才能在身边所有人的反对下毅然放弃重点院校的邀请，选择成为经纪人挖掘潜藏的“明日之星”。

这个时代，的确迫切需要格格不入的人才。

“好。”柯姣思虑良久，还是咬着牙点了头。

她终究是狠不下心拒绝闺密如此诚恳的请求，而她也不得不承认，她对这位奇才也确实有点兴趣。

说不定，在和他相处之后，他能给她灵感，创造出下一本书的男主角呢？谁让她是个以灵感为生命的全职作家。

反正，对她而言，也就是多了个饭友而已，就当是……体验生活、积累素材吧。

“菠菜，我爱你！”听到她的肯定回答，曾倩激动得一把抱住她，“我真的太爱你了！你就是救世主！世界的骄傲！”

柯姣又听着她语无伦次了一刻钟后，终于无奈地开口打断：“我还有最后一个问题。”

“你说！”

“这个‘御用厨娘’的角色要持续多久？”

“我给不了你保证，万一他真的认可你的厨艺了，你短期之内就走不了了。”

“你确定不会发展到要卖身为奴的地步吗？”柯姣抚了抚额头。

“这点我用我男朋友的生育能力向你保证。”曾倩回答得格外快，“我觉得他不仅仅是对女人没兴趣，他是对任何活着的生物都没有兴趣。”

虽然这个回答有些诡异，但好歹也算是曾倩豁出去了的回答，柯姣本就不是喜欢唠叨的人，“嗯”了一声，就去冰箱里拿食材了。

等她端着一盘炒蔬菜和一碗黑椒排骨出来的时候，传说中的奇才似乎已经靠在椅子上睡着了。

“来，尝尝我闺密的手艺。”曾倩大大咧咧地走过去，一把将他拍醒。

“味道应该也谈不上太好，凑合着吃吃看吧。”柯姣将筷子递给他。

谢修弋似乎还是很困倦，没说话，只是伸手接了筷子。

他抬头的工夫，柯姣才看清楚他的脸，嗯……还真是长得挺好的。

眉目俊秀，鼻子俊挺，皮肤白皙却不阴柔，眼睛黑亮且深邃，非常漂亮。

“咳咳。”一愣神的工夫，她就被满脸无语的曾倩用手臂挤了挤。

“不错。”

柯姣刚想抬手捏她，就听到一道冰冰凉凉的男音横空响起。

“真的？”曾倩反应极快，眉飞色舞地看着谢修弋，兴奋地问，“你喜欢菠菜做的菜？”

谢修弋面无表情地继续吃着，过了一会儿，才回应：“肉做得不错。”

“太好了！”曾倩高兴得连连拍柯姣的肩膀，“菠菜，你真是太神了，恭喜你通过魔鬼测试！”

柯姣无奈地抚了抚额头。

“谢先生家的住址是长乐路 1288 号 2001 室，这上面还有手机号，我先跟我男朋友约会去啦，你跟他好好相处啊。”还未等她多想，曾倩已经塞了一张纸条到她的手里，一溜烟地跑出了门。

留下柯姣略尴尬地坐在谢修弋对面，默默看着他将饭菜全都吃完，留下空空的碗。

她是不是……应该先做个自我介绍？

“我叫柯姣，职业是全职作家。”她轻咳一声，尽量好声好气地说话，“我平时早中晚什么时候过去做饭你比较方便？”

他沉默几秒，答道：“随意。”

“我的作息比较健康。”她望着他，“我的三餐时间分别是早上八点、中午十二点、晚上六点。”

他从鼻腔里“嗯”了一声。

她静静看着他，想了想说：“我知道你不乐意自己的屋子里有别人走来走去，我也不乐意去一个陌生人家里做饭，但是你放心，我绝不会干涉你的任何个人隐私。我的生活也很简单，不会给你带来麻烦，我就按照这三个时间点来你家。”

她见他没说话也没反驳，点了点头：“就这样说好了。”

柯姣刚想起身收拾碗筷，却见谢修弋突然慢慢从衣服口袋里拿出一样东西放在了桌子上。

柯姣低头一看，发现是一把钥匙。他居然把他家的备用钥匙给她了。

谢修弋此时很快从椅子上起身，朝玄关走去。

她拿起银色的钥匙，探出头看了一眼在玄关穿鞋的谢修弋，突然挑着眉开口道：“多说一句话你会死吗？”

过了几秒，只听门外传来六个字：“明天做红烧肉。”

柯姣对着他高瘦的背影愣了一会儿，抬手揉了揉不停在跳的太阳穴。

她真的很怕自己日后会对他动手。

第二天早上起床的时候，柯姣总觉得自己的梦里都飘着红烧肉的味道。

她可真是被曾倩给推进了一个巨大的坑里，阳光明媚的早晨，她居然要一路奔波去给谢修弋从暖棚里采摘新鲜反季节水果。

柯姣好不容易弄到了他要的两样水果，拎着沉沉的西瓜走在路上，反复在心里对自己说，对熊孩子要宽容些。

她用备用钥匙打开门，发现客厅里没有人，便站在玄关清清嗓子："谢修弋？"

等了很久，回答她的还是一室的寂静。

奇怪，平时这个点他基本上都已经醒来在打游戏了，她猜想他可能是昨晚熬夜，现在在卧室里睡觉。

这么想着，她便打算在客厅等他起床后再给他做早饭，随后拿出随身携带的带键盘的平板电脑放在桌子上，准备先把即将出版的那本书的番外给写完。

柯姣登上微博，Djay 昨晚刚发的那首《长清录》转发量已达六万，直接被推上了 K 站首页的排行榜第一，标题写着"本年度最佳古风歌曲"，再一看，还登上了热门微博第二条的位置。

Djay 是个异类，也是唯一一个不申请微博名人认证，却拥有百万粉丝的博主。

这就是她偶像让人叹为观止的人气和实力，谁与争锋？

她再听了两遍《长清录》，然后登录聊天软件，看到小头像闪动，点开对话框，发现是自己读者管理群的管理员之一衣衣。

【衣衣：菠菜，《回到过去》的广播剧前期所有准备工作都完成了，接下来就是考虑配音演员的阶段，我和导演、编剧想来问问你比较想让谁来给男主角和女主角配音？】

【菠菜：男主角 Djay，女主角暂时还没想好。】

【衣衣：你做梦去吧，公子他都一年没接过新广播剧了，没看到他微博简介上那句高冷的"懒癌晚期，什么都不接"吗？】

【菠菜：可你问我想让谁来配音，你知道我就这么一个偶像啊……】

《回到过去》是她刚出版不久的作品，主要讲述一对演艺行业天王、天后级别的情侣，因为诸多原因一别多年后，经历风风雨雨终成眷属的故事。

其实她在写那本作品时，潜意识里就把 Djay 身上的一些性格特征放在男主角身上，虽然她根本不认识他，但凭着对他声音的热爱和他在微博上的只言片语，努力塑造出了这么一个人物形象。

不过读者都是火眼金睛，当初这本作品在连载时，就有好多人觉得男主角和 Djay 很像。

【衣衣：你听我说，我去帮你请哪位老师来配音都行，唯独 Djay 你想都别想了。】

【菠菜：为啥？】

【衣衣：首先，他有时间吗？你看他连微博都几个月才上一次，还从来不看私信和评论，据和他合作过的策划人员说，给他发消息他也从不回，除了交音的时候露个面。再者，他这三年一共才配了几部广播剧？我一只手都数得过来。而且，他的性子和喜好谁都捉摸不透，连商业配音界的名人邀请他去配电视剧他都不去。最关键的是，他从来不接现代广播剧，只接古风广播剧。综上所述，他会答应配《回到过去》的可能性是零。】

【菠菜：可是我只想要他来配音，他是我心中唯一的人选，根本不可能有人比他更适合我的男主角。】

【衣衣：行了，我不想跟你多废话，你给我闭关写文去，这件事改日再议。】

【菠菜：别这样！】

既被告知绝不可能请到 Djay 来配音，又被自家管理员如此嫌弃，柯姣只能心塞地打开音乐软件，点开歌单第一列那首播放量将近三千的歌曲《凤仙引》。

毋庸置疑，这首歌曲自然出自 Djay。

三年前，她和万千粉丝一样，就是因为这部古风广播剧，以及这首由 Djay 本人作词作曲并亲自演唱的广播剧同名片尾曲，一夜之间就喜欢上他的声音。

也就是这部广播剧，将他彻底捧上了网络配音圈中的至尊地位，无人能撼动。同时，他也因为在这部广播剧中所配的角色，被所有粉丝亲昵地唤成公子，他曾浅浅涉足歌曲翻唱，让所有人都知晓了一点——根本没有 Djay 不擅长的领域。

清亮、慵懒、迷人，那样的声线才能真正称得上绝美。

但遗憾的是，从那往后他除了接过几部制作无比精良的广播剧，出过几首单曲之外，其余时间都毫无音信。

他沉默寡言，不善交际，态度高冷淡薄，始终游离于大众视线之外，不发布自己的照片，不分享现实生活中的活动，不花心思维护粉丝群体……他的性格绝对谈不上好，与其他配音演员相去甚远。

可越是这样，越引得人们疯狂地想要靠近他。

柯姣再听了两遍《凤仙引》，觉得有些口渴，便起身拿起袋子走到厨房里去洗水果。

刚洗了两个荔枝，她突然觉得有些不太对劲，猛地转过头就看到了一张放大的男人的脸。

“喂……”她猛地倒退一步，差点被他吓出心脏病来，“你怎么走路连声音都没有？”

谢修弋见她吓得脸色都白了，却毫无歉意地往后仰了仰，脸上始终没什么表情。

“今天早餐是馄饨，你先去洗漱。”她挥了挥手，示意他赶紧先离开。

他淡淡看了她几秒，视线很快移开，只扔下了四个字：“先切西瓜。”

她还没反应过来，他就已经径直离开了厨房。

她每天对着如此好看的男人，却总在想着怎样把他这张脸给挠花……

她切完西瓜，再洗了荔枝，端着盘子走到茶几边放下，却没有动。

谢修弋正维持着一如既往的姿势打游戏，见她挡住了自己的视线，他蹙了蹙眉，按了暂停键，抬头看她。

“我只是有个小小的疑惑。”她拿起一个荔枝剥开，放在嘴里，“只要我看到你，你不是在睡觉，就是在打游戏，这样子到月底之前，你真的能写出十首歌吗？”

他放下游戏手柄，拿起一片西瓜，继续沉默。

“罢了，反正会被曾倩和你们老板撕成碎片的人不是我。”她见他一副嫌她多管闲事的模样，摆了摆手，返回厨房给他做早餐去了。

柯姣端着馄饨从厨房出来，发现客厅里的游戏机打开着，电视里不断传来枪击的声音，可沙发上却空无一人。

他出去了？

柯姣放下碗，走到沙发边，想拿遥控器关一下已经烧得发热的游戏机，一弯腰，却惊得倒退一步。

谢修弋竟然整个人就这么横躺在沙发和茶几之间的地板上，看样子好像是睡着了……

“喂。”她考虑两秒，还是蹲下来用手推了推他的肩膀，“这天多冷啊，你别睡在这儿，要睡回卧室啊。”

这人平时究竟是怎么生活的？这生活习惯也太可怕了……

柯姣推了两下，他却一点反应都没有，她下意识地凑近他的脸一看，却发现他额头上出了一层虚汗，面色苍白，嘴唇也有点发青。

“喂！你到底怎么了？”她感觉他整个人似乎蜷缩着，像是在忍耐什么痛苦，“你是哪儿不舒服吗？喂，说话，谢修弋？”

大概过了好一会儿，脸色苍白的谢修弋才勉强抬起头看了她一眼，又蜷缩回去，从牙缝里挤出了两个字：“胃疼……”

“胃疼那去医院啊。”她皱着眉头。

“家里有胃药。”

“看你这情况就算吃胃药也没用，起来，我带你去医院。”她也没多想，站起身就走到衣架边拿外套。

她穿上衣服，系好围巾，走回他身边：“你到底走不走？越拖你就越疼。”

“衣服。”过了半响，他的声音才从她的下方传来。

她忍耐着，走到衣架边随意拿了一件他的外套，伸出手递给他。

“出租车。”他接过衣服，勉强撑起身体，面无表情地开始慢慢穿外套，“我这种情况，你还让我走吗？”

柯姣青筋迭起地掏出手机，打开打车软件，恨不得直接一拳打上他的俊脸。

叫你再拽！疼死你活该！

所幸他家地理位置不错，位于市中心，交通便利，车辆也多，等好不容易折腾着上了出租车，柯姣便让司机开去附近的三甲医院。

谢修弋自从上了车之后，就一直闭着眼、歪着脑袋靠在座位上，柯姣细细一看，他那张俊脸上还是不停地在冒汗，低声问道："很疼吧？"

他不说话，过了一会儿才睁开眼睛，一双黑漆漆的眼睛冰冷地看着她。

柯姣被他看得毛骨悚然，但又发现他的皮肤似乎红得有些异常，就顺手轻轻碰了碰他的额头："我说，你是不是发烧了啊？"

他看着她的手落在自己的额头上，眯了眯眼，倒是没有闪躲。

"果然很烫，最起码有三十八度。"她收回手，想想再怎么样也不该和病人多计较，就耐心地和他说，"我觉得你肯定是得了急性盲肠炎，估计要留院挂水，你最好有个心理准备。"

谢修弋幽幽地看了她两眼，咳嗽几声，重新闭上眼睛"嗯"了一声。

等两人赶到医院挂完号，付了钱，柯姣拿着病历本走到全程连嘴也没张过、手也没抬过的正靠在椅子上的谢修弋身边，故意笑话他："金贵的大少爷，请问你量过体温了吗？几度？"

他慢慢直起身，脸色依旧很糟糕："还行。"

"还行是几度？"她瞧他一副不愿意示弱的模样，"就算你现在不想告诉我，之后也得告诉医生。"

他蹙了蹙眉，过了好久，才憋出来一句："三十八度九。"

柯姣抬手按了电梯，无奈地叹了口气："你还没烧死可真是个奇迹。"

二人来到二楼的消化内科，在科室外等了大约半个小时，两人一起走进科室，谢修弋在医生旁边的椅子上坐下，柯姣则站在他身边。

有一瞬间，柯姣甚至觉得自己像带着小外甥出来看儿科急诊……

不，这一定是错觉，她家小外甥的性格才没有这个"面瘫巨婴"那么恶劣……

"哪里不舒服？"医生接过她手里的病历本，抬头看看谢修弋。

"胃疼。"

"什么时候开始疼的？"

"一个小时之前。"

"胃疼之前吃过什么食物？"

“西瓜和荔枝。”

医生听到这，皱了皱眉头：“全是反季节水果啊，大冬天哪能大量吃这些。”

柯姣在一旁感受到医生不赞同的语气，感同身受地默默点头。

就是啊，他现在疼得要死要活的，完全就是自作孽好不好？

“那你吃水果之前或者之后还吃过什么？”

谢修弋停顿了一会儿，说道：“今天凌晨吃过泡面。”

柯姣一听，瞬间想起他连吃两周泡面的丰功伟绩，忍不住斜眼看向他：“你怎么又吃泡面了？”

“也就是说。”医生顿时了然，搁下笔，抱着双臂似笑非笑地道，“你今天凌晨吃了泡面，隔了半天，又空腹吃了两种反季节水果。”

柯姣瞧着医生的脸，以为医生下一句就要开口批评这小子饮食习惯极其混乱，谁知道医生却突然把视线转向了她：“我说小姑娘，你这女朋友到底是怎么当的？男孩子粗枝大叶没有常识，你也任由他这么胡来？”

第二章　醉妆词

柯姣傻眼了，都没注意到医生话里的那个称谓：“啊？”

医生却连一点说话的机会都没有留给她：“这水果是你给他买的吧？”

柯姣只能点点头。

“那不就得了，所以才说你跟着他一起胡来，但凡有点常识的人都知道不能这么吃。”医生抬手摸了摸自己的山羊胡，挑着眉拿起钢笔在病历本上龙飞凤舞地写着，“行了，先挂个水，烧可以退得快些，我再根据他的情况给他配点药。”

“小伙子，不要仗着年轻不珍惜身体，小姑娘你呢，勤快些，自己做菜给他吃，不要老让他吃垃圾食品。”医生把病历本递给柯姣，越说越带劲，“哎，现在的年轻人啊……”

柯皎被教训得云里雾里，一时还没回过神，突然就被一直没出声的谢修弋攥着脖颈后的帽子拉出了科室。

“帮我找个病房挂水。”等出了科室，他转过身，神色淡淡地对她说。

因为他要比她高出不少，为了让她听清楚他的话，还刻意低下了头，柯皎是没什么感觉，可旁人看上去，感觉他们俩靠得极近，所以当柯皎发现好几个年轻小姑娘都红着脸，一步三回头地看着他们离开时，觉得有点疑惑。

“谢修弋，你先听我说……”她摇了摇头，这时抬头看着他苍白的脸，“你能不能不要再吃泡面了？你知不知道泡面是特别不好的东西？对身体毫无益处。”

“曾倩把我叫来给你做三餐，就是为了保证你的饮食健康，身体棒棒地写歌，这种情况下你都能让自己生病，你让我还怎么继续给你做饭？我每天放弃懒觉不睡去买菜是为了什么？”

谢修弋听得稍微怔愣了一下，过了一会儿，他蹙了蹙眉，神色有些复杂地看着她。

柯皎说完看了下他的脸色，觉得自己好像稍微说得有些过了，他们才认识几天而已，他应该也很讨厌别人对自己的生活模式指手画脚吧？她记得当初他签军令状就是为了不让曾倩的公司干涉他……

不过，她心里真是挺生气，既气他进医院，又气自己真的听从他的话去给他买反季节水果，弄得一团糟……

“我知道了。”过了半晌，谢修弋竟然出乎意料地给了这样一个回答。

柯皎也有些惊讶，呆呆地望着他的脸，半晌才“嗯”了一声。

很快，她就让护士给他安排了一个病房，等他静静躺上床挂点滴了，她才下楼去给他按照单子取药，直到返回他床边的椅子上坐下，才算是暂时歇了口气。

这一歇下来，她才感觉到自己的肚子都快饿扁了。

她拿出手机一看，都已经晚上八点了，再看看半靠在床上似乎已经睡着了的谢修弋，她很快就从椅子上起身，轻手轻脚地离开。

她下楼去附近的粥店买了粥和点心，等回到病房的时候，他已经醒了，点滴也换上了一瓶新的。

“感觉好些了吗？”

“嗯。”他照例惜字如金。

她取了粥和勺子，说道：“看你的脸色实在是看不出什么，反正永远都是‘死人’脸色。”

谢修弋向后靠了靠，让自己枕得更舒服些，突然淡声说：“我不会做饭，不逛超市，也不爱吃外卖。”

“所以你饿的时候就只能吃泡面。”她喝了口粥，调侃，“我从来没见过那么崭新的厨房，由此便知其主人有多不食人间烟火。”

被调侃的人没有说话，等柯姣快要把一碗粥喝完的时候，他才幽幽开口：“不然你以为我会答应让你来我家？”

她之前一直都没注意，可在安静的环境下，她忽然发现他的声音还真是很好听。

他的声音低低的，又很有磁性，她好像从来没有在现实生活中听过这么好听的男人的声音。

她甚至有种错觉，这个声音好像和她的偶像有那么两三分相似。

“最开始曾倩是怎么和你介绍我的？”柯姣挥去脑内的胡思乱想，她鄙视了一下自己的花痴，低下头收拾餐具。

“全职作家，做饭好吃。”

柯姣听完挑了挑眉：“她没说全，还有耐心特别好，抗奇葩能力强。”

谢修弋淡淡瞟了她一眼，重新窝进被子里补觉去了。

他大概睡了两个多小时，点滴也刚好挂完，柯姣看他的神色似乎闲适了些，就让护士来给他重新量体温。

谢修弋的体温退到了三十七度五，她总算是松了口气。

等两人打车从医院回到家，都已经快十二点了，柯姣忙碌了一整天，累得连眼睛也睁不开了，刚想告辞回家，就被谢修弋从后面攥住了袖口。

她转过身，就看见他正面无表情地看着她，从薄唇里蹦出三个字：“我饿了。”

“你刚刚胃疼过，喝点热水快去睡吧，晚安。”

“现在不疼，饿。”

“等你睡着了就不饿了。”

谢修弋面无表情地沉默几秒，突然说道：“我会半夜起来吃泡面的。”

他竟然威胁她！用泡面威胁她！

柯姣和“巨婴”大眼瞪小眼瞪了将近五分钟，最后还是挫败地抓了抓头发，走到厨房去了。

他冰箱里竟然还有两个鸡蛋和一袋挂面，不用她大半夜再下楼去买食材了。不一会儿，她就以最快的速度做出了一碗鸡蛋清汤面。

她将碗放在桌上，把筷子递给谢修弋，摘下围裙：“你不是没出过门吗？冰箱里怎么会有昨天生产的新鲜鸡蛋和面条？”

他拿起筷子，低下头去吃了两口面条，才回答她：“我朋友昨天下午来过。”

“咦？你竟然会有朋友？”她不是讽刺他，她只是觉得很新奇……

理所当然的，他没有搭理她，而柯姣被他这么一弄也睡意全无，干脆拿出平板电脑准备继续整理大纲，等他吃完再去收拾厨房。

没一会儿，谢修弋就将空空的碗推到她手边。

“嗯，放着吧，我等会儿去洗。”她在专心写东西，就朝他轻轻摆摆手，“早点休息，明天准备喝一天的粥养胃。”

看他没说话，她还以为他已经走了，谁知等她写完一抬头，竟然发现他还坐在她对面，正静静地望着她。

“怎么了？”

他沉默一会儿，才慢慢开口：“医药费加上每天的伙食费，我等到月底一起结给你。”

柯姣愣了一秒，忽然抿嘴笑了起来：“简单地说句谢谢有这么难吗？真是傲娇。”

没等他回答，她便端起他的碗走向厨房：“快去睡吧，我就当你对我说过谢谢了，不客气。”

她将锅取过来和碗一并放进水槽，刚想拧开水龙头，却突然听到他在她身后冷不丁地开口道：“你喜欢 Djay？”

一听到 Djay 的名字，柯姣下意识地手一抖，碗和锅直接碰撞在一起发出清脆的声响，她回过头，就看见他正半倚在厨房的门边，半张脸隐在暖暖的灯光下，看不清表情。

“是啊。”她点了点头，突然反问，“你怎么知道？”

谢修弋用手指朝后指了指她的平板电脑屏幕：“音乐软件的播放列表。”

“《凤仙引》的播放量……三千多次。”他的声音里飞速掠过了一丝她没能注意到的异样。

“嗯。”柯姣用手将散发捋在耳后，脸颊微微泛红，倒是很坦诚，“我喜欢他三年了，从他刚配音到今天，他一直是我唯一的偶像，他的每部广播剧我都听过几百次。”

不知道为什么，她平时很少会和现实生活中的人提起 Djay，除了曾倩，根本没有人知道她心中有这么一个人，可今天她就好像是突然打开了话匣子一般：“虽然他性子很古怪，也很矜傲，也许直到他离开这个行业前，我都不可能和他有接触。

“但是他一直都会是我心目中最有才、最出色的配音演员和歌手，我想做的，就只是一直这么默默关注着他，如果哪天他不做这行了，我也真心希望他在现实生活中过得开心幸福。

“有句话怎么说来着？对于真心喜欢和崇拜的人，不会想要去占有，而是只要他好便是好。”

谢修弋不动声色地看着她，她在说这些的时候，就像一个小女孩在谈论自己的偶像，脸颊红红的，眼睛也笑得弯成两道月牙。

说完，柯姣才觉得她暴露了自己是 Djay 的忠实粉丝，不好意思地咳嗽了一声，她眨了眨眼睛：“不过，听你刚才的语气，你好像知道 Djay？你也关注配音行业吗？”

她总觉得，男人，尤其是像他这样的男人，应该压根没听说过这个。

他的目光轻轻闪烁片刻，良久，转身轻轻离开厨房：“只是略有耳闻。”

柯姣为“面瘫巨婴”奔波了一天，回家后几乎是累得倒头就睡，等再睁开眼睛的时候，从窗帘的缝隙里透进来的阳光已经很刺眼了，她揉揉眼睛，舒舒服服地翻了个身，拿起手机想看一下时间。

她手指刚按了手机，就被吓了一大跳，只见屏幕上竟然显示着五十多个未接来电，超过九十九条的短信，还有一整排聊天软件的消息。

她打开消息通知，看到未接来电和信息都来自于衣衣，随手点开一个对话框，就看到衣衣的最后一条消息。

【衣衣：醒来就回电！快！速回！】

她输入衣衣的号码回拨过去，电话几乎响了一秒就被接通了。

“我说你到底是有多丧心病狂才打了这……”

“菠菜！ Djay 说要来配《回到过去》！啊啊啊啊！”

她和衣衣是同时开口说话的，所以她没听清衣衣的话，只是听到了一连串的尖叫：“衣衣，你冷静点，你刚刚到底说了什么？”

衣衣在那头似乎在不停地做着深呼吸：“菠菜，你先深呼吸一口气，再听我说话。”

柯姣好脾气地照办了：“你说。”

“我告诉你，你的偶像，你心中唯一的男人 Djay，要来给《回到过去》的男主角配音了！”

柯姣认真地将衣衣的这句话听完，在脑子里过了两遍，一瞬间觉得自己的心跳都要停止了。

她沉默了很久，才咽了口口水，一下子从床上直起身：“你是说，Djay 要来给我的书的广播剧配音？”

她几乎是一个字一个字从嘴里说出来的，等说完，她才发现自己的手心里全是汗，嗓子都哑了。

“是真的，千真万确……”衣衣的声音里几乎都含着哭腔，“我今天早上一起床，就看见书友会微博上有几条私信，是岱华发来的，他说 Djay 让他来问我们，愿不愿意让 Djay 和他来配这部广播剧的男主角和男二号。”

岱华，昵称团长，也就是 Djay 前天发的《长清录》的主创歌手之一，几年前和配音界第一女神白银一起创立了音乐团队雪夜渔舟，可以说是数一数二的王牌男性配音演员兼古风歌手。

“岱华给我留了他的联系方式，说如果你同意的话，就让我们进一步和他谈合作事宜，菠菜，我觉得我现在的呼吸有点困难……”

“别说了，我现在也是这个感觉……”柯姣摸着自己的胸口，抬手扶住额头，“你先让我起床刷个牙冷静一下。”

“好，那我先去联系岱华了？”

“嗯。”

柯姣挂了电话，将手机放在床头柜上，一动不动地坐了一会儿，突然猛地从床上跳下来，开心地在地板上转着圈尖叫了两声。

她是不是在做梦？有生之年 Djay 竟然会来给她的广播剧配音，她怎么想都觉得这太不真实了。前几天她才被衣衣打消了这个念想，谁知今天 Djay 就主动来邀约……这到底是什么情况？

她迅速刷牙洗脸，赶紧披头散发地打开电脑登上聊天软件，因为消息实在太多，她就先点了衣衣的对话框。

【衣衣：你来 Y 站，频道里带锁的语音房间，我和导演现在已经有点掌控不住了，我的手和脚都在发抖……】

【菠菜：为什么？】

【衣衣：因为，现在，整个行业最顶端的、除了 Djay 外的所有老师，全都出现了……】

由于 Djay 已经很久没有在 Y 站软件上现身过，所以她也很久没有登录过 Y 站，好不容易更新完 Y 站软件，登上自己的频道，刚进语音房间，整个人就惊呆了。

只见语音房间下，挂着一排金光闪闪的名字。

岱华、白银、蘑菇酱、凯凯、柒凰、寒霜、夕元……除了《长清录》的四位主创，另外三位都是顶级男性配音演员，每个人都有几十万的粉丝量，而且她记得，柒凰上个月已经在微博上发布声明说再也不接新广播剧了……

柯姣默默地看了几秒，抬手揉揉眼睛，给衣衣发消息。

【菠菜：衣衣，我是不是进错频道了？】

【衣衣：你没有……】

【菠菜：那老师们是不是进错频道了？】

【衣衣：他们也没有。】

柯姣用力拍了拍自己的脸颊，才颤颤巍巍地在公屏上打出了一行字。

【菠菜：各位老师好，我是菠菜。】

大约过了几秒，一个富有磁性的温雅男音从电脑里传来："你好，我是岱华。"

"你好，我是白银。"紧接着是一个温和大气的女声。

"我是蘑菇酱。"

"我是凯凯。"

"我是配音演员柒凰。"

"我是配音演员寒霜，叫我霜叔就好。"

"我是夕元，你可以直接上麦说话，没关系。"

短短几十秒，柯姣听得整个人都抽筋了，只见电脑上很快弹跳出来衣衣的消息。

【衣衣：我们都截屏了，有生之年有今天足矣，我们会先对其他人保密的……】

柯姣定睛一看，她们两个已经直接从Y站频道里消失了。

好吧，连唯一能给她壮胆的两个小伙伴都已经消失了……

她僵硬了一会儿，才插上耳机，用食指按了语音键，对着耳麦开口："各位老师好……我是……菠菜……"

可能是感觉出了她的紧张，岱华此时低笑了一声，说："我知道，我已经了解过你的基本信息了，你可以随意些。"

柯姣抬手捂住脸。

她应该怎么随意？她连做梦都没想到过有生之年她能和这些人物对话……她一辈子的运气是不是全都花在今天了？

"菠菜。"在她紧张得不行时，却听到岱华又开口叫她的名字。

"岱……岱华老师请说。"

"昨晚我看了剧本，你的男主角，其实根本就是为Djay量身定做的吧？"

柯姣的脸快烧起来了。

岱华老师，请不要那么犀利好吗……

“好了，菠菜，你不用搭理他的玩笑。”当她还在神游的时候，电脑里已经再次传来白银温柔的女声，“Djay 让我们来接洽你的广播剧，我和岱华、蘑菇酱还有凯凯都是配音演员，虽然现在大多数时候都是歌手的身份，但应该还没把老本忘光。”

“首先，夫妻搭档，干活不累。”寒霜这时低笑一声。

柯姣愣了一下，下意识地脱口而出：“谁是夫妻？”

“岱华和白银啊，Djay 难道没告诉你吗？”凯凯快人快语，“他们都在 T 市，是从网络跨入现实生活的，结婚快两年了，他们的婚礼 Djay 和我们都有去参加。”

天啊，谁现在可以来把她打醒？她刚刚听到了什么？凯凯那段话已经让她彻底惊呆了……

“我真没想到 Djay 竟然会主动开口请我们帮忙。”还没等到她回应，柒凰突然低沉地开口，“菠菜妹子，你和 Djay 应该不是一般的关系吧？死党？亲戚？从来没听到他提过啊……”

“是啊，我认识 Djay 三年，除了我们几个团队的元老，他从来不和别人接触，更别提其他行业的人了。”夕元补充道，“你和他应该是现实生活中的朋友吧。”

柯姣还没从之前的震惊里恢复过来，此时抬手扶着脆弱的心脏，抖着嗓子说：“不是现实生活中的朋友，Djay 是我的偶像，但是他压根不认识我啊，我也不清楚他怎么会来配我的广播剧。”

“咦？”

所有人都疑惑地感叹了一声，蘑菇酱突然轻快地吹了声口哨：“本人来了，可以直接问他了。”

听到蘑菇酱的这句话，柯姣下意识地看了眼屏幕，脑子突然变得一片空白。

只见在 Y 站的子频道里，一个名字正无比清晰地显示在了最上方——Djay。

她喜欢了整整三年的偶像，并从未奢望去靠近的人，就这样轻易地出现在了她眼前的屏幕上，和她在同一个维度。

就像最遥远的星辰，突然到了近在咫尺的地方，抬手就可以握住，可因为太闪耀，却让人连抬手的勇气都无法拿出。

“真是破天荒了，我还以为以 Djay 的个性，他肯定不会在这种前期讨论会上现身的。”凯凯的声音讶异非常。

寒霜也惊了：“是活的 Djay 啊？”

“起床了？”岱华的话语里有着浅显的笑意，“昨晚又熬夜打游戏了？”

过了好半晌，频道里才传来一声淡而慵懒的“嗯”。

就这么一个字，柯姣却听得心跳加速……

“要是你的粉丝知道你整天不出作品，只是在打游戏和睡觉，你一定会被分尸的。”凯凯笑嘻嘻地说。

“他的粉丝会这么做？”柒凰摇摇头，“只要他一年上一次微博发个句号，都足够他的粉丝激动半年了。”

“你怎么这么毒舌啊？”寒霜笑道。

“我说的是实话。”

“好了，先谈正事吧，难得能抓到他。”岱华此时咳嗽了一声，“Djay，关于菠菜的广播剧，你现在还有什么需要问菠菜的吗？”

岱华发话后，整个频道瞬间变得鸦雀无声，柯姣此时已经自顾不暇，完全感觉不到频道里除了她和 Djay 之外的人的好奇心。

“你现在手里有角色表和剧本吗？”在她狂乱的心跳中，Djay 突然对着她开口道。

他此时说话的声音并不是他的本音，三年来，他似乎从未在业内用本音说过话，他本就鲜少在 Y 站露面，更从不参加任何歌会活动，只要露嗓了，不是广播剧成品，就是歌曲成品，岱华他们这些雪夜渔舟的元老兼他的好友应该都听过他的本音，可对外，他的本音却是一个遥不可及的谜。

可即使不是本音，每天在耳边回荡千遍的声音的本人开口，柯姣也紧张得快休克了，全凭理智在克制自己：“有。”

“发给他们，人手一份，让他们自己挑适合的角色。”

“嗯，好。”她直接进入了自动应答模式。

“后天晚上八点在这里试音。”

“好。”

“Djay，你怎么跟谁说话都是这种发号施令的口气？”寒霜在一旁默默插嘴。

“没关系……”柯姣赶紧替 Djay 辩护，其实，她早就感觉到他是这种天生擅长发号施令的性格了。

“看到了吗？就是因为他有这些百依百顺的粉丝，才更助长了他的气焰。”岱华说。

Djay 因为他们的插嘴顿了顿，很快做了总结发言 ：“现在主创一共七人，应该已经囊括所有主要角色了，试音后你们觉得不行再换人。”

“你像话吗？”柒凰听罢立刻跳了起来，“我入行五年，第一次听到有人说试音后会觉得我不行要换其他人的，你别忘了我是被你拉来的！你先赔我违约费！”

其他人见柒凰发飙，都毫不留情地大笑出声。

“你们还笑？你们和他说话难道不会想要揍他吗？”柒凰气得连声音都变了。

“老柒。”岱华笑道，“相信我，我和他认识三年多，每一天都想揍他。”

“我和我老公一条战线。”白银柔声补充。

蘑菇酱坏笑 ：“我和凯凯赞助棍子。”

几位老师如此说 Djay，柯姣听在耳里，还是觉得此刻太不真实了，尤其是这位如神一般存在的 Djay 还在场。

“好了，就这样吧，我肚子饿了。”当事人还是冷淡如常，“撤了。”

“喂，Djay。”在他的声音即将消失前，寒霜突然开口道，“要是你实在不愿意告诉我们你和菠菜的关系，你也至少得先说明白你为什么要这么帮菠菜做广播剧吧？”

“是啊，谁都知道你只做古风广播剧，《回到过去》是纯粹的现代广播剧吧？要我们陪你疯，你得先说出原因。”夕元紧接着说。

听到这些话，柯姣瞬间感到心脏快从嗓子眼里跳出来了。

虽然她真的很想知道答案，可是她心里又对 Djay 的答案一点底都没有。因为，在五分钟之前，他对于她来说，还只是一条她以为一辈子都不会相交的平行线。

频道里安静了良久，在柯姣如雷的心跳声中，她终于听到了 Djay 给出的答案：“为了报恩。”

第三章　献仙音

Djay 在说完这四个字后，就轻飘飘地从频道里消失了，留下了一群摸不着头脑的人。

岱华半天才说：“我没听懂。”

白银回应：“我也是。”

凯凯疑惑道：“报恩？”

蘑菇酱说：“我听懂了，但是又觉得陷入了更深的谜团。”

柒凰说：“他不是正常人。”

寒霜说：“也就是说，Djay 欠了菠菜的人情？”

夕元直接问道：“菠菜，你帮过 Djay 什么忙？”

等七位老师说完，柯姣直接将自己的头发全部抓乱了：“我说过，Djay 他根本就不认识我……他在今天之前从来没和我说过一句话……”

频道里安静了半天，才传来夕元幽幽的声音：“神奇的 Djay。”

寒霜紧随其后：“所以，也就是说，被报恩的人根本不知道自己什么时候帮了 Djay 的忙咯？”

柒凰一如既往的犀利：“他不会是玩游戏玩傻了，然后搞错了人吧？”

柯姣默默听着他们的对话，心里翻江倒海，在她整个人快被刚刚那一出折磨得濒临崩溃的时候，手边的手机突然传来了短信铃声。

柯姣悲痛地定睛一看，只见屏幕上显示着一条短信。

【谢修弋：快来做早饭。】

她一看这语气，就算不看发件人，都能猜到是谢修弋。

柯姣用手指划开屏幕，没好气地回复道。

【柯姣：你家冰箱是空的，我现在要先去超市买食材，再来你家。】

她回完短信后，将手机扔在一边，抬手按了电脑语音键，声音虚弱地说："各位老师，我真心感谢你们的帮忙，我现在要出门了，后天晚上见。"

"去吧去吧。"岱华话里有话地笑道，"不客气，Djay的恩人，我们肯定会拿出压箱底的本事配广播剧的。"

柯姣飞速合上电脑，将头重重砸在电脑上。

柯姣穿上厚厚的衣服出门，边走边用有限的思维胡乱分析了一下，才终于暂且理清思路。

第一，岱华和白银这对被人传了多年的情侣搭档原来真的是现实中的夫妻；第二，这些老师竟然都和Djay成为了现实生活中的朋友，且看上去关系都不错。

不过，除了这些惊天内幕之外，她打破自己的脑袋也想不通的，就是自己怎么会成为Djay的恩人……

难不成，她曾经在T市的地铁上给Djay让过座？还是去超市买菜的时候给Djay让了最后一捆青菜？不对不对，Djay连她的脸长什么样都不知道啊……

走到路口等红灯的时候，她还是一脸心事重重，衣服口袋里的手机响了很久，她才听到声音拿出来接。

"喂？"

"抬头。"

本来以为是曾倩的骚扰来电，谁知却是一个低冷的男声，她吓得一抬头，就看见马路对面正站着一个高高瘦瘦的男人，正面无表情地拿着手机看着她，那张白得不像正常人的脸一看就知道是谢修弋。

"你怎么会在这儿？"绿灯一跳，她边往前走，边直接在电话里惊呼出声，"太阳从西边出来了？你竟然出门了？"

他今天穿得很休闲，头上戴着一顶黑色的帽子，眼睛上架了一副框架眼镜，因为他人高，长得又好，往那随便一站，过往的女孩子的眼睛就全往他身上瞟，而他脸上的表情却是越来越黑……

他没回答，抬手挂了电话，等到她走到自己面前，才冷着脸说了一句："跟你去超市。"

"你跟我去超市干吗？你不是说你从不逛超市吗？"她瞪大眼睛看着他，嘴巴还是没合拢，"对了，你胃好些了吗？"

谢修弋看了她一眼："你真的很啰唆。"

柯姣实在是摸不清这位大少爷脑子里装的是什么，只能跟着他往超市走。

等两人进了超市，谢修弋自发地去旁边推了一辆购物车，柯姣在他身后看着他，总觉得这个场景莫名地充满了无限喜感。

这个画面实在是太好笑了，为什么她脑中此时会飘过"地主下乡巡查"这六个大字……

"你要去哪？"他看到她一副忍笑忍得很痛苦的样子，声音凉凉地问。

"先去生鲜区买食材吧。"

两人到了生鲜区，她开始挑选他爱吃的一些蔬菜，等她把选好的蔬菜放进购物车时，就看到购物车里不知何时已经多了好几盒肉，有牛排、猪肉、香肠、鸡肉……

"喂，谢修弋你是猪吗？"她立刻看向始作俑者，"这么多肉得吃多少天才能吃得完啊？你昨天胃疼才刚好，你最近饮食要清淡啊。"

谁知谢修弋耳朵里插着耳机，根本没听到她说话，一脸高冷地推着车就走了。

两人走到了卖海鲜的地方。

"谢修弋，蟹和虾吃吗？"

"不吃。"

"为什么？"

"要剥壳，麻烦。"

"那你吃不吃鱼？鱼有营养，吃鱼的孩子聪明。"

"不吃。"

"那银鳕鱼吃吗？没有骨头的，和肉的口感有点像。"

"和肉像？"

"嗯。"

“那就吃。”

“面瘫巨婴”的“恶行”等到了食品区更加令人发指，她转身去拿一盒饼干的工夫，购物车里就多了一箱泡面。

“谢修弋，昨天医生说的话你听了吗？你还吃泡面？这家泡面公司是你家开的啊？”柯姣对着那箱泡面终于忍不住生气了，抬手就摘下了他耳朵里的耳机。

谢修弋抬了抬眼，沉默几秒，说道：“半夜饿。”

“从今以后我可以给你晚饭多做点肉，你留着半夜饿了吃。”她特别严肃地看着他，“但是，只要我一天来你家给你做饭，你就别想再吃一口泡面。”

他不说话，她也不知哪来的气场竟然和他横眉冷对，两人就这么站在货架前对峙了一会儿，谢修弋竟然真的乖乖地从购物车里把泡面抱走放回原位去了。

柯姣抱着手臂，心里吁了一口气，刚满意地点点头，就听到身后传来了一道弱弱的童音：“姐姐你好可怕啊，对美男哥哥这么凶。”

她听得差点一口老血喷出来，转过身就看见一个留着西瓜太郎发型的小男孩正咬着手指，害怕地缩在架子后面看着她。

“他是欠骂好不好？”柯姣厚着脸皮辩驳，“谁让他天天吃泡面吃进医院，你可千万不要学他。”

小男孩眨巴了一会儿大眼睛，转身扑进他妈妈的怀里，童音清晰地回荡在食品区：“妈妈，我以后肯定不要找像姐姐那么凶的女朋友……”

柯姣无语。

等到买完所有的东西出了超市，柯姣觉得自己都老了一岁，连皱纹也多了一圈。

回到谢修弋家里，她把食材放进冰箱里，幽怨地对着在客厅打游戏的谢修弋说道：“谢大少爷，我求你以后再也不要跟着我去超市了好吗？很折寿。”

谢修弋从电视屏幕上转过头看她一眼，又面无表情地转了回去。

柯姣叹了口气回到厨房去做午饭，等她刚洗干净菜准备开始切，厨房的门就突然被打开了。

"曾倩要我明天上午去一趟公司。"谢修弋从门外探进头。

"哦。"她背对着他，擦了擦手，"那你去啊，我午饭做完给你留在微波炉里，你热一热就好。"

谢修弋静静地看着她的背影，过了一会儿，突然低声道："明早九点你来我家，你跟我一起去。"

柯姣原本在专心切菜，随口"哦"了一声，两秒后，她突然放下菜刀，讶异地转过头。

谢修弋无比淡定地任由她的目光在自己脸上停留着，纹丝不动。

"你去公司我跟着你去做什么？"见他一副稳如泰山的样子，柯姣先扛不住了，"闲杂人等谁没事会跑到经纪公司去？肯定会被赶出来啊……"

谁料谢修弋冷冰冰地扔下一句"曾倩让你去的"，转身就离开了。

早上 Y 站惊魂的余韵还没完全散去，柯姣也没心思多想这件事，等做完午饭回到客厅，她在谢修弋对面一边慢吞吞地吃饭，一边拿着手机心惊胆战地点开聊天软件。

其实在超市的时候她就收到了系统消息，岱华建了一个聊天群邀请她加入，现在加进去一看，她发现群成员是所有早上在 Y 站齐聚的老师……包括 Djay。

所以，继早上和 Djay 在 Y 站真人对话后，她又有了 Djay 的联络方式，说真的，这都已经快把她吓得精神麻木了……

几位老师彼此是真的很熟，很快就开始在群里聊得风生水起，作为唯一的圈外人，柯姣就一直默默围观着，直到岱华突然把话题开始往 Djay 身上引。

【岱华：Djay，你这两天在干吗？】

柯姣立刻放下筷子，眼睛死死盯着手机屏幕。

【Djay：写歌，玩游戏。】

【岱华：夜宵还是泡面？】

这句话 Djay 倒是没有立刻回复，柯姣心里原来想着她的偶像竟然也爱吃泡面啊，她下意识地就抬头看了一眼坐在她对面的谢修弋。

谁知道，他竟然也正目光幽幽地看着她。

“干吗？”她被他黑漆漆的瞳孔盯着，悄悄捏了把汗，“今天的菜做得不好吃？”

谢修弋没说话，再看了她一会儿，才轻轻摇摇头，继续玩手机。

柯姣已经不想再去考虑谢修弋诡异的行径，低下头继续看聊天窗口，谁料一看就发现 Djay 的消息跳了出来。

【Djay：不吃了，会被骂。】

“噗……”

柯姣看得一口饭呛在嘴里，拼命地咳嗽了起来。

她居然觉得她的偶像刚刚竟然有一瞬间走下了“神坛”，那种由内而外的可爱感是怎么回事……

群里也顷刻因为 Djay 的一句话炸开了。

【岱华：竟然有人敢骂你！】

【凯凯：哈哈哈！】

【柒凰：能降妖伏魔的人终于出现了！万岁！】

柯姣看着一群幸灾乐祸的人，一口气喝了好几口汤才算顺了气，等再看手机时，却发现群里的气氛突变了。

起因是寒霜说了一句“我刚发现明天是十二月三十一日哎”。

这下，岱华立刻表态明天要和白银出去跨年，凯凯也说要和自己女朋友去吃饭看电影，其他几位老师都是单身，哪能看得惯他们秀恩爱，便开始猛烈地用语言“攻击”他们。

几位老师原来私下里个个都这么可爱，柯姣看着群里的对话，嘴角一直忍不住在往上翘，直到……自从说完六个字后就没说过话的 Djay 突然发话了。

【Djay：菠菜。】

柯姣看到这句话吓得一激灵，左手边的汤碗都差点打翻在桌子上。

而之前一直聊得热火朝天的众人也立马闭嘴进入了自动静音状态。

这回，不算迟钝的柯姣很快感觉到了众人对她和 Djay 的那种始终无比微妙的关系看好戏般的心态了。

柯姣心想，各位老师，请别这样见死不救，Djay 老师突然召唤我，我很害怕的好吗……

【菠菜：我在。】

【Djay：你有男朋友吗？】

柯姣手里的手机"哐当"一声掉在了桌子上。

【岱华：咳咳，Djay，别太直接了，菠菜会被吓到的。】

【柒凰：老岱，难道你不觉得 Djay 骨子里的属性是霸道总裁吗？】

柯姣一边在心里安慰自己，Djay 绝对是兴致来了随口一问，肯定没别的意思，一边拿起手机假装很淡定地回复。

【菠菜：我没有男朋友。】

【Djay：所以你明天不需要出门跨年？】

【菠菜：是的，在家蹲守。】

【Djay：那么，明天晚上所有人八点准时到 Y 站试音朗读剧本。】

说完，他的头像就暗了下来，显然是离线了，柯姣松了一口气，才反应过来原来他只是询问下她是否要出去跨年，而且为了她的广播剧，他竟然都让其他老师的浪漫跨年夜泡汤了，她心里又内疚，又对他的行为感动得一塌糊涂……

她一直听说 Djay 是个很敬业的人，他一旦接手了一部作品，就会各方面都要做到最好，如今一见，果真如此，虽然他的完美主义让人叫苦不迭，却也让她钦佩不已。

【菠菜：各位老师，真的很对不起，给你们添麻烦了。】

她吸了吸鼻子，赶紧在群里说道。

【寒霜：没关系，我们这群单身人士都无所谓的啦，本来就待在家里。】

【白银：我和岱华也没关系，我们本来就不是特别重视节日的。】

【凯凯：我先去跪搓衣板了……】

【夕元：你们发现没？Djay 真的很区别对待，就因为菠菜不出门，他就把所有人都扣留下来了。】

夕元这句话说得柯姣心里一震，赶紧打了一句"真的很谢谢大家，鞠躬"，就飞速关闭了对话框。

她去和衣衣、导演和编剧在讨论组里简要沟通了一下让她们明晚去Y站听各位老师的试音，并让她们在正式出广播剧预告前对外保密如此豪华的配音阵容。结束后，她理所当然地被几个小姑娘穷追猛打地追问究竟是怎么认识Djay和那么多老师的。

虽然柯姣不想给出那么敷衍的答案，可她还是默默地回复了一句“说实话，我也不知道”。

柯姣好不容易在众人的围堵下退出聊天软件，她抱着被谢修弋一扫而光的碗和盘子去厨房清洗。

等她洗完出来，就发现手机屏幕上又有一条消息。

她点开一看，竟然是一条系统消息。

Djay请求加你为好友。

柯姣面无表情地看了一会儿自己的手机，抬手用力掐了一下自己的脸。

嘶——好疼，所以她没在做梦对吧？

耳边不断传来心跳“怦怦怦”的巨响，她小心翼翼地点了“同意”，然后马上去新建了一个“偶像组”，把Djay放了进去。

做完这些，她深深吸了一口气，站在桌边，用手轻轻拍打自己越来越烫的脸颊。

冷静，冷静，毕竟你是原作者，Djay应该只是为了方便和你沟通广播剧才加你的，你这么激动做什么……

她缓了很久，才试探性地给Djay发了一条消息。

【菠菜：Djay老师？】

发完之后，她踱了两步，想了想，又忍不住加上一长段。

【菠菜：谢谢Djay老师愿意请这么多老师为我的广播剧配音，我真的觉得自己太幸运了，今晚都要睡不着了！】

柯姣走来走去，等得她心脏都快跳出来时，她攥在手里的手机才振了一下。

【Djay：嗯。】

就这么简单的一个字，也让柯姣捂住自己通红的脸，开心得恨不得出去狂奔两圈……

一夜之间她就变成了全世界最幸福的人，这究竟该如何是好啊……

“你今天心情很好？”

柯姣不好意思再骚扰偶像，她收起手机，走到玄关处哼着小曲弯腰穿鞋准备回家时，却突然听到身后传来一个幽幽的嗓音。

她抬起头，就见谢修弋正抱着手臂，靠在不远处的墙边俯视着她。

“是啊。”她都忍不住朝他咧开大大的笑容，“开心得快要疯了。”

“明早九点，来我家一起去经纪公司，别忘了。”他低声说。

由于心情实在是太好了，她也不再计较什么，便很爽快地点头答应，而因为视线太低的缘故，她根本没有注意到他那双深邃的眼眸里一闪而过的亮光。

柯姣从来守时，早上九点准时到了谢修弋家，她本来以为谢大少爷会打车去经纪公司，谁料到他竟然带着她坐电梯到地下停车场，自己开车带她去。

柯姣坐进他那辆黑色的越野车里的时候，系上安全带，看了一眼身边面无表情准备发动车的人，实在是忍不住问了一句：“谢修弋，你竟然会开车？”

不是她看低他，主要是他平时生活得实在太不像个正常人了，她真的很难把他和正常人联系在一起。

“我十六岁在M国拿的驾照。”他冷飕飕地看了她一眼。

“哦。”她点头，拿出包里的牛奶，“那你以前在M国生活过？”

“大学毕业前一直在M国。”

柯姣点点头，看了看他的脸，心里想着还是不要问太多他的隐私比较好，便专心低头喝牛奶。

他开车又稳又快，没一会儿就到了曾倩的经纪公司WDS大楼，WDS大楼位于T市的市中心，高耸入云的大厦是T市有名的地标之一。

两人从地下停车场上到二十九层，电梯门一打开就看到曾倩像只大金刚一样站在外面。

“咦？菠菜你怎么也来了？”曾倩看到谢修弋准时出现，刚刚欣慰地点了点头，就发现他身旁还有柯姣。

“啊？不是你说要我……”

“在哪间会议室开会？”谁料柯姣连话都还没说完，就被谢修弋扬声打断。

本来曾倩和柯姣还对着彼此一脸疑惑，被谢修弋那道低冷的嗓音这么一插话，曾倩也就先转身带着谢修弋往走廊的左侧走去。

柯姣之前从没来过 WDS 大楼，她怕自己这个路痴迷路，也只能亦步亦趋地跟在他们后面，还好曾倩反应迅速，在要进会议室前，先把她带到会议室对面的休息室里，低声告诉她：“你在这里等我们一会儿，开会的时间应该不会很长。”

等曾倩和谢修弋进了会议室后，她一个人坐在休息室的沙发上，忍不住又拿出手机登录聊天软件。

她点开偶像组，Djay 的头像果然还是暗着的，她又点开他的头像，他的资料里除了生日和星座外，不出所料都是一片空白。

一月十七日，摩羯座。

其实，她是个不太擅长记日子的人，可她对他的生日却记忆深刻，因为她的生日也是在一月十七日。

虽然不知道 Djay 的出生年份，可她和她的偶像竟然是同一天的生日。

柯姣掐指一算，没两个星期就到他和自己的生日了。前三年，她只能默默地在他的微博下留言一句简单的“生日快乐”，然后很快就被埋没在铺天盖地的留言中，而明年的这一天，她是不是就可以在聊天软件上，以一对一的方式，认真地祝福他呢？哪怕他没时间回复也好。

只是这样小小的差别，就能让她开心得坐不住了。

柯姣默默抱着手机呆呆地想了一会儿有关 Djay 的事情，她突然听到门外传来高声喧哗的声音。

这种高级办公楼，应该鲜少会有人在走道里如此大声地说话，柯姣轻轻打开门一看，一眼就看到了会议室外高瘦挺拔的谢修弋。

"倩姐，我真不明白老板为什么会签这样的新人来我们公司！甚至还给他配备最好的团队做他的第一张专辑，你觉得这对其他新人来说公平吗？"

柯姣再将门打开一些，就看见一个身高和谢修弋差不多的年轻男人正面露不善地看着谢修弋和他身边的曾倩，那个男人一头黄发，虽然侧脸五官精致，可浑身都带着一股放荡不羁的流气。

"时新，老板和策划团队的选择都是有他们的理由的，作为艺人，应当做的就是服从公司的安排，而不是找其他艺人掐架。"曾倩的脸上也没有了往日的和善，"你和谢修弋都是我自己手里带着的新人，公司给你们的都是最好的资源，你别忘了你通过个人专辑已经拿下了今年风云榜的最佳新人奖，保持努力，做好自己即可，别被胜利冲昏头脑，也不要多想其余和你不相干的事。"

谢修弋始终站在一旁没什么表情地望着时新，就算对方的话语有些出格，他也没有要动怒的迹象，就像根本没在听他说话一样。

"呵呵。"时新冷笑了一声，轻蔑地看着谢修弋，"全公司都知道，他自从进入公司开始就不服从公司的安排，老板也都顺着他，这种人能够体会别人通过日夜努力而获得的成就吗？他配得到最好的资源吗？"

时新停顿几秒，脸上的表情更为阴暗："谢修弋，我真是佩服你，你到底是多有魄力才能签下军令状说一个月内能写出十首歌的？"

"你怎么知道他没有这种能力？"

突兀的声音穿插进来，时新、曾倩和谢修弋都立刻转头看向了从休息室走出来的柯姣。

柯姣心里此时是说不出的滋味，虽然她不属于这个公司，也从不喜欢参与任何争论，即使她知道谢修弋其实根本不需要她的保护，可不知道为什么，在其他人的面前，她却一点都不想让他受委屈。

她一点都不想看到他那副即使身在人群中，也离所有人都很遥远的模样。

她总觉得他很孤单。

“批评他人的时候先想想你是不是有这个资格。”

她看着时新，一字一句地说：“是，他的确是不喜遵循规则，特立独行，但是这不代表他没有在自己喜爱的音乐上花时间，在你睡觉的时候，在你出去玩乐的时候，他在一遍一遍修改歌词和曲子，我曾经在他家厨房的垃圾桶里看到过几百张揉得乱糟糟的歌词和曲作。我觉得他既然有这样的魄力，他也必然会实现自己的承诺。他的才华和实力会证明一切，不需要你……”

“好了。”

这时，始终没有开过口的谢修弋突然开口了。

“好了。”他走到眼睛睁得大大的，脸颊也因为生气而变得有些发红的柯姣身边，抬起手，轻轻揉了揉她的头发，“柯姣。”

她抬起头，看向他。

他的脸上虽然还是没有表情，她却能感觉到他的眉眼间流露出了一丝异样的温柔。他手指的温度也很温暖，一点都不是想象中的冰冷。

“我们去二十七楼的录音室。”他的手很快从她的头顶落到她的肩膀，轻轻拍了拍，“昨晚刚写好的新歌，想听吗？”

第四章　花间意

“嗯。”

他的声音此时就像有安定人心的魔力，柯姣深深吸了一口气，把刚才的情绪压下去，才跟着谢修弋走向前面的电梯。

曾倩忍着笑，抬手让助理把被柯姣的话堵得一时都忘了反击的时新带回家，赶紧小跑着跟上他们。

谢修弋和录音室的工作人员似乎都算熟悉，到了二十七楼的 WDS 专用录音室，他抬手轻轻跟他们打了个招呼，就直接熟门熟路地走了进去。

柯姣以前从没来过专业录音室，此时好奇地站在控制室里东看西看，觉得什么都很新鲜，直到曾倩在她身后一掌拍上她的背，才让她猛地回过神。

“菠菜。”柯姣回过头，就见曾倩笑得像一只老狐狸似的，抬起一只手臂搭在她的肩膀上，“说真的，我跟你认识这么多年，从没见过你像刚才那样当着陌生人的面发脾气。”

柯姣愣了愣：“我刚才很凶吗？”

“挺凶的，让我都惊到了，不过我很感谢你也替我出了口气，要不是老板非要让我带那个黄毛，我才不带，你看他那副德性就知道了，平时可没少给我惹是生非。”曾倩说着，突然又笑得更加意味深长，“先坦白从宽，几日不见，你怎么和我们谢大少的关系变得这么好了啊？”

“有吗？”

“你难道不知道，今天根本不是我叫你来的，而是他自己借着我的名头叫你来的吗？”曾倩抬头看看玻璃窗后的谢修弋，再看向她时笑得简直像一只大尾巴狼，“现在我算是知道理由了，原来是专门带你来听他唱歌的，啧啧啧，菠菜我真的要对你另眼相看了，连如此奇葩的人都能拿下！高！不是一般的高啊！”

柯姣揉了揉自己的头发：“我总觉得我对谢修弋有点像带自家熊孩子的感觉，可能是这位面瘫巨婴在无形之中激发了我的母性？”

“面瘫巨婴？”曾倩听到谢修弋这个神奇的新绰号，差点笑得背过气去，“哎哟，真的太形象了……”

柯姣很嫌弃地看着她笑得前仰后合：“矜持，矜持。”

“你还敢说我？昨天晚上是谁对着我的微信狂轰滥炸，说你偶像突然要给你的书配广播剧的？要我把你发的语音公放出来吗？”

一提到Djay，果然柯姣又立刻进入眼冒红星的状态：“今天早上他还加我好友了……”

没等她继续和曾倩说下去，就听见一声清脆的敲击玻璃的声音。

她抬起头，就看到谢修弋正站在玻璃的另一侧静静望着她，看他的神态，似乎是想让她走到玻璃边。

她几步走过去，把一只手放在玻璃上，歪了歪头，对他做了一个“怎么了”的询问表情。

虽然隔着玻璃是听不到彼此的声音的，但她似乎看到他嘴角勾了勾，视线里，他很快用修长的手指指了指她的下方，再指了指自己的耳朵。

柯姣低头一看，原来他是要她戴上耳机啊。

柯姣乖乖戴上耳机，对他做了个“好的”的手势，她刚想把另一副耳机递给身旁的曾倩，却听到了一声轻轻的脆响。

只见谢修弋很高冷地伸出了一根食指，轻轻点了点玻璃。

“他是只要你一个人戴耳机听他唱。”

坐在座位上的工作人员似乎早已经领教过了谢修弋的脾气，竟然无比正确地翻译出了他的手语，工作人员索性都从椅子上起身直接离开了控制室，说道：“对了，他的清唱是我听过的所有歌手里最惊艳的，小姑娘慢慢享受吧。”

“啧啧啧……”

被阻止戴上耳机的曾倩但笑不语，所有的话都汇成了这几个象声词，笑着也飞速地撤离了录音室。

柯姣被工作人员的几句话说得心有些痒痒的，再抬起头的时候，却见谢修弋已经回到了麦克风前，正专心戴上耳机调整麦克风的高度，柔和的黄色灯光打在他安静的侧脸上，衬托出了他完美的五官弧线。

作为职业写手，柯姣一直知道自己天生具有敏感的洞察力，其实从她第一眼看到谢修弋的时候，她就能感觉到这个男人隐藏在深处的爆发力。

她总觉得，在他平静冷漠的外表下，蛰伏着足以燃烧一切的火光。

“听得到吗？”她想得入神，耳机里已经清晰地传来了他的声音。

“嗯，听得到。”她赶紧在控制台边坐下，握着话筒说话，朝他笑嘻嘻地点头，“你快开始吧，所有人都在夸你是天籁之音，就我还没听到过你的真嗓。”

耳机里一片安静，柯姣托着腮等了几分钟，才突然听到一道声音猛然钻入耳中。

莫思归去琉璃路，夜半西舟丘心湖。

长夜声，烛影图。

柯皎一只手抓着耳机，呆呆地坐在椅子上，像木头人一样地望着玻璃后的谢修弋。

曾倩曾说过的才华横溢和风华绝代，全都被如此惊艳的几句清唱简单验证了。

一字一句，温雅又低冷的嗓音和唱腔，在全然没有背景音乐的衬托下，都如同从平地里陡然崛起的高峰。

安然临看西窗烛，蓦然一笑如梦舞。
春宫幕，饮声入。
许多年岁流逝汝是否清楚。

她发誓，她从没有在现实当中听过如此好听的歌声，平时他话极少，她最多只能凭借只言片语感觉到他嗓音好听，却没料到，他一开口唱歌，会是这样绝美的音色。

这么多年来，她一直以为这世界上能给她带来这种听觉冲击的，只有Djay一个人。

还有，他应该是现代流行歌手吧？怎么会唱古风歌曲呢……而且，这音色真的好熟悉……

这个时候，她的脑子里突然闪过了一个连她自己都不敢置信的念头：谢修弋唱歌时的声音真的和Djay有些相似，一开始是六分相似，越听越觉得已经接近八分了。

不可能吧？

因为太过惊讶和意外，甚至连他清唱结束，柯皎都没有反应过来，直到谢修弋在录音棚里轻咳了两声，她才如梦初醒。

柯皎用力晃晃脑袋，隔着玻璃愣愣地望着他。

“好听？”他对着麦克风低声道。

“嗯，超好听……”她磕磕巴巴地说，“不是一般的好听，词作和曲作也太美了……”

“而且，我本来以为你唱的是古风歌曲，但是现在想想好像又和典型的古风曲子不一样，是不是叫中国风来着？这首歌会成为你之后专辑里的主打歌吗？”她像是在对他说话，又像是在自言自语，过了没一会儿，她的耳机就突然被人摘下了。

她抬起头，便蓦然撞入了一双漂亮的眼眸。

“真的觉得好？”不知何时谢修弋已经从录音棚里走了出来，此时闲适地靠在控制台边，淡淡地看着她的眼睛开口问道。

因为他的突然靠近，她下意识地就觉得脸颊的温度略有上升。

他的眼睛在灯光下显得黑而亮，似乎比平时更有光泽，也显得更聚精会神，让她一时之间都不敢看他。

她现在其实很想问，谢修弋，难道……你就是 Djay 吗？

现实生活中就在身边的人，和网络上她倾慕三年的天神般的人，是同一个人的概率，应该只可能是千万分之一吧。

但她作为 Djay 的忠实粉丝，无论自己偶像用几个声部唱歌，应该都是能够识别出来的，所以，究竟他们只是声音凑巧相似，还是……真的是同一个人？

不可能，肯定不可能的。

她的脑袋里快被这疯狂的念头逼迫得炸开，录音室里此刻只有他们两个人，他站着，她坐着，离得这么近，她还能感觉到他身上淡淡的清香。

还有，他的腿怎么那么长……

“嗯？”见她没有回答，他又低低地用鼻音说了一个字。

“我……”柯姣的脸颊红得好像快滴出血了，索性心一横，咬了咬牙，“其实，我觉得……你的声音和 Djay 的很像……”

她胆战心惊地等着谢修弋的回答，结果过了半晌，他只是淡淡地回了一句：“是吗？”

“只是，只是像而已，都很好听，哈哈哈。”

柯姣见他完全没有犹疑地这么回答，她干笑几声，在心里默默地拍了自己一巴掌，赶紧推翻了刚才荒谬的念头。

哎，她一定是喜欢 Djay 喜欢得快疯了，连网络和现实都不分了，用鼻子想都知道他们肯定不会是同一个人啊，只是音色都太好听了而已。

在她深深地自我唾弃之时，脑袋突然被他轻轻拍了拍。

她一抬头，就见谢修弋已经穿上了外套，薄薄的嘴唇勾着一个浅浅的弧度，似乎心情很不错，伸手帮她戴上了她的围巾。

“好了笨蛋，回家了。”

没一会儿，柯姣就默默地被他戴好围巾，默默地被他攥着袖口带出了录音室。

好吧，她就是笨蛋。

由于今天是一年的最后一天，节日特殊，所以 T 市很早就开始了交通管制，两人从 WDS 大厦出来后，谢修弋开车绕了个远路，才回到他家。

因为晚上八点在 Y 站有和 Djay 等人的试音，柯姣想着今天索性就把午饭和晚饭并在一起做，在做菜时就炒了两份的量。

等到吃饭的时候，她装作不经意地叫了谢修弋一声，告诉他：“今天晚上我有事情，刚刚给你把晚上的那份也做好了，你晚上记得在微波炉里热一热吃。”

谢修弋听了她的话，抬头看了她一眼，很快又低下头继续吃饭，淡淡应了一声表示知晓。

见他没反应，她松了一口气，咧着嘴拍拍他的肩膀说：“新年快乐啊，晚上别打游戏打得不吃饭，我会发短信提醒你的。”

说完，她又笑眯眯地加了一句：“我非常期待你的十首歌，赶紧写。”

不过，在她心里，她依旧还是很震惊的，说实话，她还真没想到她的人生中会出现一个能和她偶像的歌声一样好听的人。

这么看来，谢修弋这家伙说不定还真可能成为以后歌坛的巨星……

在她不做他的御用厨娘前，一定要先跟他拿个签名……

等回到自己家，柯姣设定闹钟补了个午觉，为晚上的试音养精蓄锐，起床后她再给爸妈打了一通电话，她看看时间差不多六点了，便给谢修弋发了条短信，让他赶紧去热饭吃。

做完这些，她就一边吃着中午带回来的饭，一边认真地在电脑前审核广播剧的剧本和策划，以免晚上试音时出乱子让 Djay 失去耐心拂袖而去。

等她再抬起头的时候，时钟上已经显示七点半了，眼看 Y 站频道里衣衣她们全都早早到齐等着了，整个 Y 站都充斥着严阵以待的气氛，她吁了口气，拿起手机看了一眼。

可奇怪的是，手机屏幕上却没有谢修弋的回信。

虽然她知道他不喜发短信和打电话，可是自从她认识他以来，她的短信他却是意外地每条都会回复，哪怕只回一个字。

柯姣放下手机，蹙起眉头，心里隐隐约约有点担心。

他是在打游戏没看手机，还是在写歌太专注了？还是……他难道又胃疼了？

因为曾经亲眼见识过他胃疼的模样，她还是有点心有余悸，此时她努力说服自己他应该没事，重新看向电脑屏幕。

没过多久，寒霜、夕元等人都一个接一个接连进入频道，她越来越紧张，可心里的不安却也越来越强烈。

他一个人在家，指不定又贪吃泡面了，他前天胃疼才刚好，现在不会真的复发了吧？

柯姣的心扑通扑通地跳着，眼看还有十分钟就要到约定的八点整，剧组的成员都给她发了消息问她准备好了没有，柯姣咬了咬牙看着不断闪跳着的屏幕右下方，终于腾地一下从椅子上起身，抓起外套、手机和钥匙，转身就冲出了家门。

柯姣顶着寒风一路快跑到谢修弋家，她绷着脸拿出备用钥匙打开门，冲进玄关。

整间屋子此时都静悄悄的，一点声音都没有，电视机关着，游戏机也关着，她提心吊胆地走到沙发边。

只见谢修弋正静静伏在茶几上，一动不动。由于他是面朝左边，所以只能看到他露出一半苍白的脸。

柯姣看到这场景，瞬间被吓坏了，赶紧冲过去走近蹲下，轻轻在他耳边不断叫他的名字，问他还好吗，还伸出手去感受他的鼻息。

幸好幸好，呼吸还是正常的，可她一连叫了好多声他都没有回应，她看得心里越来越凉，抖着手低下头从衣服口袋里翻找手机想叫救护车来。

可就在这个时候，她突然感觉到她放在茶几上的手似乎被人握住了。

柯姣猛地侧过头去，就见自己的左手食指正被他修长的手指轻轻握着，而她原本以为已经陷入昏迷的人，此刻正从臂膀里露出一只漆黑的眼睛静静看着她。

被那样漂亮的瞳孔注视着，柯姣觉得自己的心跳似乎都猛地漏了一拍。

"笨蛋。"

下一秒，她就听到他略带睡意的嗓音近在咫尺："我在睡觉。"

客厅里寂静无声，柯姣目瞪口呆地看着谢修弋松开自己的手指，懒洋洋地从茶几上起身，靠在沙发边，看起来完全没有身体不适的样子。

两秒后，她僵硬地抬起手扶住额头，有气无力地开口道："谢修弋！我真的是被你吓死了你知道吗，我还以为你胃病复发了……"

她刚刚怎么叫他都叫不醒，还以为他胃疼得昏迷过去了，谁知道他突然就睁开眼睛告诉她，他只是……在睡觉而已。

谢修弋面无表情地看了她一会儿，似乎想要开口说句什么，可柯姣的手机却突然铃声大作。

她都没来得及看来电显示，就手忙脚乱地接了起来："喂？"

"菠菜！你去哪儿了！我在频道里喊了你十多分钟都没应声，所有人都在等你啊！"电话那头衣衣的声音很着急，"你到底什么情况啊！"

柯姣被这么一吼，才瞬间想起八点整的试音："不好意思不好意思，我刚刚突然碰到紧急的事情出门了，我现在马上用手机登录Y站！等我一分钟！"

她挂断电话，立刻心急如焚地点开Y站图标登录。

"我出门一趟。"

"嗯……啊？"听到声音，她抬起头，就看见谢修弋已经穿上外套站在玄关处，"你要出去？"

谢修弋一只手拿着笔记本电脑，一只手拿着一副耳机，淡淡"嗯"了一声。

她虽然很好奇他大晚上竟然拿着电脑出门，但是也觉得没必要去多问，便只说：“你饭吃了没？”

“吃了。”他穿上鞋子，却站着没有动，“你等我回来再走。”

柯姣一怔，不知道他这句话是什么意思，可手机此时已经显示登录上Y站了，她想着反正她只要能上Y站就好，匆匆忙忙便答应了下来：“好。”

听她这么说，谢修弋脸上似乎闪过了一丝略带愉悦的神情，转身便走出了门。

屋子里恢复安静，柯姣调整了一下呼吸，赶紧拿出耳机插上，在公屏上飞快地打字。

【菠菜：对不起各位，我来晚了，我跪下给你们赔罪……】

【岱华：没事的，我们也刚来没多久，再说还有人没到。】

柯姣看得有些疑惑，刚想点开名单列表看看谁还没来，就看见柒凰无比怨念的一句话。

【柒凰：你偶像还没来……】

她看了一眼在线列表，果然，唯独Djay还没有现身。

不得不说，她倒是不太惊讶，因为这真的挺符合他的风格的。

【凯凯：跨年夜，我却不能拥美娇娘入怀，只能在家里孤苦伶仃地等着一个可能不会出现的人，这个世界为何要对我如此残酷……】

【寒霜：你闭嘴吧，你至少还有美娇娘！】

“到了。”

就在柯姣如往常一样旁听众人无比欢乐地聊天时，一个声音却突然出现在了她的耳机里。

冰冰凉凉的声音，听得柯姣手一抖，眼见Djay的名字已经出现在了列表里。

【衣衣：公子！活的！】

【导演：我爱了三年的偶像啊！】

【编剧：Djay我喜欢你！】

柯姣还没来得及拦住，上次没能过瘾，蓄势已久的衣衣、广播剧导演和编剧已经完全抛弃了工作人员的身份，不受控制地开始对Djay表白了。

还好这次试音是未公开的，要是漏出半点风声，估计现在整个 Y 站网络都得瘫痪了。

Djay 说了两个字后就没再说话，岱华见状很快开了语音："我就知道，只要有你在，整个场子就会瞬间变成你的个人专场。"

"你看，这个频道里现在除了我们几个，其余都是你的粉丝，包括我们的大作家菠菜。"

"上次你还没来的时候，她还亲口承认了你是她的偶像哦。"白银也跟着笑道，"哎，而且今天你俩还都一起迟到，前后出现，可真有缘啊。"

与此同时，其他人立刻十分配合地统一在公屏上打出一排"赞同"。

柯姣看着众人毫不避讳的调笑，脸颊瞬间变得通红。

好吧……她也没想要在 Djay 面前隐瞒她是他粉丝这件事，既然被他们当面挑明，她现在再害羞应该也来不及了吧……

"开始吧。"过了两秒，Djay 的声音再次响起，"很冷。"

"冷？"这会儿夕元也开了语音，"你难道没在家里吗？可以开空调啊。"

"不在家。"他回答得很干脆。

"那你在哪儿？"凯凯也冒了出来。

好像只要一关系到 Djay 的私生活，大家都会变得特别的精神抖擞。

Djay 今天似乎心情不错，竟然还真的回答了："在安全通道。"

所有人都惊呆了，柯姣也呛了一口，大冬天的，他为什么要蹲在大楼的安全通道里？

第五章　惜春容

正当人们激动起来，Djay 却很快下了麦，在公屏上打字。

【Djay：好了，开始试音预告篇的剧本吧。】

众人本想继续八卦，但是估计都跟他相处久了，知道他做事的时候不喜欢开玩笑，连前一分钟还在犯花痴的衣衣她们，也都特别认真地立即在公屏上回复“准备好了”。

柯姣抱着手机蹲在沙发前，终于第一次切身体会到了什么叫作气场。

《回到过去》广播剧预告篇的时常预计是十分钟左右，柯姣原以为岱华等人应该都很忙碌，没什么时间多看剧本，可当试音时，他们每一个人竟然都将自己饰演的角色完完全全配出了她脑中设想的效果，完美诠释出角色本身的性格特点。

柯姣张大着嘴，听到自己所写的文字被这些好声音完美地念出来，心里的情绪简直难以言喻。

专业配音演员其实就如同专业演员，前者是用声音将一本没有生命的剧本演活；后者则是用演技还原一个故事，且前者的技术难度完全与后者不相上下。

在其他人都念完了自己的内容后，终于轮到了给男主角配音的 Djay。

柯姣虽然已经做了相当多的心理建设，但在这个时候，还是飞快地跑去厨房倒了一大杯冷水，一口气喝了下去，想用透心凉的冷水来冷静冷静自己。

可当她看到 Djay 上麦的时候，还是瞬间慌得手和脚都不知该往哪里放才好。

而交麦的岱华，下麦前还特别说了一句：“菠菜，听仔细了。”

顷刻间，众人也在公屏上打出一整排齐刷刷的“菠菜，听仔细了”。

Djay 自然没有理会众人的调侃，轻咳了一声，连一句多余的废话也没有，直接开始了念白。

“人一生总会有那么一次冲动，所以我认为你也一定有过。如果不是人生里的这一次冲动，就根本不会知道自己到底有多爱这个人，并且愿意为这个人做到什么程度。

“我记得上一辈有一位我欣赏的男唱作人曾经说过，等他老了，他就签约粉丝喜欢的歌手，让那些歌手唱他写的歌给粉丝听……我没有他那么大度，等我老去，我就只给我的太太写歌、给我的太太唱情歌。

“生活，一半是回忆，一半是继续。”

一句，两句，三句。

柯姣静静地听着，一直到他念完的时候，才发现自己的眼睛已经彻底泛模糊了。

公屏上，衣衣、编剧和导演也都发了一句相同的话——听哭了。

广播剧剧组的工作人员都是她的资深读者，这本书也是她公认的巅峰作品，柯姣写这本书时因为这个深情又专一的男主角曾几度情绪起伏，而读者和她一样，也都对这个男主角和这本书怀着最深切的感情。

而 Djay 却用短短几段台词，就将这份情感还原了。

这就是声音的魅力和他独有的魅力。

整个公屏在这时都充斥着衣衣她们被感动得语无伦次的话语，本以为 Djay 念完台词就会下麦，谁知下一秒，他却突然开口叫了她的名字："菠菜。"

柯姣心里猛地一紧，吸了吸酸酸的鼻子，赶紧在公屏上打字。

【菠菜：我，我在。】

"你觉得怎么样？"他的声音因为在安全通道里而显得更为空旷低凉。

她的手指在手机屏幕上飞快地打着。

【菠菜：好，太好了，你们每个人都把我作品里的角色分毫不差地还原了，谢谢每一位老师，我真的很感动。】

Djay 沉默了两秒，说："我是说我，不是他们。"

柯姣愣了一下，很快反应过来，用仅剩的理智想了几秒，红着脸小心翼翼地打字。

【菠菜：嗯……Djay 老师，你就是我心目中这本书的男主角。】

【岱华：我还是第一次看到 Djay 如此直白的傲娇。】

【柒凰：我觉得这里已经没法再待下去了。】

【夕元：我也觉得，我们走吧。】

柯姣这个时候才后知后觉地发现刚才似乎是被偶像逼着表白了一下，整个人脑子里瞬间变得一片混乱，就听到 Djay 又说："嗯，你们走吧。"

众人无语。

"导演，给他们一个交音期限。" Djay 此时顿了顿，说道，"另外，这部广播剧的片尾曲有着落了吗？"

【导演：还没有，本来是想邀请你来唱的，但是你在微博简介上说你什么都不接。】

“这首接了。”Djay 回得很快，“词作曲作也不用找，我自己作完直接唱。”

众人惊了，柯姣的脑子也直接发蒙了。

见公屏上没有一个人发言，Djay 对着已经被震惊得陷入沉寂的岱华等人说道：“你们自己走还是我来踢人？”

三秒钟后，子频道里只剩下了 Djay 和柯姣两个人。

柯姣这个时候由靠在沙发边，直接演变成了跪在地板上。

她和她喜欢了三年的偶像，现在单独待在一个 Y 站子频道里，就……就他们两个人。

心跳，她的心跳去哪儿了？

“能说话吗？”频道里安静了一会儿，Djay 再次开口道。

她摸着自己的心脏顺了一会儿呼吸，再深深地咽了口口水，才按下了手机上的语音按钮：“能。”

可说出来的声音，连她自己都能感觉到抖得不像话。

她在心里暗想，柯姣，你真是太没出息了！

“《回到过去》刚出版，你的下一本书也马上要开始连载，再加上现在的广播剧。”他的声音似乎变得没那么冷清了，“你有想过要举办一个 Y 站庆祝歌会吗？”

柯姣的注意力全都停留在 Djay 的声音上，根本没仔细听内容，也完全没意识到他对自己的情况熟悉至此，只留意到了最后一句：“Y 站庆祝歌会？”

“嗯。”Djay 这个时候显得格外有耐心，“以庆祝《回到过去》上市、新书连载、广播剧预告首发的联名主题歌会。”

这回，逐渐脑袋没那么发热的柯姣终于听清了 Djay 话里的主要内容。

也就是说，Djay 在向她提议让她主办一个歌会？

仔细一想，她成为写手也快三年了，之前虽然一直很喜欢古风网配圈，但从未和圈内人有过深入接触，也从没想过自己主办一个 Y 站歌会。

“可是，我一个写手主办Y站歌会，会不会很奇怪？”她有些忐忑地问，“而且，我连一点办歌会的经验也没有，时间规划、邀请嘉宾、安排统筹……如果不熟悉歌会的话，这些都可能会有差池。”

说完，柯姣又在心里默默说，再说像她这样的圈外人，又不算什么大红大紫的大作家，哪个古风翻唱圈的老师会愿意来参加她办的歌会？

Djay沉吟片刻说：“关键是嘉宾。”

“嗯。”她用手托着下巴，回想起之前自己去听过的歌会，“我觉得歌会的嘉宾还是邀请得少而精会比较好，有秩序，也有凝聚力。”

“你在圈内有哪些欣赏的歌手？”Djay沉默一会儿，突然问了一句。

因为Djay的态度专业而严肃，柯姣倒也慢慢忘记了脸红紧张，越来越放松了：“其实……我平时听歌的范围还挺广的，虽然最爱古风歌曲，但其他语言的歌曲翻唱也会听，要分开说吗？”

“嗯。”

她很认真地思索了一下：“我进圈子的时间也不算特别长，古风圈的话，除了你之外，就是岱华、白银、凯凯、蘑菇酱，还有现在参加商业演出较多的祁慕，以及已经在网络上隐退的云图；歌曲翻唱圈，我喜欢TMK和Margie；动漫歌曲翻唱圈则是贺曲优。”

她一口气说完之后，叹了口气：“不过这些都是顶级人物，祁慕一直在全国各地参加商业演出很忙碌；而云图一心在现实生活中发展，连微博也不更新了；TMK和Margie都因为时差的缘故，比较神出鬼没，最近也没出什么新作品；至于贺曲优……那是K站小王子，有名的小暴脾气，据说也极少会出席歌会。”

“哈。”

不知道是不是自己的错觉，柯姣刚刚好像听到了一声极其短促的笑声。

是她出现幻觉了吗？Djay怎么可能会笑啊。

“那么，歌会的日期就定在两周后的周六如何？”当她还没回过神来的时候，就听到Djay如此说道。

“啊？”柯姣傻了，“歌、歌会？真的要办吗？”

不会吧……Djay难道是真的觉得她能主办歌会吗？她真的可以吗？

“嗯。”耳麦里此时传来了轻轻的脚步声，Djay 似乎是起身走了几步，“岱华会让雪夜渔舟的工作人员来带着你的管理员一起策划歌会，无须担心。”

柯姣听得目瞪口呆。她真的已经有点跟不上她偶像的思维节奏了……

“至于嘉宾，岱华他们几个应该都没有问题，祁慕我有他的手机联络方式，云图虽然隐退，但可以找他约到祝福录音，TMK 和 Margie 其实是一对夫妻，刚结婚没多久，他们和凯凯很熟。”

“而你口中的小暴脾气……”Djay 故意拖慢了半拍，“老曲，他就住在我家隔壁。”

柯姣整个人直接“啪”的一声趴在了地板上，颤抖地说道：“Djay 老师，你……”

没等她把话说完，Djay 便淡定地打断道：“那么，就邀请你刚刚说的这些人，加上我，一共十位嘉宾，应该足够了。”

她眼前一黑，趴在地上冷静了很久，等柯姣再抬起头的时候，Djay 已经从子频道里消失了。

他又走了吗？扔下这么个重磅炸弹就走了。她是得练就多么强大的心脏才能接受这几天一个接一个的消息啊……

柯姣欲哭无泪地从地上爬起来，却突然看见手机上跳出来一条消息。

【Djay：稍等，我在 Y 站主频道和岱华说话。】

岱华他们还没有离开她的 Y 站频道吗？

柯姣一惊，赶紧颤颤巍巍地移开了想退出 Y 站的手指。

她的脑子到现在还是一团乱……Y 站歌会……神一般的嘉宾阵容……以及贺曲优老师竟然和 Djay 是邻居的关系。

她总觉得，自从她喜欢了整整三年的偶像说要为她的书做广播剧的那一天开始，她的人生就逐渐变得不可控制了……

很快，Djay 重新回到了子频道，柯姣戴上耳机，想了一会儿，才虚弱地开口道：“Djay 老师，要是我没记错的话，你入圈三年来，从来没有参加过一次 Y 站歌会……”

“嗯。”

“再大牌的歌手邀请你去参加你都不会去的……”

“嗯。”

“所以……你真的要参加我主办的歌会吗？”

柯姣心脏咚咚地跳着，终于将心里最想问的问题说出了口。

虽然他曾在其他老师的追问下，说出了他愿意帮她是为了报恩；虽然她到现在也没想通她究竟帮过他什么忙；虽然她始终都不敢相信他从自己以为一辈子都可能触碰不到的人变成了现在和她互有联系方式的关系；虽然她知道，因为声音而如此执着于一个陌生人，并不是那么理智的行为，但是这么多的疑惑和惶恐，却都抵不过想要悄悄走近他一步的心情。

“嗯。”安静的频道里，Djay 给了她第三个肯定回答。

“我会不辜负你的信任，会好好筹办这次歌会的。”柯姣心里都是说不出的感动，即使紧张得不行，还是一字一句地说，“谢谢你愿意帮我。”

“嗯。”Djay 淡淡应了一声，“太冷，先下了。”

“好的，Djay 老师拜拜。”

等到他离开频道后，柯姣缓了缓心神，退出 Y 站，放下手机，靠在沙发上重重地深吸了一口气，擦了擦额上冒出来的汗。

大冬天的，在室内也能吓出一身汗，她也真的是蛮拼的……

她刚喘完这口气，玄关就传来了“咚咚”的敲门声。

想了想估计是谢修弋回来了，她从地上爬起来小跑到玄关。

“把这个放到茶几上吧。”一开门，就见“面瘫巨婴”淡定地将笔记本电脑和耳麦塞到她手里。

柯姣接过他的笔记本电脑和耳麦，转身放到客厅的茶几上，回过头却见他还站在门口：“你不进来？还要出去吗？”

“嗯。”谢修弋一手插在裤子口袋里，看着她说，“你跟我一起下楼。”

她愣了一下，伸手拿过外套：“下楼去干吗？”

谢修弋没有回应，等她走出门后，随手锁上门，走到旁边的安全通道里，拎出了一个白色的小纸袋交到她手里。

柯姣好奇地打开白色小纸袋一看，发现竟然是几包仙女棒。

仙女棒也叫手持烟花、手持“喷泉”，应该算是很多人的童年回忆。

逢年过节的时候，大人总会带着一群小朋友下楼，大人负责放爆竹和大型烟花，小朋友则拿着仙女棒蹦蹦跳跳地追着玩，所以仙女棒是深受小朋友欢迎的。

她沉默两秒，抬起头，看向身边一米八五的英俊男人。

所以说，今天谢修弋不让她先回家的目的，是想抓着她一起追忆童年……

两人一前一后出了大楼，来到谢修弋小区花园附近的一条小河，今天是跨年夜，大家不是选择出去看烟花晚会，就是在家看跨年晚会直播，所以小区里倒是静悄悄的，小河边也没什么人。

“你有带打火机吗？”走到河边的栏杆旁，柯姣低头拆开仙女棒的包装，拿出一根仙女棒。

“我不抽烟。”他接过她手里的纸袋，走向不远处的保安室。

不一会儿，他便从保安室折返回来，也抽出一根仙女棒，打开从保安那里借来的打火机，轻松点燃手里的仙女棒。

几秒后，仙女棒就散发出了黄色的小光，一圈圈的光晕显得格外耀眼，柯姣在一旁看得心也有些痒痒的，刚想说让他借点火给她的仙女棒，就见他把自己手里的仙女棒塞到她的手里。

眼看火要熄灭了，她赶紧接上一根，问他：“你不玩吗？”

“我看着你玩就好。”他言简意赅地说完，背靠在她身旁的栏杆，安静地看着她点燃完一根，就在一旁给她递上新的。

“其实自从我上了初中之后，就再也没玩过仙女棒了。”她调皮地甩着手里的仙女棒，笑嘻嘻地跟他说，“小学的时候爸妈过年都会带着我和亲戚家的小孩子一起玩，后来上了初中，他们的工作更忙了，过年有时候也会加班，我也就不太玩了。

“不过，虽然我从初中开始就上的是寄宿学校，但是我和爸妈他们的关系都很好。”她觉得好玩，连着拿了两根一起点燃，“我和他们经常会通电话，有什么事情也都会和他们说，写书的事情他们也很支持我。”

“嗯。”他望着她，轻轻应了一声。

“而且因为我一直独立生活，所以才会变得擅长做家务、做菜。”她的瞳孔里倒映着黄色的小火花，朝他做了个鬼脸，“其实一直一个人还是挺好的，我也一点都不觉得寂寞，要是没这一身的技能，我也就不能每天给你做大鱼大肉了，你说是吧？

“之前在大学，不认识的同学第一次看到我都以为我很喜欢在外面野，但是熟了之后，给我的评价立刻就统一变成了御宅主妇……”她说到这，突然侧过头来看他，笑吟吟地问，“你呢？”

谢修弋定定地看了她一会儿，突然朝她脸的方向伸出手。

柯姣呆呆地望着他漂亮的黑色瞳孔，原本以为他想掐她，碍于他的气场又不敢躲开，却见他的手只是轻轻撩起她散落下来的长鬈发，帮她小心地放到肩膀后。

“小心被烫。”他低声说。

她一下子觉得心脏跳得快了起来，脸也毫无意识地红了红，赶紧说道：“嗯，谢啦。”

他收回手，面无表情地靠回原处。

如此一来，她忘了要继续问他的事情，一小包仙女棒也很快就都放完了，等他拆开第二包的时候，她想了想，拍拍他的手臂：“你陪我一起玩吧，一个人玩很没意思。”

谢修弋沉默一会儿，轻轻点点头。

今晚的 T 市并不是特别冷，柯姣轻轻晃着手里的仙女棒，总觉得此刻的心情很舒适，话也变得多了起来：“谢修弋，你歌唱得那么好，有没有欣赏的和作为榜样的歌手？”

“有，但他已经结婚隐退了。”

他回应得很快，让她愣了愣：“难道你说的是……Tay？”

“嗯。”他微微颔首。

这个答案虽然不符合他一贯的不走寻常路的风格，却也在她的意料之中，她朝他竖了一根大拇指，笑得露出了左脸上的小酒窝：“我也是。在喜欢上 Djay 的声音之前，Tay 一直是我从初中到大学唯一喜欢的歌手。”

她没想到他和自己竟然会崇拜同一个人，总觉得心里很奇妙又很开心：“他也算是演艺行业里十分稀奇的一位天王，那么出名，却没有半点绯闻，也从不转型成演员出演电视剧、电影和综艺节目等，就是一心写歌、唱歌、出专辑、办演唱会，入行多年，始终以正能量的优秀作品示人。

“虽然都说演艺行业很复杂混乱，但是真正德艺双馨的人也是存在的，我总感觉因为有 Tay 这样的人和作品，所以整个社会还是在前进的。

“我记得当时他去大学演讲，我还专门买了飞机票跑到现场去听呢。他的歌曲风格就是中国风，让我想到你上次在录音棚唱的那首歌了。”手里的第二包仙女棒放完，她托着腮笑着问他，“那你呢，你为什么想要成为歌手？除了你本身唱功一流之外，有你自己的想法吗？”

她总觉得，以他的个性，应该是不太喜欢在万众面前高调露脸的，而且按照曾倩的说法，签约公司之后他也是一副对公司并没有抱多大感情，始终我行我素的样子。

“被人陷害。”他听到她的问题，几不可见地蹙了蹙眉，冷冰冰地给出了四个字。

“啊？”

他看她脸上实在是一副很想知道的表情，过了半晌，低咳一声：“我朋友偷偷瞒着我把我录的录音样带寄给了曾倩的公司。”

柯姣愣了两秒，瞬间理解了他的意思，哭笑不得地说：“所以也就是说，你是被朋友逼上了梁山，才只能硬着头皮跨入演艺行业的……”

谢修弋将手臂轻轻搁在栏杆上：“之前是这样，但现在想法有点变化了。”

“嗯？”

她靠在自己的手臂上，认真地看着他：“什么变化？”

“现在，我想用更广阔的平台传播好作品。”

柯姣听完愣了愣，惊讶于他竟然会说出这样的话，却突然又觉得心里很动容，不由自主地就朝他伸出了手掌。

“希望你有一天，在演艺行业里能够成为 Tay 这样的存在。”她望着他，像小孩子似的笑了笑，“我们击个掌来约定，好不好？”

他静静地望着她，竟然真的从裤子口袋里慢慢抽出手，轻轻地与她击掌。

“砰——”

与此同时，他们头顶的天空突然绽放出绚烂的烟花。

零点整，烟花的绽放正式宣告踏入新的一年。

T 市城中江边的烟火晚会本就离他的小区不远，他们只要抬起头，就能看得十分清晰。

她看着造型不同的烟花一个接一个地绽放，小小的脸颊上满是欣喜的笑容：“谢修弋，这烟花真的好漂亮啊。”

没有听到他的回应，她以为他也在专注地看烟花，却突然感到自己的头顶一沉。

谢修弋不知何时已经走到她的身后，将下巴搁在自己的手背上，轻轻低下头，隔着手掌压着她的小脑袋以防弄疼她。

倒映着烟花的小河边，从来孤僻冷漠、不喜和人接触的男人却以这样一个姿势无声地靠近着她。

“嗯，挺漂亮的。”

他在她看不见的头顶上方，微微勾起嘴角：“新年快乐。”

柯姣清清楚楚地听到自己的心脏里传来“扑通”一声巨响。

第六章　拜星月

夜空中烟花的燃放声很大，可柯姣总觉得她和谢修弋的四周安静得没有半点声响。

他的气息就在自己的身侧和头顶，她却动也不敢动。

柯校从小到大从未和男人离得如此之近，除了她的父亲之外。

这家伙是怎么了？不会是察觉到她对着他就会散发母性光辉之后把她当成巨型抱枕了吧？她怎么总觉得他好像是在撒娇呢？

她现在是不是该说句什么才好？也祝你新年快乐？

“你好矮。”

在她绞尽脑汁地想着措辞之时，身后的人却说了这么三个字，然后轻轻撤开了压在她头顶上的手。

柯姣目瞪口呆，足足反应了十几秒，才猛地转过身，恼羞成怒地瞪着他："你……我也有一米六三好吗！怎么能算矮啊！"

她刚刚还差点心跳加速，原来这人只是在想着怎么变着法子嘲讽她啊！

谢修弋很淡定地侧过头打了个哈欠，懒洋洋地道："困了，回去睡了。"

"去吧去吧。"柯姣没好气地朝他摆摆手，随手摸了摸上衣口袋，突然一拍大腿跟了上去，"等等！我的手机忘在你家茶几上了，我跟你一起上楼一趟。"

两人走进大楼，在大厅里等电梯，不一会儿，电梯"叮"的一声到了一楼，在柯姣的视线里，一个身高差不多两米的男人此时迎面从电梯里慢慢走了出来。

柯姣看傻了。

那人正戴着头戴式耳机听歌听得入神，走出电梯发现她和谢修弋正看着自己，脚步一顿，立即停了下来。

柯姣在现实生活中还真的很少和身高那么高的人正面相迎过，下意识地咽了口口水，仰着脖子看向他的正脸。

出乎意料的是，他竟然长得还挺好看的，眉目俊秀，可给她的第一感觉却是……好像有点凶神恶煞的样子。

"哟。"那人很快走过来几步，直接抬起手，一拳轻轻砸上谢修弋的肩膀，算是打了个招呼。

谢修弋的眉头蹙了蹙，似乎是瞪了他一眼。

对方摘下耳机，这时好像才看到谢修弋身边的柯姣，没说话，只是挑了挑眉。

"柯姣。"谢修弋没什么表情地算是给他们互相介绍了一下彼此，"芮优。"

"你好。"柯姣揉了揉鼻子，对芮优打了个招呼，"我是谢修弋的……朋友。"

她算是忍了忍，才把已经到嘴边的“御用厨娘”给憋了回去。

“我是他邻居。”

等芮优这句话说完，柯姣突然愣了愣。有一刹那，她觉得自己一定在哪里听到过这个声音。

这个声音非常熟悉，尤其他说话的字腔语调，短短几个字都能瞬间透露出他骨子里的高傲。

虽然她从没见过眼前这个人，但她凭着直觉已经能肯定，这家伙的脾气应该不太好，绝对不是盏省油的灯。

“我去便利店买泡面。”芮优紧了紧脖子里的围巾，侧头对着谢修弋说，“你要不要？”

柯姣听完，立即条件反射地看向了谢修弋，摆出了自己能够达到的最锐利的气场。

大概是接收到她的眼神，谢修弋沉默两秒，竟然很干脆地回了一个“不”字。

芮优好像有点惊讶，挠了挠头发，还特地追问了一句：“你真不要？麻辣口味都不要？你是家里的存货没吃完还是什么？”

“啰唆。”谢修弋冷冰冰地回了两个字，抬步进了电梯，留下柯姣和巨人大眼瞪小眼，柯姣不知道该说什么，但又觉得这样贸贸然就走也不太礼貌。

“你是谢修弋的女朋友吧？”

她一怔，还没来得及否认，对方摸了摸自己的鼻子，意味深长地勾起了一个浅笑：“我前面看到了，你瞪他，所以他才不敢让我帮他带泡面，他以前可喜欢泡面了，一日三餐都不厌。”

说完，他继续感叹：“真的太稀奇了……我有生之年第一次看到在谢修弋身上发生这种事情……”

柯姣实在是不知道自己该怎么接话，脸一阵红一阵白，而之前已经进了电梯的谢修弋也没有再给她机会想，直接走过来一把将她拖进电梯，抬手按了电梯的上行按钮。

“你邻居挺有意思的……”等进了谢修弋家，柯姣讪讪地走到茶几边拿起自己的手机塞进口袋里，感叹道，“而且他好高啊……”

“两米一。”谢修弋此时已经脱下了外套，只穿了件衬衣靠在沙发边拿着水杯喝水。

柯姣目瞪口呆地咽了口口水：“他出门要是不注意的话，是不是很容易头撞天花板……”

“不少次。”谢修弋一点也没给自己的邻居朋友面子。

她听得“扑哧”一声笑了出来，抬头看了一眼时钟，都快凌晨一点了，赶紧朝玄关处走，“我回去了，你早点睡吧，明天见。”

等她穿好鞋子，刚刚把手放在大门的门把手上，就听到身后传来一句淡淡的“等等”。

她一回头，谢修弋正站在她面前，面无表情地抱着手臂注视着她。

“你有男朋友吗？”

好熟悉的问题，柯姣揉了揉太阳穴，她记得好像 Djay 前两天也突然这么问过她来着。

“没。”她想了想，总觉得谢修弋不是这么关心她私事的人，也不知道他到底是出于什么缘由才问她这个问题的，但还是老实地回答了，“因为我从小到大都太喜欢待在家里了，一开始爱看动漫和玩游戏，后来变成爱听歌曲和广播剧，不怎么和男生接触，而且能让我动心的男人都在网络世界里，所以曾倩老说我是‘网瘾少女’……”

虽然说出来挺羞耻的，但是她长这么大，真的连恋爱都没谈过。

谢修弋幽深的目光在她的脸颊上转了两圈，看不出喜怒，半晌，只从鼻腔里“嗯”了一声，伸手帮她打开了门。

“那……新年快乐啦，明天见！”柯姣朝他笑了笑，很快走出了门。

等她走后，谢修弋去浴室洗了个澡，没有吹头发，也没穿拖鞋，随手拿毛巾擦了擦湿漉漉的头发，盘腿坐到沙发前的地毯上打开了游戏机。

刚打了没多久，门铃突然响了起来，响了大约五分钟还没停，他蹙了蹙眉，按了暂停键，脸色不太好地走到玄关开门。

“哟。”门口站着的是端着一碗热腾腾的泡面的芮优，“吃吗？”

谢修弋看也没多看他一眼，回到了沙发前。

“你真的转性了？泡面小王子竟然不吃泡面了？”芮优低了低头，一手关上门，直接厚着脸皮地进了屋子，跟着他走到沙发边。

他不理芮优，面无表情地继续飞快操纵着手里的游戏手柄，芮优看了一会儿，放下已经消灭了一半的泡面，幽幽地道：“我说你这变态，我每次看你打游戏，你从来不喜欢爽快地把人杀光，就爱慢慢折磨人，你怎么那么恐怖啊……”

谢修弋视线都不倾斜一下。

“喂。”芮优吃完了泡面，百无聊赖地靠在了沙发上，“你现在在经纪公司怎么样了？到底什么时候出专辑啊？”

这句话刚落，谢修弋立马回过头，给了他一个刀子一般的锋利眼神。

芮优被那能冻死人的寒光盯了一会儿，想笑又只能忍着不能笑：“瞪什么呢？你应该好好感谢我才对，要不是我，今后广大人民根本看不到一位举世无双的音乐鬼才好吗？”

“两周后的周六，一月十七日你在家吗？”谢修弋此时顿了顿，突然这么问道。

“在啊，怎么了？”芮优挑了挑眉，似乎很快想起了什么，“我记得那天好像是你生日吧，要我陪你过生日？”

谢修弋沉默两秒，将手里的游戏手柄往他大腿上一砸：“Y 站歌会。”

“好痛。”芮优吃痛，被砸得刚想没好气地骂他几句，突然瞪大了眼睛，“等等，你要参加 Y 站歌会？”

“还有你。”

芮优脸上的表情在几秒钟内突变，连说话都结巴了：“是……是哪个伟人竟然能把你请动去参加 Y 站歌会？你不是欠了人家巨款了吧？还是有什么把柄落到别人手里了？”

谢修弋没说话，只是放松了肩膀，头枕在手臂上，淡定地背靠着身后的沙发。

“怪不得岱华前两天和我说觉得你最近简直就像鬼上身似的……今日一听果真如此，竟然连 Y 站歌会都愿意参加了……”芮优摇了摇头，突然又反问，“为啥我也要去参加？”

“因为你是她在动漫歌曲翻唱圈里最欣赏的歌手。”

说完这句话，谢修弋的眼底突然飞快地闪过一丝不悦，抬起腿重重地踹了他一脚，直接将二米多的芮优踹倒在了地毯上。

“喂！你今天干什么老对我拳脚相向的，小心真的把我惹火了揍你，你看你身上，瘦得连点肉都没有，根本不经打。”

芮优撑着手臂从地毯上爬起来，恼怒地对他挥了挥拳头，可突然又捕捉到了他话里的关键词，问道：“她是谁？你不会是动了春心想谈恋爱了吧？我警告你啊谢修弋，你可别想残害小姑娘！”

谢修弋根本懒得应：“快回你自己家去。”

“你要睡了？”

谢修弋懒散地抬手摸了摸自己的下巴，拿起放在茶几上的电脑和耳机从沙发前起身：“去录首翻唱歌曲碾压你。”

“真是万万没想到啊！为了哄女生开心，连你都要铆足劲去录歌了，真是铁树开花了，连谢修弋都想谈恋爱了啊，这个世界还会不会好了……”

芮优看着他的背影，笑得像个小流氓似的使劲在太岁头上动土：“要我去参加歌会可以，那你得先告诉我，你到底看上哪家闺女了？我要赶紧去庙里给她烧香去。”

“就你刚才看到的那个。”

谢修弋淡定地甩下了这么一句话，就头也不回地进了卧室，留下芮优在客厅里傻笑，芮优笑着笑着，突然惊得连下巴都快要掉了下来。

“就是刚才那个？”

新一年的第一天，柯姣理所当然地睡了一个很长的懒觉。

醒来之后她总觉得自己腰酸背痛，想了想，可能是因为这一晚上做的梦实在是太费神了。

在梦里，她先是看见了谢修弋那张面无表情的脸，又听见了 Djay 迷人的声音，到最后，这两者竟然合为了一体，从谢修弋那张嘴里发出了 Djay 的声音，直接把她给吓醒了……

柯姣，你真是够了。起床刷牙的时候，她看着镜子，在心里唾弃了一下自己。

你真的不能因为喜欢 Djay 喜欢到见到一个男性就把他往对方身上套，虽然谢修弋唱歌时的声音的确和 Djay 很相似，但是他们是两个完全不同的人，你这样做，对身为你现实中的朋友谢修弋是很不公平的。

等她消化完自己的心理戏，出了浴室，她拿起手机，发现有一个来自谢修弋的未接来电。

“怎么了？”接通电话，她把手机夹在耳边，开始换衣服，“我刚起床，马上就来，你再等我会儿。”

“今天中午出去吃。”谢修弋的声音透过电话都能感觉出来一丝惯有的冷冰冰。

“啊？”她一怔，停下了手里穿衣服的动作，“出去吃？吃什么？”

“芝士年糕火锅。”

“你竟然愿意出门吃饭？”柯姣十分震惊，“难道是厨房的煤气灶被你弄坏了？”

那边谢修弋沉默了两秒：“我只是想去吃芝士年糕。”

“好吧。”柯姣检讨了一下自己不把他当作正常人的惯性思维，“是我们家附近的那家芝士年糕火锅店吗？”

“嗯。”他说完，顿了顿又说，“芮优和我一起。”

等柯姣到了那家火锅店的时候，根本不需要店员给她引位，她就已经一眼看到了谢修弋他们所在的位置。

原因无他，只要往所有女生都热切注视着的那个方向走就对了……

谢修弋颜值高，且自带强大气场，而他对面又坐着身高两米一的芮优，颜值也不错，这样的二人组合出现在公共场合，想让人不关注都难。

“哟。”芮优看到柯姣走到他们这桌旁，立马抬起手对她打了个招呼。

而芮优对面的谢修弋没说话，却已经直接抽开了自己身边的那把椅子。

柯姣连头皮上都感觉到了从四周围射来的冰冷刺骨的寒光。

“好香！菜都上齐了吗？”柯姣硬着头皮慢慢在谢修弋身边坐下，脱下外套，“能再帮我加个芒果布丁吗？”

“你身边这位一进来就点了五盘芝士年糕。”芮优帮她加完单，指了指面前已经烧得红红的锅，“我们点了泡菜牛肉锅，你能吃辣吗？”

“嗯！我可喜欢吃辣了。”柯姣很自然地回应道，“谢修弋也挺喜欢的。”

芮优此时很敏锐地注意到了坐在他对面的谢修弋眉眼间闪过一丝愉悦的表情，立刻挑了挑眉，佯装讶异：“是吗？我记得谢修弋以前很讨厌吃辣的啊？”

此话一出，柯姣立刻吓出了一身冷汗，她一直以为谢修弋喜欢吃辣，所以每次去他家做饭，都会炒一个辣菜给他吃，而且他每次也都是全部吃完了的。

柯姣心惊胆战地转向身边的人，却见谢修弋没什么反应，只是抬手顺了顺她刚才在路上走时被风吹起来的一撮呆毛。

“谢修弋……你真的喜欢吃辣吗？”她小心翼翼地问他。

“以前不喜欢。”他收回手，“现在可以接受。”

柯姣听得心里感动得不得了，想着原来不懂事的“巨婴”也有这么通情达理的时候啊，完全没有注意到对面芮优的脸上此时浮现出一副像被雷劈过一样的表情。

“我听谢修弋说，你是作家？”吃了一会儿，芮优突然这么问道。

柯姣点了点头。

“写什么类型的小说？言情小说？”

“嗯，写了三年了。”

“笔名叫什么？”

“菠菜。”

“大力水手派派吗？”芮优开了句玩笑，单手托起下巴，意味深长地看了一眼谢修弋，“待我回去搜索一下，拜读拜读你的作品。”

柯姣被他说得有些不好意思，只好反问他：“那你呢？你的工作是什么？”

“我？”芮优耸了耸肩，“家里蹲。”

“只要他兴致来了就随手帮人做做室内设计，年薪百万不止。”谢修弋此时在一旁随口补充道。

柯姣听到立刻对芮优肃然起敬，心里想着同样是“家里蹲”，为何自己写得两眼发白也连人家的五分之一都挣不到。

“那菠菜妹子，你知道你身边这位的职业是什么吗？”芮优突然笑一声。

柯姣停下筷子，思索片刻：“歌手？”

“你也太小看他了，虽然他现在进入演艺行业是因为我的恶作剧……但这家伙就算不走这条路也完全可以赚钱赚得飞起。”芮优扑哧一笑，眨了眨眼睛，“想知道他的辉煌人生史吗？”

“嗯嗯！”柯姣的好奇心完全被勾起来了，头上就像长出了两只兔耳朵在不停地晃啊晃。

说实话，她其实一直很想挖掘谢修弋背后的故事，但是她又不敢当面问他，好不容易他身边出现了一个和他关系很不错且似乎很了解他的朋友，她当然想从对方嘴里听到些深入的内容。

芮优此时一边佯装清嗓子，一边不动声色地和对面的谢修弋对起了眼神，好像是在说，我告诉她了？我能说多少？

谢修弋也回给他一个眼神表示自己看着办，别多嘴。

芮优立即心领神会。

“他应该告诉过你，他大学毕业之前一直是待在M国的吧？”

得到谢修弋许可，芮优放下筷子，咬着可乐的吸管，含糊不清地组织语句：“我和他是在M国认识的，从同一所高中到同一所大学，毕业后又一起回国，到现在已经认识十年了。大学我们在M大学就读，只是专业不同，我是工程学院，他是金融学院。”

M大学是顶尖的金融学院。

柯姣默默将视线投向一旁面无表情埋头专注吃年糕的人身上，她就知道这家伙的智商一定奇高，果不其然。

亏她当年压线考上T市最好的名牌大学还被身边人称赞了许久，现在一对比起来，真是小巫见大巫，况且她考上的那个专业还是个冷门专业，和人家顶尖金融学院没法比。

谈起过去的时光，芮优脸上的表情也透出一股惬意：“他那会儿可是咱们华人的骄傲，在厮杀最激烈的金融学院，硬是气死一帮老外，将学年第一保持到了毕业，而且这家伙从高中申完学校之后就在业余时间当个人操盘手，你猜猜，他大学毕业的时候个人资产是多少？”

“多少？”柯姣吸了吸鼻子，特别想听，又特别害怕听到一个天文数字。

芮优挑了挑眉，伸手比了个数字。

“五？”柯姣的声音抖了抖，“五百万？”

“美金。”芮优收回手。

柯姣把刚刚那个数字按照汇率换算了一下，手里的筷子都差点没拿稳。

她大学毕业的时候连第一本书都还没出版，谢修弋的个人资产却已经是五百万美金了……

“大学毕业之后我们都没读研，直接回国了，我对设计有兴趣，他则在家继续操盘，有时候会去名人工作室指导后期，也救急当过配音导演之类的……”芮优托着下巴回忆着，“话说，其实有好多歌手都唱过他写的歌，让我想想都有谁啊。”

然后芮优随口报了两个名字，柯姣就惊呆了。

天啊，原来这些歌都是他写的……

“总之，在我们回国之后，已经有无数人给他递过橄榄枝想请他从幕后转到幕前的，他就是死活不愿意。”芮优摸了摸鼻子，感慨万千，“这家伙真的极端讨厌露脸。”

“咳。”就在柯姣听得心潮澎湃又聚精会神的时候，突然听到身旁的谢修弋低低咳嗽了一声。

“嗯？”她转过头看向他。

他没说话，用眼神示意她看桌子上服务生刚端过来的芒果布丁。

柯姣是资深甜食爱好者，看到芒果布丁的时候眼睛都亮了，赶紧将布丁拿过来，开心地用勺子挖了一口。

好好吃！

她再挖起一口时，手臂却突然轻轻被人拍了拍。

她转过头，谢修弋正一动不动地注视着她。

“你也想吃吗？你喜欢甜食？”她小声问他。

“他可喜欢甜食了，我记得有次他一天吃了六盒马卡龙。”芮优插嘴道，“太变态了，简直是嗜甜如命。”

“那好，我去叫人再拿一个勺子来。”柯姣刚抬手想叫服务生过来，就感到手里的勺子一轻。

她侧过脸，发现谢修弋已经直接用她用过的那个勺子，吃掉了刚刚她挖起来的那一口。

坐在对面围观的芮优看得连眼珠子都快掉出来了。

柯姣还沉浸在刚刚芮优说的那些金光灿灿的传记里，想着他喜欢吃甜点索性就让给他吃好了，便将装着芒果布丁的杯子推到了他面前。

可谢修弋很高冷地看了她一眼，根本不为所动。

他又不想吃了？柯姣向来猜不透这位爷的脑回路，慢吞吞地又用勺子挖了一口。

谁知下一秒，谢修弋立即凑过来将她手里的那口吃掉了。

如此往复之下，柯姣很快就毫无知觉地亲手喂他吃完了一整个芒果布丁。

“嗯，不错。”

谢修弋酒足饭饱，十分满意，柯姣放下勺子，看看空空的杯子，总觉得哪里好像不太对劲。

而在对面观看完了全程的芮优此刻极力压抑着内心的狂暴，终于忍无可忍地拿出了手机，登上聊天软件。

他打开他们几个好友所在的群聊，愤怒地在屏幕上打字。

【贺曲优：我助攻 Djay 追他想追的女生，你们猜他是怎么回报我的？他在我面前秀了一整顿饭的恩爱！】

很快，群内的其他人便相继出来说话了。

【岱华：这有什么稀奇的？我们还助攻他帮他想追的妹子的书配广播剧。】

【柒凰：我还说好再也不接新广播剧了，在自打脸的情况下帮他配的。】

【凯凯：你猜猜他是怎么回报我们的？】
【蘑菇酱：他把我们全部赶出了 Y 站频道。】
【白银：还不许我们调戏她。】
【夕元：只许他自己调戏。】
【寒霜：还当着我们的面逼人家对他表白了一下。】
【贺曲优：每天都这样虐单身狗他不会遭天谴吗！我不帮他追妹子了！】

第七章　广寒枝

元旦假期的三天过去之后，柯姣就开始变得每天都坐立难安起来。

原因无他，自然是因为之前 Djay 和她商量好的，由她主办的一月十七日的 Y 站歌会的日子已经越来越近了。

不过，说是她主办的 Y 站歌会，其实好像到目前为止她什么都没干过。

时间是 Djay 确定的，嘉宾是 Djay 邀请的，策划也是 Djay 让雪夜渔舟团队的工作人员带着她家兴奋得每天上蹿下跳的管理员们一手包办的。

她好像整天只需要负责在群里看看就好，连开口都被人嫌弃，她依稀记得那天去问策划人员要任务，策划人员大手一挥地对她说："你就给我乖乖待着，准备好自己的开场词和问答环节就行，别的啥都不用你担心。"

而且，原本每天去帮谢修弋做饭还算是她的任务之一，可自从那天一起吃完芝士年糕火锅之后，他就突然变得神出鬼没起来，她每次去他家都见不着他的人影，只知道她做的菜他都吃完了，她只能每天独自默默地去，再默默地回家。

她想，哪怕他再不情愿，他现在也应该是在为正式出道紧锣密鼓地做着准备了吧。

虽然说她是稍微有点寂寞和不习惯了，不过，这也都是在预料之中的，她当初本就是阴差阳错踏入他的生活，待他当真成为了歌手，她和他的轨迹也应该就此变成平行线了吧。

于是，当曾倩打来电话的时候，她还是表现出一丝惆怅。

“你家巨婴这两天的确挺忙的。”曾倩在电话那边告诉她，“我也是刚知道，他在签约我们公司之前，就被一位知名制作人邀请为一部电影演唱主题曲了，估计他本人应该是真的欣赏这部电影才会接的，现在这部电影马上要公映了，而且预计票房绝对会很高，所以这两天他在忙主题曲最后的把关工作。”

“哦……这样啊。”

“菠菜。”曾倩咳嗽了一声，突然压低声音，“我说，你是不是这段时间和他摩擦出真感情来了？”

柯姣一愣。

“说实话，我真觉得他挺听你话的，而且对着你的时候就像突然有了人性，本来我一直觉得这世界上根本没人治得住他，直到你出现在他的面前。”

“你当你在春晚上深情地朗诵诗歌吗？”她抚了抚额，“我现在的感觉，其实就有点像寄养在自己家里一段时间的熊孩子突然被领回去了的样子……”

曾倩开怀大笑。

“好了别笑了。”柯姣叹了口气，“而且最近我的偶像也没再出现过，总觉得这两天做什么事都没精神……”

“网络与现实双重打击下的少女。”曾倩听罢，幸灾乐祸地挂了电话，“先不说了，我要和我男友去约会了。”

柯姣没好气地直接把手机扔在了床上，再次回到电脑前。

她点开聊天软件，Djay 的头像始终是暗着的，自从他上次和她在 Y 站单独对话之后，他就没有再出现过，无论是微博还是聊天群，她都没再见到过他的身影。

想来他本就是极其神秘低调的人，她不能因为他们之间意外开始的交集，就对他抱有太多的奢求和幻想。

说到底，他终究还是个离她很远很远的人。

柯姣索性合上电脑，没精打采地去睡觉了。

柯姣就这样情绪低落地度过了整整一周，直到有天晚上策划组的总策划突然联系她。

【时小间：菠菜，大功告成，歌会的主持人定下来了。】

【菠菜：是谁？】

【时小间：寒少。】

【菠菜：我知道他，是那个在国外留学的 Y 站主持人吧？很多大型歌会都是他主持的。】

【时小间：对的，一开始他因为太忙没有答应，还是岱华老师出面才把他请来的。】

【菠菜：岱华老师人真是太好了！】

【时小间：其实我是想来告诉你，我们刚做完最终策划案，九点要在频道里和寒少核对一下顺便彩排，你有时间来听听吗？】

【菠菜：当然好啊。】

柯姣和总策划说完，掐着时间去洗了个澡，再泡了杯咖啡，才回到书桌前登录上 Y 站。

柯姣一进她自己的频道，就发现活动现场已经热闹得不行了，一眼望去，场控们的名字已经井然有序地挂在列表上了。

公屏上，和柯姣前后到频道的寒少很有礼貌地先打了个招呼。

【寒少：大家好，菠菜你好。】

【菠菜：寒少你好。】

【寒少：我现在能上麦说话吗？】

【菠菜：可以，时小间把寒少安排上麦吧。】

打完字，柯姣便戴上耳麦，很快，耳麦里就传来了寒少温和的声音：“我大约有二十分钟的时间，能说得完吗？菠菜，是你说还是你的策划人员说？”

【菠菜：应该没问题，我的总策划时小间会负责快速解说。】

时小间做她的管理员之前也有过好几次策划 Y 站歌会的经验，这会儿很老练地上了麦，先让所有场控人员介绍了下各自的分工。

“嗯，分工很清晰。”听完介绍，寒少这么说了一句。

过了一会儿，柯姣又听见耳麦里立刻传来寒少的低笑声：“说实话，我十七号那天原本是真有事，但是听到岱华说 Djay 会来，我一想就觉得怎么也应该把自己的事情给推了来主持歌会了，菠菜，你真的太有本事了，我看古风圈都应该给你发块奖牌啦。”

电脑前的柯姣被逗得不好意思，只能拼命扯开话题。

【菠菜：时小间，快，继续继续。】

时小间的声音里明显也都是笑意：“歌会是当天晚上八点正式开场，七点四十五分的时候寒少会进频道暖场十五分钟，岱华是开场嘉宾，再是白银、凯凯，这三位老师演唱完后，我们设计了一个特殊环节，柒凰、寒霜和夕元这三位会现场配音菠菜三本作品里的三位男主角，配音五分钟后再分别演唱一首歌。”

柯姣一听就傻眼了。

【菠菜：柒凰他们也来歌会？】

她记得，当时 Djay 和她说好的名单里好像没有柒凰他们啊。

“对啊！”时小间偷笑，“是 Djay 后来把他们叫来的，据说是为了衬托出你的其他作品，我们想给你一个惊喜，所以一直忍着没告诉你。”

“嗯……”寒少此时又慢悠悠地开口了，“菠菜，我看网配圈也应该给你发块奖牌了。”

柯姣尴尬得快不行了，一边因为时小间话里提到的那个名字开心得心脏狂跳，一边又觉得这些话都太不真实了……

Djay，你到底是什么时候又悄悄地做了这些？

“配音环节结束之后是蘑菇酱以及歌曲翻唱圈的两位老师 TMK 和 Margie 的分别演唱，再接着是祁慕，祁慕说他那天在外地有商业演出，所以就只能用手机上 Y 站，可能音效会比较差。”时小间说到这里，轻轻感叹了一句，“可就算是用手机上线，粉丝估计也都会很开心，要知道祁慕自从投入到商业演出后，都快半年没参加过歌会了。”

“祁慕唱完后是抽奖环节，抽奖嘉宾是贺曲优，抽完奖优老师会唱歌，再接着是菠菜的读者问答环节，结束后播放云图老师的录音。”

“稍微打断一下。”寒少听到这里，似乎是喝了口水，“不得不说，这样的阵容，保守估计当天应该会有将近一万的粉丝量，场控们要辛苦了。”

“那么，最后一位嘉宾就是 Djay 了对吧？”

“没错，明天晚上我们就会在微博上正式发布预热海报和音频！”

寒少了然笑道：“那么，我敢保证，当晚在线人数肯定会破两万。”

两万……

柯姣在电脑前听得心中既激动又兴奋，可拍了拍脑袋，又猛然觉得心里很没底，特别虚。

当初她那样冲动地对 Djay 许诺她会好好办这场歌会，可真要保证全场歌会的圆满进行，不出一点小差错，也当真不是那么容易的事情。

毕竟，这是 Djay 入圈三年参加的第一场歌会，他给予她这样的信任，如果她没办法给他一个最完美的舞台做 Y 站首秀，她自己都不能原谅她自己。

频道里寒少和时小间似乎还在针对策划案讨论几个小细节，她托着腮，整个人慢慢都有点走神了。

就在这个时候，她突然看到一条 Y 站私密消息显示在了屏幕的正中央。

【Djay：在？】

简单的一个字，而发消息的人是 Djay。

柯姣盯着那条消息看了整整十秒钟左右，立即从椅子上跳了起来，用平生最快的速度回复。

【菠菜：在！】

【Djay：到子频道，语音房间。】

柯姣从他消息出现的第一秒，心律就开始变得不整齐，这会儿抬手关闭对话框，赶紧哆哆嗦嗦地去点语音房间那个子频道。

而就在她的鼠标刚刚移到“语音房间”那四个字上时，就听见耳麦里突然传来寒少讶异的声音：“我刚刚好像看见 Djay 出现了。”

“啊？在哪？”时小间的声音也拔高了一个度。

瞬间，整个公屏以流水般的速度发了一片“公子在哪”。

柯姣吓得手重重一抖，直接点进了语音房间。

活动现场的声音消失，而下一秒，一个已经出现在她梦中无数次的声音混合着她的心跳声猛然钻入她的耳麦。

“累吗？”低沉又简洁的两个字，在夜深人静的时候听起来尤为诱人。

她的脑袋还是乱的，这时两手抓着耳麦，悄悄咽了口口水，按了语音键说：“不，不累，Djay 老师你呢？怎么今天突然有空上来？忙完了吗？”

说完，她才觉得自己一口气似乎说了好多话，简直像个啰唆的老太婆。

那边 Djay 沉默了两秒，很轻地“嗯”了一声。

柯姣听得心一颤，感觉到那声“嗯”里仿佛带着一丝很淡很淡的笑意。

“那……那……”

此情此景之下，她当真是紧张得连话也说不上来了，她想和他说说话，更想听他说话，可总觉得好像怎样也开不了口。

“听歌吗？”

就在她想要拿块豆腐去撞墙的时候，突然听到 Djay 这么说。

“啊？听？听什么歌？谁唱？”

“我唱。”耳麦那边这时传来他鼠标轻轻的按击声，“刚录完的一首翻唱歌曲，听听看？”

在彻底安静的几秒里，柯姣用手掌重重拍了拍自己的脸颊，一下不够，还拍了两下。

好疼！

但是，她真的没有出现幻觉啊，眼前电脑屏幕上的 Y 站界面里，Djay 正和她两个人单独待在子频道，就和上次一模一样。

而且刚才，他是不是还说，要放他刚录完的一首翻唱歌曲给她听？

她的听觉系统应该没有出现问题吧？

“这首歌是一部动漫的片尾曲。”安静的频道里，Djay 这么淡淡说完，便轻轻按下鼠标，“还没做后期，先将就着听听。”

不将就！一点都不将就好吗！

柯姣虽然紧张得连一句话也说不上来，但是内心在拼命呐喊，Djay 老师你真的太谦虚了，不需要后期你的声音就很完美了啊……

下一秒，欢快清脆的背景音乐就应声响起。

“即使天各一方，也愿你能听到我们的鼓励。迷茫的时候，便向着声音传来的方向来吧。”

从 Djay 唱出第一个音节的时候，柯姣的心脏就快要从胸口跳出来了。

流利的日语和清晰明亮的嗓音，就像夜空中骤然闪过的流星，这是和唱古风歌曲时完全不同的唱腔和声调，但都是不相上下的惊艳。

听着听着，不知道为什么，她竟然觉得鼻子酸酸的。

明明是一首很明亮又很热血的歌曲，节奏也很强烈，让人会觉得浑身发热充满力量，可为什么她会有想哭的冲动呢？

她想，她应该是真的爱极了 Djay 和他声音里能够穿透一切的力量。

只有他。

当最后一个音节消失在空气中，柯姣抽出一张纸巾捂着自己的鼻子用力吸了吸。

“感冒了？”恢复安静的频道里，Djay 突然开口道。

“没，没有！”她赶紧否认，将纸巾揉成一团扔在一边。

要是她说听他唱这首歌曲听哭了，一定会被他活活笑死吧？

“Djay 老师，你唱得真是太好听了！”听完歌，就像是给她注入了活力与勇气。

和 Djay 关在一个语音房间，听 Djay 刚录完的歌，她真心觉得自己现在是全世界最幸福的人，这种时候如果因为太紧张而对着他哑口无言，事后她一定会把自己活活挠死的。

大概沉默了十多秒，那头 Djay 才幽幽开口：“那么，你喜欢的动漫歌曲翻唱歌手现在还是贺曲优？”

柯姣都不敢相信自己的耳朵。

这语气里，怎么好像有一丝怨念呢？刚刚说话的那个人真是 Djay 吗？

真是那个目空一切、高冷如百里冰原的 Djay 吗？怎么那股傲娇劲和谢修弋那么像啊？

想到谢修弋，她突然颤了颤。

她发现，好像从刚才开始，Djay 就一直在用一个对她来说有些陌生又莫名熟悉的声音和她讲话，这个声音，似乎……就是他的本音？而这个声音，真的和谢修弋太过相似了。

不行，不能再想下去了，她难不成真是想那位失踪多日的谢修弋想疯了吗？现在她是在和 Djay 说话呢！和 Djay！

她晃晃脑袋，用两手捂着脸，轻声回答他："不，从今天开始，你就是我的全领域偶像。"

"哦？" Djay 咳嗽了一声，声音里带着丝淡淡的戏谑，"本来还想再唱首翻唱歌曲的，现在看来，似乎已经不需要了？"

"不，不需要了！绝对不需要了！" 再来一首她还不如直接躺在医院里边输血边听得了……

Djay 此时关上了音乐播放器，鼠标按击声和键盘敲击声也消失了，仿佛是在一心等她说话。

"Djay 老师？" 柯姣握着耳麦，下意识地就大着胆子问他，"你今天不忙吗？"

"现在暂时有一会儿休息时间。" 他顿了顿，"你呢？"

Djay 老师竟然在和她互动聊天！

"我还好。" 她用手指不断地轻轻戳着桌面缓解心中的紧张，"这两天也没有写书，就是在准备歌会，不，不对，其实我压根也没帮上多少忙。

"对了，忘记说了，谢谢 Djay 老师你还专门请枭凰老师他们来歌会现场帮我的书配音，我真的很感动，其实我很怕自己办不好这次歌会，对不起你和你请来的这么多老师……"

柯姣越说越语无伦次，越说心里的责任和压力就越重。

"别紧张。" Djay 在那头好像用手指轻轻敲了敲桌面，"办不好又怎么样？办不好也与你没有任何关系，我会去收拾岱华他们。"

柯姣听得目瞪口呆。

“歌会的责任在歌手身上，作为歌手的我们会用歌曲烘托这场歌会的主角。”他难得地竟然说了这么多话，“而这场歌会的主角，是你。所以，你放手去做，开心就好。”

她三年来所崇拜的人，原来真实的脾性就是如此，随性却又带着压倒性的强硬和能力，仅靠短短几句话，就能让她的心安定下来。

或许，他今天上 Y 站的目的，不仅仅是想让她听歌，更是想给她打气。

所有人都说他冷漠不近人情，可她却已经意外地发现了他隐藏着的细腻和温柔。

自己好像……更加迷恋他了。

“我要去忙了。”他在最后低低地对她说了一句，“周六见。”

柯姣跟着他离开子频道，活动大厅也已经人去楼空了。

她点开聊天软件，有策划时小间的留言。

【时小间：菠菜，我们和寒少沟通完毕了，一切顺利，明天晚上就开始正式对外公布歌会。另外，你和 Djay 老师在小房间单独幽会的事，我们全体管理员和寒少都会保密的，请放心！】

柯姣抬手扶住额头。

早从 Djay 第一次踏进她的频道和她说第一句话的时候，她就在担心传出去会不会被他的百万粉丝活活打死，更别提他要帮她做广播剧、唱片尾曲，和后来两次的单独 Y 站语音会谈，以及他要参加她主办的 Y 站歌会了。

好在她的全体管理员们的保密工作始终做得一流，没有漏出去半点风声。

还有所有帮忙保密的配音老师们，再加上今天的寒少，改天自己一定要好好谢谢他们。

柯姣此时的心情实在是平静不下来，对着电脑也什么都看不进去，她干脆合上电脑，关了灯跳上床，在床上滚来滚去，傻笑再傻笑。

就这么一直磨蹭到半夜两点，她还是没睡着，脑子里反复循环着 Djay 晚间唱的那首歌，兴奋得能直接去楼下跑两圈。

四点了。柯姣实在是觉得这一夜值得纪念，索性拿出手机，发布了一条微博。

夜半聆听美人嗓，一夜睁眼到天亮。

横批：偶像太美。

虽然这一晚睡得不太踏实，但柯姣还是一觉睡到了下午。

等她优哉游哉地起床刷了牙，等着厨房的水烧热，随手拿起手机想看一下微博，就看见微博客户端右上角显示着超过九十多条消息提示。

柯姣吓了一跳，赶紧点开微博，想看看到底是怎么回事，要知道，她当写手三年来，可从来没一下子收到过那么多消息。

她点进自己主页的那一刻就惊呆了，她看到今天凌晨自己一时兴起发的那条微博，竟然有几千条的转发和评论。

到底……到底发生什么了！

她颤颤巍巍地点开评论，就看到一长排的留言。

【你到底是何方神圣！公子的第二十位微博关注！岱华老师、白银老师他们为什么也全部都关注你了？】

【老曲竟然也关注你了。】

【我快要和这个世界脱节了，一夜之间公子怎么会和言情作家扯上关系？】

【你和 Djay 到底是什么关系！快说啊！】

柯姣看得胆战心惊。

直觉告诉她，这一切可能都和 Djay 有关，于是，她一拍大腿直接先去点了热门评论。

果然，只见热门评论被点赞几千的第一条，就是 Djay 的转发。

Djay：说好的全领域偶像。

柯姣看到这句话时，浑身好像都被煮熟了一样，额头上连汗都冒出来了。

她再轻轻点击 Djay 的头像，清晰地看到，在他的简介下他和她的微博关系，已经从她单方面的“已关注”变为了“互相关注”。

手指慢慢向上移动，她看到发布微博总数不到三十条的 Djay，常年不发半条微博的 Djay，竟然在一夜之间一连发了三条微博。

第一条是凌晨他紧接着转发她微博的那条。

第二条是他正式首发在 K 站上的昨晚先放给她听的那首翻唱歌曲链接。

而第三条……

第三条微博是他在她原来那条微博上的第二次转发，她做梦都没想到，在这第二次转发里，竟然连贺曲优也掺和上了。

【Djay：说好的全领域偶像。】

【贺曲优：跨领域，抢饭碗，为妹子。】

【Djay：你原来吃泡面没吃坏脑子。】

这下，她觉得自己彻底完蛋了。

第八章　上西楼

开水烧开的声音呼呼地在耳边响起，柯姣虚弱地靠在厨房的墙壁上，觉得自己现在呼吸有点困难。

Djay 竟然关注了她。

Djay 竟然转发了她的微博，还是……两次。

Djay 的第二条转发以及半路杀出的贺曲优，真是有点容易让人误解啊……

虽然被 Djay 关注，她心里感觉像是天上掉下来一颗恒星似的，开心得恨不得立刻出去跑几圈，但是她明白，伴随这份荣幸而来的，该是多么强烈的狂风暴雨。

连她自己都知道，跨领域小透明和顶级偶像扯上关系这种事实在太值得人好奇了。

退出 Djay 的微博，她再瞄了一眼自己现在的粉丝数量，足足涨了三千多粉丝，都破万了……

还有不断弹跳出来的消息，她都已经直接忽略不计了。

不行，这个发展太可怕了，她得暂时先一个人冷静一会儿。

她将手机塞进衣服口袋里，倒了杯热水放在嘴边，想喝口水缓缓心神。

“哎哟！”

水碰到舌头的那一刻，她才想起来刚刚忘记掺冷水了，这下，她整根舌头都快被烫得麻掉了。

算了，今天诸事不利，还是什么都别干，傻坐着比较好。

中午，她去帮谢修弋做了饭，他还是不在家，等她收拾完厨房出门的时候，刚锁上门，隔壁的房门就应声打开了。

“嗨，小菠菜。”只见芮优从门里探出了一个头，朝她抬了抬手。

柯姣看到他也是挺惊喜的，锁上门，走到他那户的门边：“好久不见啊。”

“又来帮谢修弋做饭啊？”芮优干脆将门打开，走出门来和她说话。

“是啊。”她收起钥匙放在包里，“不过我都好几天没见到他了，听我闺密说他好像一直很忙。”

“的确。”芮优拆了一根棒棒糖塞在嘴里，“要知道，就算是正经事，把他逼出门这么多天，他本人其实也是很烦的。”

就算柯姣已经对他这个身高不再那么惊讶，可这会儿看着两米多高的大男人嘴里叼着根棒棒糖，口齿不清地和她说话，还是会觉得很有喜感。

没等她说话，芮优反问一句，“怎么，你想他了？”

“告诉你个小秘密，你家谢公子对和你碰不着面这件事啊，有点心烦。”

柯姣听完愣了一愣，脸颊立即有点红了：“啊？”

芮优这时抽出了嘴里的棒棒糖：“他昨晚是半夜才到家的，我本来都睡了，被他敲门给活活敲醒，他说他吃了你做的晚饭还是饿，我给他泡面他又不肯吃，非要说，要是你在的话就好了，他想看着你做好吃的。”

她慢慢听完，脸颊的温度越来越高，过了一会儿才低声回应道：“等他忙完，应该就能见到面了吧。”

虽然听芮优这么说她是挺开心的，原来对于谢修弋来说，她真的还算是个举足轻重的人。

“菠菜妹子。”芮优又眯了眯眼，“你俩真没什么关系？真的只是纯洁的男女友情？”

柯姣刚想反驳一句，可这时却突然捕捉到了芮优语调里的尾音。

这已经是第二次了，这戏谑高傲的尾音，真的真的……好熟悉。

“芮优。”她想了想，望着芮优的眼睛，“你是宅男的话，知不知道网络上的翻唱圈？”

芮优的肩膀此时明显微颤了颤：“知道。”

“那你知不知道，在动漫歌曲翻唱圈里，有一位翻唱老师叫作贺曲优？”柯姣又问，“他的嗓音高亢，声线特别。”

芮优的额头上此时都快滴下汗了：“知道吧……”

“你说话的声音真的和他很像。”柯姣很认真地看着他，“你……”

芮优此时整个人脸都发白了，声音也变了：“我……”

“你可以去听听他的歌，他唱得真的很好听。”柯姣在心里再次抽打了一下自己，觉得自己真是对网络迷恋太深了，赶紧笑眯眯地朝他摆了摆手，“我先走了，改天再聊啊。”

芮优目瞪口呆地看着她消失在电梯里，一个人静静地愣在原地。

过了许久，他才张了张嘴，自言自语地将棒棒糖重新塞回嘴里：“我现在终于知道谢修弋为什么能瞒她这么久都没露馅了……”

他都打算承认了，她竟然两手一拍走人了！这姑娘根本就是个缺心眼！

当天晚上，本来准备装鸵鸟装到天荒地老的柯姣终于在歌会策划人员的强烈要求下，再次上线。

歌会的宣传音频和海报已经在八点由书友会正式发出，总策划时小间的意思是，就算柯姣要被 Djay 的粉丝围攻，也得上线转发一下表示主办方的诚意。

柯姣想着等会儿一定要去给自己上个保险，小心地点开了微博客户端。眼见粉丝数量又增加了几千，她直接条件反射地点开了关注人列表。

果然，祁慕、云图以及所有参与歌会的老师们，已经无一例外，全部都和她互相关注了。

她深呼吸一口气，打开书友会主页，转发了歌会宣传的微博。

菠菜：不胜荣幸能有各位老师的捧场，希望大家周六晚上玩得开心，本人第一次承办歌会，到时如有不周，请大家海涵。

发完后，她关上微博，仰躺在了床上。

箭在弦上，不得不发，应该就是指这个意思了。

在和 Djay 结识之前，她根本没有想过自己会有今天，但是，既然他已经亲自带她进入了她从未想过要踏足的世界，她就不应该让他失望。

或许自己身上还真的有闪光点值得他帮助和欣赏？她不禁这么想了一下，很快又觉得自己有些自恋。

总之，无论如何，星期六那天晚上，她的表现绝对不能让他和那么多帮助了她的配音老师、策划人员和管理员丢脸。

好歹她也算是个稍微有点名气的作家，也有那么几本拿得出手的作品。

她在心里给自己加油打气，自己得先看得起自己，柯姣，你一定能做到最好的，若是你真的想要向 Djay 靠近，那就拿出你的自信来。

思及此，她一骨碌从床上爬起来，打开电脑，联系时小间。

【菠菜：时小间，走，上 Y 站语音房间去，我把我的歌会开场词念给你听听，让你看看我的气场！】

【时小间：好的，面对 Djay 就瞬间消失的气场。】

【菠菜：你……】

接下去的几天，柯姣还是没太敢上微博。因为转发了歌会微博后的第二天，她做贼似的上微博看了一眼，就再次被铺天盖地的舆论压力给吓到了。

每位参与歌会的歌手都非常礼貌地转发了那条微博，如果单是这样也就罢了，可每一位老师却都是在 Djay 转发的基础上转发的。

Djay：不紧张，周六见。

虽然这不是什么特别暧昧的语气，但是也真的算是他破天荒地带上了一丝人情味。

要知道，Djay 在圈内的风评就是没什么太多的人情味。可这次，他不但破了自己多年的脾性，参加了 Y 站歌会，竟然还对主办方表现出了这样一个态度。

这未免也太温柔、太体贴、太暖心了，也太不像之前的 Djay 了。

所以，这样让人惊悚的 Djay，也自然得到了他圈中好友与参加歌会的老师们的一致“落井下石”。

【岱华：主办方妹子菠菜是个好姑娘，预祝歌会顺利，新书大卖！】

【白银：加油菠菜！大家周六见！】

【贺曲优：我深深地被 Djay 感动了。】

【寒小少：友情提示，请大家格外温柔地对待主办方妹子，不然某人可能会发飙。】

柯姣一边看着关注人转发，一边在心头暗暗滴血。

寒少！竟然连你都这样！这下我真的是跳进黄河都洗不清了啊！

她看完了这几条转发，再大着胆子看了一眼未关注人的转发。

【终于明白为什么那么多老师都要和这位作家互相关注了，原来她办的歌会竟然惊动了这么多老师……】

【一起去听歌会。】

【老岱说是好姑娘，那应该就是好姑娘。】

【歌会见！寒少又调皮了。】

【虽然已经感觉整个人都不好了，但是我们一定都会去歌会现场亲眼看公子和所谓的真相的！】

【菠菜，如果你是男的，我就放过你。】

歌会宣传微博已经飙升到六万的转发量，让这场一月十七日的Y站歌会彻底成为了古风圈、翻唱圈和配音圈今年开年后的顶级盛事。

她关上微博，还看到寒少特别好心地给她留了一条言。

【寒小少：现在看来，保守两万的粉丝量估计真是少了，歌会当天的在线人数或许翻个倍也不一定，别紧张哈。】

柯姣总觉得那个“哈”可真是意味深长。

就这样兵荒马乱地过去了几天，Y站歌会的日子终于姗姗到来。

在长达将近两个星期的时间里，一月十七日这个日子在柯姣的脑海里，已经成为了一个地雷一样的日子。

这天是她首次举办Y站歌会的日子，是她的生日，也是Djay的生日。

早上一起床，微博上就已经满是读者和粉丝给她的生日祝福，她看得心里很开心，坐在床上，格外认真地回复了每一条祝福。

回复完这些，她也鼓足勇气给Djay的聊天软件上留了一条言。

【菠菜：Djay老师，祝你生日快乐，希望你每一天都过得开心健康！】

她本来想要发一大段话过去，但是想来想去，她觉得给他表白的人数以万计，他要全部看完也太辛苦，她还是简单明了点表达下心意便好。

中午左右，曾倩打来了电话祝福她生日快乐，在电话里，曾倩问她今晚有没有安排，需不需要推掉自己和男朋友的约会来给她过生日。

柯姣大手一挥，很大方地告诉她：“不需要，今天晚上我有Y站歌会，Djay在现场唱歌就是最好的生日礼物了。”

“好吧，那你爸妈给你过吗？”

柯姣无语：“他们借着工作的名义去北欧旅游了，昨晚从北欧打来贺电稍微表示了一下对我二十四岁生日的祝福。”

“我终于明白你那么没心没肺的缘由了。”曾倩比她更无语，在挂电话之前，还不经意地说了一句，“今天是什么日子，怎么那么多人过生日啊……”

柯姣一听倒是好奇了，本来想问她还有谁是今天过生日，她却把电话给直接挂断了。

从中午一直到晚上的这段时间，柯姣觉得自己都处于肉体和灵魂分离的状态。

她想写书，文档打开半天她也写不出一个字；看电影，放了十分钟她索性把播放器给关了；吃东西，她吃进去也没感觉到有什么味道。

她真的太紧张了。

她在房间里踱步，用手掌不断摩挲着自己胸口告诉自己，今晚就算把头给磕破了，她也得硬着头皮面对上万名粉丝和听众。

出乎她意料的是，晚上六点多的时候，她突然收到了消失了整整两个星期的谢修弋的短信。

短信内容还是符合他一贯的高冷风格，就几个字。

【谢修弋：今晚在家？】

【柯姣：嗯，在家。】

几秒后，又一条短信发来。

【谢修弋：哦。】

她心想这人是怎么回事，没事问她的行踪做什么，然后又收到了他的一条短信。

【谢修弋：不要出门。】

不出门就不出门，这位大哥，我本来今晚就有那么重要的事情，根本不可能出门的。

柯姣以防他晚上突然要她过去做加餐，她想好措辞赶紧回复。

【柯姣：不出门，中午给你做了两顿的饭，夜宵的份也包括了，晚上我就不过来了。】

谢修弋没有再回复。

七点左右，柯姣准时打开电脑登上Y站。

之前她就已经和时小间说好，所有工作人员包括她在内都会提前一个小时登录 Y 站，在语音房间里开最后的场控会议。

可 Y 站的界面刚跳出来，她就吓得把鼠标直接扔在了地上。

这才七点刚过啊……Y 站现场的在线人数竟然就已经达到了三千多人。她往常参加过的 Y 站歌会，一般歌会正式开始也就三千至四千人左右。

她把鼠标从地上捡起来，不敢再看活动大厅不断在增加的粉丝，点进了语音房间。

房间里，时小间正在嘱咐每一位场控注意每一位到现场的嘉宾，看准策划案的时间，做到每一个环节都不要有疏漏。

见她来了，所有场控都在公屏上打字。

【场控：菠菜，你紧张吗？】

柯姣虚弱地回应。

【菠菜：紧张也没有用了。】

时小间看她这么说，“扑哧”一声在语音里笑了出来：“没事，大不了就是被 Djay 的粉丝打死，要有大奉献的精神，你开场词全都修改好了？”

【菠菜：好了。】

“寒少过会儿就会到现场进行暖场，你现在就在大厅里挂着就好，我再和大家说两句。”

柯姣退出语音房间回到 Y 站大厅。

粉丝们都是火眼金睛，她一出现，公屏上就立刻刷出来一排字。

【菠菜出现了！抓住！】

她一惊，已经开始不断有 Y 站加好友的信息跳出来，验证信息也是五花八门，有来自她自己的粉丝，也有来自其他几位老师的粉丝的，当然，其中有不少都是 Djay 的粉丝。

柯姣一个一个都点了“接受”，心里想着等会儿自己要是在现场出丑了，那可就等于把 Djay 的脸也给丢光了啊！

不行不行，为了 Djay，她也要拼了！

七点半的时候，寒少就已经来到了频道，比预估的时间提早了十五分钟开始暖场。

等时小间以最快的速度把寒少安排上了麦，寒少也立刻开麦进入状态："大家晚上好呀，哟，已经来了快四千人了，这阵仗，怎么？都想早点看到我，所以那么早就来了？"

他最擅长的戏谑语气瞬间就带动了气氛，公屏上立刻如流水一般地刷着"寒少又开始自恋了""寒少好帅"以及"啊啊啊"。

原来这就是拥有庞大气场的 Y 站主持啊。

柯姣在电脑前看得也是唏嘘不已，虽然寒少时常爱开玩笑，可关键时刻还真是很有魅力的。

"大家都知道，今天这场歌会可谓是万众期待，主办方可是花血本请来了诸多顶级偶像啊。"寒少继续慢条斯理地说着话，"你们知不知道，今晚都有哪些嘉宾会来呀？"

下一秒，所有人都开始疯狂发到场嘉宾的名字，要不是场控限制了发言频率，公屏上的发言速度都快要肉眼难见了。

柯姣也注意到，粉丝发得最多的就是 Djay 的名字。

哎，她的偶像可真是全世界的偶像啊……她在心里既骄傲又心虚地想。

"好了好了，你们都很聪明，那么，我再问问你们，知不知道这次的主办方是谁啊？"

听到此，柯姣汗毛一竖，就看见公屏立刻呈现出截然不同的趋势。

她的粉丝都特别统一和暖心地开始打出她的名字，而其他老师们的粉丝，虽然大部分也在发她的名字，但也有些却打出了类似"不是特别了解""不知道"等内容。

"嗯，因为我不关注写手圈，所以在岱华找上我之前，我也不认识。"寒少这时笑了一声，"不过，现在，我已经对她有了个初步了解，我相信这位突然跨圈出现的神秘作家过会儿一定会让你们大吃一惊的。"

八点了。

柯姣看着时间一分一秒地走过，两手握拳，深深地咽了口口水。

歌会正式开场了。

随着寒少关闭了暖场用的背景音乐，清了嗓子开始致开场词，全 Y 站频道的在线人数已经达到了一万五千多人。

柯姣在心里想，深呼吸，想想你的学生时代，你曾经因为擅长拉小提琴，被抓到 T 市大剧院演出，那天整个大剧院里将近有一万八千名观众，你不是也顺利完成了自己的演出吗？再说了，这是网络世界，没有人看得到你的表情有多紧张，就算你真的发挥失常，只要你合上电脑，一段日子之后也总会风平浪静。

“那么，现在，就让我们有请我们这次歌会的主角菠菜上麦来和大家打招呼。”寒少如是说着，柯姣看到时小间已经将她安排上了麦。

柯姣抬手按了语音键，她看着屏幕，轻轻闭了闭眼：“大家好，我是菠菜。我知道，在场的粉丝，应该有很大一部分都并不认识我，都是冲着我请来的嘉宾来的。”她清了清嗓子，尽量让自己不那么紧张，“那我就先无耻地给自己打个小广告，我是 T 市人，摩羯座，吃货，喜欢旅游喜欢看电影，副业是言情写手……”

她说了一会儿，觉得自己好像越来越进入状态，也更放松了。

可就在这个时候，她突然听到耳麦里传来了寒少有些古怪的声音：“菠菜？”

她觉得奇怪，应了一声。

“我们的主角说了一句大家好之后就沉默了一分钟都还没说话，是跑去上洗手间了吗？”那边的寒少好像根本没听到她说话的声音，语带笑意，“比我还会耍大牌啊，你们听得到她的声音吗？”

柯姣此时再低头看了一眼公屏，只见整个公屏都在发三个字——听不到。

柯姣恨不得拿自己的脸去撞墙，只能手忙脚乱地拆掉耳机，再拼命按了两下语音键，气喘吁吁地道：“现在听得到吗？喂？喂？寒少？”

“听到了听到了。”寒少这时也终于给了回音，“你刚刚去楼下跑了一圈八百米回来吗？”

“是我的麦。”她欲哭无泪，“我的麦不知道怎么突然出问题了，插耳机说话没人听得到，我刚刚说了好久的话。”

柯姣再看了一眼电脑屏幕右下角的时间，因为她不争气的麦，她已经把整个歌会拖后了五分钟，本来这个时间点岱华都应该已经上场了。

“好吧，我们的麦不灵菠菜同学，请速战速决。”

柯姣好不容易把五分钟的发言稿缩短成两分钟说完，她下了麦，像虚脱似的躺在了椅子上。

她看了几眼公屏，倒是没看到什么嘲笑她的评论，不过她的“麦不灵”的可爱形象经过寒少的宣传，似乎已经深深植入了所有粉丝的心。

按照歌会流程，第一位表演嘉宾是岱华，他作为圈内的“团长”，凭借无比稳定扎实的唱功和绝美的声线，用自己个人古风音乐专辑的主打歌《生羽笙》，轻轻松松就将歌会的气氛瞬间推上第一个小高潮。

接下去的每一位歌手也各显神通，整个公屏根本就没有停下过，等到了柒凰他们的配音环节，在线人数已经直接飙升到了两万五千多人。

柯姣听着自己书里的角色被配音老师们一一演绎，也是激动得十分忘我，可在背景音乐的余韵中，她却突然听到了自己手机的振动声。

她随手拿起手机一看，立刻像抽筋一样坐直了身体。竟然是来自 Djay 的消息。

她点开屏幕，发现这条消息还不是文字消息，竟然是语音消息！

Djay 竟然给她发语音了……

虽然他们之前也在 Y 站单独说过话，但是她总觉得单独的语音消息好像比起 Y 站直接对话，更多了层私人关系的亲近。

她轻轻点击播放，感觉自己的心跳声好像已经大得整个房间都听得到了……

他会对自己说些什么呢？

“菠菜。”冰凉又低冷的声音很快响在了她的耳边，“帮我个忙。”

她一怔，手指比脑袋反应更快。

【菠菜：好的，Djay 老师你说。】

“我的手机微博客户端突然打不开了。”他回消息回得很快，她也能听得出他周围的环境似乎有点吵，“你上我的账号，帮我发条微博。”

柯姣的心里仿佛出现了一排惊叹号。

Djay 竟然让她上他的微博！

【Djay：账号是 Djay117live.cn，密码是 XXY117。】

没等她回复，他就发来了第二条消息。

【Djay：账号里的 D 大写，密码里的 XXY 也是大写。】

柯姣抖着手，战战兢兢地退出自己的微博，按照他的提示，慢慢输入他的账号和密码。

输完之后，她看了一眼他的账号和密码。她怎么总觉得，这个账号和密码有点……

“有什么问题吗？”见她迟迟没回复，Djay 又发来了第三条语音。

Djay 连发三条消息，她却一条也不回，柯姣狠狠抽打了一下自己，迅速打字。

【菠菜：报告 Djay 老师，没问题！】

大约过了两秒，Djay 发来了第四条语音。

“没关系，我也知道你现在肯定看不出什么问题。”

柯姣听完他的语音，总觉得他的声音里有那么一丝……嘲笑她的意味？

她不就输个账号密码嘛，又没输错，Djay 没事嘲笑她干什么？

她摸摸脑袋，再仔细看了两遍他的账号和密码。

有什么问题呢，不就是“X”和“Y”稍微多了点吗？她真看不出来有什么蹊跷啊。

第九章　凰枝令

没给她时间再多想，网页显示她已经登录上了 Djay 的微博界面。

她不小心瞄到了一眼右上角，就再次被深深地震撼到了。五万多的评论，五万多的转发，两万多的新粉丝，还有数不清的未关注人发来的私信。

“登录上了？”Djay 的语音这时再次跳了出来。

“嗯。”她应了一声，干脆也发语音过去，“Djay 老师要我代发什么微博？”

她的手指在鼠标上轻轻摩挲着，呆呆地看着微博界面，总觉得这一刻实在是太不真实了。

她现在竟然登录着 Djay 的微博界面，还能看到他发的微博。

“两句话。”没一会儿，Djay 淡淡说道，“第一句，我可能不一定能来参加歌会了。”

柯姣听完这句话，张了张嘴，就像被人迎面狠狠打了一拳。心底重重一沉，好似刚刚还在面前闪耀着的百盏明灯，转瞬之间就全部熄灭了。

怎么会突然不能来了？是有急事吗？还是身体出状况了？对了，今天是他的生日啊，可能……他会和亲近的人出去过生日。

到嘴边的那么多话，她却一句也问不出口。

其实，从最开始，她想成功举办这次歌会就不是为了推广自己，也不是想证明些什么，更不是为了拉高她书的销量。

只是因为他。

因为他相信她能举办得好，所以她才举办，因为他会参加，所以她才会那么在乎。从来就无关其他。

“好的没事。”她揉了揉眼睛，“Djay 老师你去忙吧，没有关系的，我去和寒少他们说一声。”

连她自己也听得出来，她这声音里的情绪一点也不像“没事”。

下一秒，Djay 竟然直接发了即时通话过来。

柯姣手忙脚乱地点了“接受”，她声音绷紧地道：“Djay 老师？”

“嗯。”他那边的环境十分嘈杂，“我这边很吵，听得清吗？”

“可以。”她应了声，“你说吧。”

“第二句话，不要在其他歌手唱歌的时候，发我的名字。”他的语速低而快，“就这两句。”

柯姣按照他的吩咐打上这两句话，一瞬间突然就觉得鼻子酸酸的，心里也没刚才那么难过了。

虽然她失落于他不能出席歌会，但是后面一句话，却又让她觉得，遗憾便遗憾了吧。

的确，他从不刻意讨好粉丝，甚至从不和粉丝互动，可他偶尔细小的举动，都会让本就热爱他声音的人，从心底里更加欣赏他这个人。

他表面如冰川，内心却一直有这样细腻的小温情。

这就是 Djay 啊。

“我发出去了。”

她点击“发送”后，吸了吸鼻子，退出了他的微博：“还有什么需要我帮忙的吗？”

Djay 沉默了片刻，在挂断语音之前，留下了这么一句话：“我会尽快赶回来，所以，帮我让你自己开心起来。”

手机再次恢复安静。

柯姣傻愣愣地拿着手机，发了很久的呆。

等时钟敲在九点的时候，她才后知后觉地发现，好像有什么地方不太对劲了。

最开始的时候，她面对突然和她结识的他，惊喜地觉得自己只是在做梦，在心里始终将他当作仰望的神，绝不敢多想；后来，他和她越走越近，给予了她不同寻常的优待，让她心里无比欢喜，又恐慌地觉得自己不该再奢求太多。

这段时间，她就始终徘徊在这样一个矛盾的心态里。毕竟，她知道，哪怕她再喜欢他，他也不是她生活中真实存在的人。

可是现在，Djay 真的在引领她走进他的世界。

就像本来，她和他之间隔着的是一扇门，可现在，她的半只脚已经跨进了那扇门。

Djay 这个名字，对她而言好像变得不再是虚幻的了。

等她重新回过神，Y 站的私信已经多得要炸开了。

她随便点开一条，就看见时小间的一排感叹号。

【时小间：公子不来了？】

连寒少也在询问了一句。

【寒小少：Djay 刚刚发了条微博，他有和你说他可能不能来参加歌会了吗？】

她刚刚已经经历过了坐过山车的感觉，这会儿反而淡定下来，一一回复了来询问的人。

【菠菜：嗯，我知道，如果 Djay 在他预计上场的时间点不能来，那就提前结束歌会就好。】

柯姣重新登上自己的微博，刚刚自己代替他发的那条微博评论已经过了五千。

除了每一条都加上了“公子生日快乐”的祝福外，大多数评论当然都在表达痛哭流涕和伤心难过，可其中也有不少粉丝相当理性。

【公子有自己的生活，我们就听他的话，不发他的名字，就算他不能出现，也尊重其他的歌手，好好听完歌会。】

她托着腮重新戴上耳机，继续听歌曲翻唱圈的两位老师唱歌。

她暗暗在心中说道：无论你来不来，我就在这里，等着你，不离开。

即使 Djay 说可能不能出席歌会，在贺曲优上场的时候，频道的听众数量也已经达到了三万多人。

毕竟，这场歌会的每位嘉宾都是重量级人物，每位嘉宾的粉丝都是成群来围观的，不算上 Djay 也已经足够轰动了。

“那么，接下来的这位，也是我们这场歌会的一枚重磅炸弹。”

寒少这时清了清嗓子，还特意卖了个小关子：“人称江湖第一小暴脾气。”

他话音刚落，整个公屏就开始发“老曲”“贺曲优”“优大”，看得人真是心惊胆战。

“来，请我们的场控把老曲安排上麦吧，再不安排上来他的粉丝都准备掀桌了。”

时小间迅速将贺曲优安排上麦，电脑前的柯姣看到贺曲优的名字时，还是小小地兴奋了一下。

虽然她已经承认了 Djay 是自己的全领域偶像，但贺曲优作为她一直以来喜欢的动漫歌曲翻唱歌手，嗓子真是很特别，她还是非常欣赏他这副天生的好嗓子的。

“行了，别发了。”贺曲优一开麦，就是一句霸气到极点的话，“看得我眼睛疼。”

柯姣扑哧一笑，心想他这臭脾气真是到哪儿都能发出来。

“好了，唱歌。”贺曲优那边传来了清晰的鼠标点击声，“我今天准备了一首很好听的歌。”

柯姣本来想在他正式开嗓前起身再去厨房倒杯水，可突然就听到耳麦那边传来了贺曲优的话：“唱歌之前再最后说一句，小菠菜生日快乐，Djay 生日快乐。”

她僵在了原地。

耳麦里背景音乐的声音虽然已经播放出来，可整个频道的人却也都震惊了。

【小菠菜，天啊老曲竟然叫菠菜小菠菜，他们的关系很好吗？】

【菠菜和 Djay 竟然是同一天生日啊！生日快乐！】

【我总觉得咱们老曲好像知道点什么的样子啊！】

如流水般滚动的公屏，却也缓解不了柯姣心中的震惊和疑惑。

上次微博事件时，她就有点意外为什么贺曲优会在 Djay 转发她微博的时候也掺和一脚，后来想想他和 Djay 是现实生活中的邻居，网上调侃一句也并不稀奇。

可她自己和贺曲优是真没有过任何交集的陌生人，他刚刚竟然叫她小菠菜，无论如何，这个“小”字，对脾性如此的他来说，真是太古怪了。

不对，好像最近也有人叫过她“小菠菜”这个名字。

是谁呢？

柯姣一时半会儿实在想不起来，但现在，她还是赶紧坐回电脑前，在公屏上打字。

【菠菜：好荣幸，谢谢老曲的祝福，很感谢你今天能来！】

贺曲优话不多说，立刻就正式开嗓，而公屏上除了发他名字，有很大一部分都在发一句话——菠菜，你究竟是何方神圣？

她能请来这么多重量级嘉宾不说，还让贺曲优如此亲切地祝福她生日，就算是圈内人，估计也得不到贺曲优这么一句祝福，这简直……太不可思议了啊！

等贺曲优演唱结束，整个歌会也步入尾声。

播放完云图的祝福录音，柯姣被时小间安排上麦，进行读者问答环节。

在这之前，寒少已经和她私下沟通过，等提问环节结束，他就会再在频道里和大家说说话拖延十分钟，如果 Djay 到时还不出现，歌会就正式结束。

她同意了，也做好了 Djay 不会现身的准备。

即使他不在，她也知道他在默默地支持着她，她答应他会让自己很开心，而这场歌会的确很成功，所有人也都玩得很尽兴。

她已经很知足了。

到了问答环节，有三位听众得到了提问机会。

前两位恰好都是她的读者，上麦后都很热切地对她表达了喜爱之情，也很有礼貌地对她的作品进行了提问，第三位姑娘不是她的读者，是专程来听歌的粉丝。

那位粉丝上麦后，清了清嗓子，低声说道 :“因为我不看小说，所以我想问菠菜一个无关于小说的问题，可以吗？”

柯姣很认真地听着 :“好啊，你说吧。”

“菠菜，请问你的本……”那位粉丝话还没说完，突然好像是信号中断了，彻底没了声音。

“哎？这位读者是不是断线了？”等了大约半分钟左右，对方还是没声音，寒少只能说道，“场控要不然再选一位粉丝上麦？”

场控很快按照寒少的要求重新操作。

柯姣因为前面说话说得有些多，这时拿起一旁的杯子喝了几口水。

可等她刚放下水杯，就听到耳麦那边传来了寒少即使压抑着也兴奋到不行的声音 :“哎呀，这位上了麦的最后一位粉丝，好像有点了不得啊。”

了不得？粉丝？

她心中诧异，转过头，不经意地看向了公屏。

然后，她彻彻底底地变成了一座石像。

只见在她的名字后面，一个熟悉到不能再熟悉的名字。

而整个公屏已经转瞬间陷入了人潮汹涌的景象。

无法停歇的无声的文字如同穿破天际的欢呼和呐喊，她能想象到如果现在她正身处一个演唱会现场，那个画面该是多么地令人震撼。

这样的影响力和气场，在整个圈子里，只有一个人可以做到。

“好不容易提早结束，飙车赶回家。”在她心跳加速到连声音都发不出来的时候，Djay 却已经在那头开始说话了，“好不容易到家，家里停电了。”

Djay 冰冷却带着丝恼火的语气，让整个频道再次陷入了疯狂的浪潮。

已经是晚上十一点多了，可现在整个频道的所有听众，却比今晚的任何一个高潮时刻，都要更用尽全力地燃烧着热忱。

“那你现在在哪儿？”寒少在那头浅笑一声，“还能唱歌吗？”

“第一次参加 Y 站歌会，却没有电、没有麦，也没有网。”Djay 停顿几秒，淡淡道，“就用手机清唱几句吧。”

“好。”寒少的声音此时听起来也是相当欣赏他，“你的几句清唱，也足够让今夜无人入眠了。”

柯姣在电脑前慢慢抬起手，两手紧紧抓着耳麦，觉得自己的眼眶里好像有什么要汹涌而出了。

“今天要唱的是昨晚临时写的新歌《凰枝令》。”他的声音，此时回荡在每一个人的耳边，“算是古风歌曲，却又不完全是古风风格。而给我这首歌灵感的姑娘，正是今天的这位寿星。”

在她的视线已经变得模糊的时候，那个人用她最喜欢的声音一字一句地对着她说：“菠菜，祝你生日快乐。”

在柯姣这一生的所有美好回忆里，这一晚应该算是里程碑式的一晚。

虽然她那时候还并不知道，之后她还会拥有更多激动人心又弥足珍贵的记忆，可现在的这一刻，已经足够震撼她的内心。

当 Djay 在几万粉丝的见证下说完这句祝福语后，整个公屏有过一瞬间的停滞。

而下一秒，公屏上也发起了“祝菠菜生日快乐”。

所有人都知道，Djay 在圈内一直是谜一般捉摸不透的人物，不走寻常路，甚至是寡情的代表。而今天，他却轻而易举地走下“神坛”，给予了一位圈外人最真挚的祝福。

在大家看来，无论他们是什么样的关系，从这一晚开始，“菠菜”这个名字已经和“Djay”牢牢捆绑在了一起。

虽然大部分粉丝心中都是无比震惊、羡慕、好奇，甚至还带有微微的忌妒，毕竟在这个圈子里，粉丝们虽都不言说，却已经有一条默认的共识——Djay 不属于任何人，也没有人能够与他相配。

没人料到，今夜，一切规则都被打破。

但是，碍于 Djay 历来的脾性作风，所有人都只会在这个时候选择跟随他的指示。

只因他一人，便能使所有人无条件臣服。

短暂的安静和沉默后，寒少很识时务地下了麦，只留下 Djay 一人。

柯姣一动不动地盯着电脑，眼前模糊一片，身体因为情绪的激动得不断地发颤。

“我唱了。”

不再多说一句，Djay 直接开始演唱。

江东青苔枝桠，留你容貌。
凰鸟轻展双翅，一梦牵娇。
倚窗望断桥。
回眸低轻笑。
春风忽来黄令旗轻飘。

没有任何背景音乐，没有任何杂音。

数万人的耳里，此时只有一个低冷的男声，静静地清唱着这首《凰枝令》。

因为眼睛已经看不清屏幕，柯姣只能木木地抬起手擦了擦自己的眼睛。

其实，听到这样的歌声，她的脑海中，几乎是立刻就想起了一个人。

那个人也是这样，只要通过清唱，就可以让人宛如置身歌曲内的场景，仿佛能够亲眼看到歌曲中真实存在的古风世界。

她还记得那个人曾和她说过，只想做最纯粹、没有任何杂质的音乐。

清如泉水，烈如凰火。

这样的音乐，在这个世界上，也只有他和Djay能够做到了。

才华横溢，唯我独尊。

他们真的很像很像。

如果，只是如果，他们两个是同一个人，那该多好。

在她被自己的想法所震撼到的时候，Djay也已经停下了演唱。

柯姣心中，虽然有千言万语想要诉说，但她发现，所有的辞藻在他面前都显得很薄弱了，在这个时候，在这个场合，她只能回一句话。

她抖着手，很用力地在键盘上敲下了几个字，重重地按了回车。

【菠菜：谢谢Djay，也祝你生日快乐。】

在她打完这句话后，一旁等候着的寒少再次上麦："虽然我是直男，但是说真的，刚刚有一瞬间，我连鸡皮疙瘩都起来了，你真的唱得太棒了。"

Djay自然是如往常般高冷，寒少也很快回应了公屏上的呼声："那么，Djay，不多占用你的时间了，只是今天是你的生日，也是我们主办方菠菜妹子的生日，你看，频道里那么多人等到这么晚只为了亲口对你送一句祝福，你还有什么想要和大家说的吗？"

Djay沉默了两秒，关闭了麦。

柯姣看到他名字前那盏代表上麦的信号灯灭了的时候，以为他下一秒会直接离开频道。毕竟今晚他已经够反常态了，她都能想象到从明天开始整个圈子里的人会怎样讨论他，讨论今晚这场歌会，自己当然也会顺理成章成为所有人口中的话题。

虽然她都能想象到，讨论她的话应该不会是太善意的。

但到这个时候，她反而却不觉得害怕了。

这叫什么来着，死猪不怕开水烫？

谁都没料到，Djay没有说话，可他却把自己的名字改了。

于是，所有人都看到，屏幕上原本的名字“Djay”被他改成了“不要关注作品外的东西”。

柯姣盯着那句话看了一会儿才明白，原来他的意思是，请不要关注她作品外的其他东西，也就是她的私人生活，又或者说，是他们之间的关系。

其实连她自己都不知道他们之间现在到底是什么关系，朋友？宾客？

寒少一秒就懂了，自然很应景地低笑道：“好，我们只看书，不对人。”

公屏也都在很听话地发“好”或者“明白”。

柯姣已经连脸红心跳的力气都没有了，她真的觉得，现在无论发生什么，她都能镇定自若地面对了。

Djay 打完这句话，大概过了一分钟左右，又改变了自己的名字。

这一次，是“谢谢”。

第一次，这是他第一次，在公开场合对粉丝说这样的话。

两个字，少而沉。

以柯姣的理解，这两个字或许已经包含了他想说的所有话。

感谢对他的生日祝福。

感谢对他这么多年的支持和喜欢。

感谢尊重他的私生活。

也感谢今后能够一直彼此尊重。

如此阵仗，粉丝们自然也都红了眼，而这句话停留了没多久，Djay 就消失在了频道里。

寒少再做了几句总结，歌会宣告圆满结束。

柯姣看着 Djay 离开后整个频道依然热烈而疯狂地发着言论，忽然觉得自己身上的力气到此真的全都被抽光了。

她今晚，一定要好好睡上一觉。

她就这么在椅子上发了会儿呆，当屋子里的钟表整点报时的时候，她才再次抬起头。

零点了。

一月十八日。

新的一天，她二十五岁的第一天，也是她进入写作圈的第四年，喜欢Djay的第四年。

她有一种预感，这一年一定会有什么发生改变，使得她今后的人生和她之前的人生，变得完全不同。

虽然心中久久难以平静，柯姣还是决定从椅子上站起来，活动活动筋骨。

活动良久，她还是静不下心，觉得脑子要爆炸，她正思考着要不要去楼下散散步吹吹冷风的时候，桌上的手机突然响了起来。

她低下头一看，动作定格在了原地。

Djay 向你发来语音请求。

柯姣两眼发直地看了一会儿，咬了咬唇，伸出手指点了“接受”。

她心里总觉得，她的二十五岁生日惊喜还没有彻底结束。

语音接通后，两边都是沉默。

柯姣是因为紧张得说不出话来，而Djay那边，大概一开始是信号不好，安静了一会儿才传来他的一句：“听得到吗？”

“听得到听得到。”她甩了甩已然僵硬的手，赶紧拿起手机在手心里紧紧攥着。

又是许久安静，Djay才说：“我这边信号不太好。”

“没事没事。”她在原地走来走去，觉得心脏始终提在嗓子眼没有落下来过，连讲话的声音都是飘的，“那个，公子大人，你家的电来了吗？”

“不知道。”Djay这句倒是回得很快。

不知道？

柯姣愣了一愣，难道他现在不在家里吗？

“你最喜欢的歌曲是？”冷不丁地，她突然听到他这么说。

她快速用仅剩的脑细胞思考了一会儿，深呼吸了一口气，下意识地压低声音：“在昨晚的歌会之前，是你三年前所唱的那首古风广播剧同名片尾曲《凤仙引》，昨晚之后呢，是你现场清唱的《凰枝令》。”

“哦。”Djay 听完，似乎是随口淡淡应了一声。

柯姣心一跳，还在想自己刚才是不是表现得实在是太花痴了，让他感到略微不适，下一秒，就听到他说了两个字：“开门。”

什么？

她承认，自己整个人在那一刻，已经完全失去思考的能力了。

开……开门？

“你现在，走到你家的玄关。”

Djay 的声音略微带了些走路时的细微喘气声，也似乎在此时突然变了一个语调。有些说不出的玩味，又带着骨子里的慵懒。

于她而言，无比熟悉，又略微陌生。

砰，砰，砰，砰。

一下，两下，三下，四下。

柯姣觉得自己现在的步子都是机械的，完全只是出于本能。

走到玄关只有七八步的距离，她却仿佛用了漫长的一个世纪。

有什么惊天的秘密，终于要从小小的萌芽里破土而出，长成参天大树。

“打开你家的门。”

为了让她能更快明白他的意思，Djay 特意将能用两个字表达的意思说成了六个字。

柯姣一手拿着手机，另一只手颤抖着放在了门把手上。

“打开吧。”

一门之隔，她觉得自己已经听到了门外的人说着和手机里一模一样的话。

“咔嚓——”

走道里的感应灯，因为她开门的声响，应声打开。

她有一瞬间，根本不敢睁开自己的眼睛。

“柯姣。”

略微昏黄的灯光下，只见谢修弋一只手提着一个蛋糕盒，另一只手则拿着自己的手机。

很平常，就是普通的他，就是她两个星期没有见到的他。

他那双黑色的瞳孔，也像曾经的无数次一样静静地注视着她。

没有别人，只有她。

午夜时分，梦境和现实终于完完全全地重叠在了一起。

“生日快乐。”

谢修弋用他的本音，用他毫不掩饰的最真实的声音，站在她家的门外对她说。

“我是 Djay。”

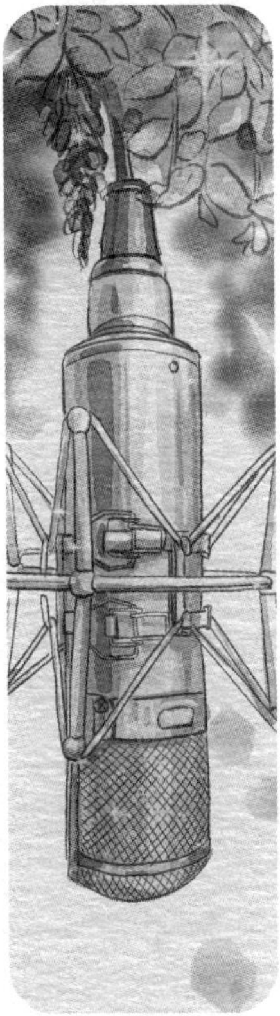

第二卷

东风破

第十章 百宜娇

整间屋子里此时静得连一根针掉落下来也听得到。

柯姣望着站在自己面前的这个年轻高大的男人，张着口，却什么都说不上来，脑中一瞬间只剩震惊，所有的意识都被轻而易举地抹去。

由于生活习惯糟糕到令人发指，迫使她走上厨娘道路的人；会因为半夜吃泡面吃到得急性肠胃炎进医院，只爱吃肉不爱吃鱼的人；任性自我，总让她啼笑皆非，却又用音乐和梦想让她动容的人。

这是与她相识不久，却让她心中总不由自主牵挂的谢修弋。

在网络上高冷孤僻，唯我独尊的神；一曲成名，拥有百万粉丝的公子；声音可以创造一个独立完整的世界，风华绝代的古风歌手。

那是让她为之疯狂沉沦整整三年的 Djay。

而现在，她知道了，他们两个是同一个人。

谢修弋，就是 Djay；Djay，就是谢修弋。

被她无数次否决，再否决，甚至到最后，成为她潜意识中暗暗期待的幻想，现在真的成为了现实。

他们真的……是一个人吗?

柯姣站在原地，真的是怎么想都想不明白，一时之间还是没能从这个和天塌了般的震惊里脱身，只是木木地看着他，继而露出更恍惚的表情。

所谓过度受惊，应该就是指她现在这样的状况了……

门外的谢修弋很早就料到眼前这位姑娘得知真相后会是现在这样的表现，此时便格外随意地走了进来，还轻轻把她握着门把手的手拿开，替她关上玄关的门。

柯姣还是像尊石像，原地静止。

谢修弋稍稍用目光扫了一下她的房间，很快将蛋糕放在餐桌上，然后随手拿起她放在桌子上的茶杯，喝了两口。

“不过来？”他抽开椅子，无比淡然地坐了下来，背对着她说了一句。

柯姣再反应了整整一分钟，才慢吞吞地，像乌龟一般从玄关挪了过来。

“蓝莓芝士蛋糕。”他抬手拆开蛋糕的包装，淡淡地说道，“你家楼下的咖啡厅买的，之前订好的那个放在冰箱里因为停电，不能吃了。”

停电……

柯姣捕捉到了这两个字，瞬间在脑中被无限地放大。

到这一刻，看着他如此自然顺畅地说出这句话，她终于发现，无论她再怎么震惊，再怎么觉得难以接受，网络世界和现实生活的重叠也已成定局，Djay 刚刚在歌会里遇到了停电，不，其实就是谢修弋家停电了。

“坐。”他见她还是一副像被人打过似的表情，直接替她抽开了椅子，递给她一把小勺子。

柯姣抖着手接过那把勺子慢慢坐下，觉得自己的腿骨都在发软发颤。

其实她一直以来最喜欢吃的蛋糕口味就是蓝莓芝士，如果是往常，她早就把眼前的蛋糕一扫而光了，可是现在，她真没办法在谢修弋，不，在 Djay 面前，对着那么令人食欲大动的蛋糕下手。

屋里的气氛如此诡异地持续了大约十分钟左右，终于有一道门铃声打破了这种快令人窒息的沉默。

谢修弋似乎不经意地挑了挑眉，很自然地起身走到玄关去开门。

柯姣根本不知道大半夜的还有谁会来她家，僵硬地转过头，就看见芮优正大喇喇地微微低着头从门口走进来，朝她眨了眨眼睛：“嗨，小菠菜。”

“虽然我知道你现在真的已经没法再受刺激了。”芮优抬手拉开外套的拉链，在她身边的椅子上坐下，“但是我还是要向你坦白一件事。”

柯姣保持着十分惊恐的表情看着他。

“噗。”芮优看得忍俊不禁，此时对着走过来的谢修弋做了个鬼脸，“你家小菠菜真的好搞笑……”

“不要多说废话。”谢修弋很高冷地瞪了他一眼，再次坐下。

“咳咳。”

芮优被训后，有些烦躁地抓了抓头发，才有些不好意思地说道：“那个……那个啥，其实我是贺曲优。”

“砰。”

柯姣直接将头砸在了桌子上，两秒后，又抬起撞得红通通的脸，看着芮优。

“小菠菜，我认错！我其实很早就想告诉你的，是谢修弋一直不让我说，我也没办法。”芮优搓了搓手掌，“他非要自己亲口告诉你，但是说了之后又没办法和你细细解释才把我叫来，你知道他那副死人样，说话都不乐意说，更别提长篇大论了，所以你现在有什么疑惑，都由我来给你解答。”

“相信我，我一定知无不言。”芮优特别诚恳地朝她点了点头。

“到底……是怎么回事？”良久，柯姣十分艰难地开口。

“其实整件事真的很简单。”芮优清了清嗓子，“我在M国的时候就因为喜欢动漫，开始进入动漫歌曲翻唱圈子，后来回国后，古风歌曲开始渐渐盛行，我觉得谢修弋的嗓子不唱古风歌曲实在是太可惜，就怂恿他入圈，一直到今天。

“至于我俩，你知道的，我们是十多年的朋友，回国后因为图方便索性就做了邻居，没有刻意在圈内提起我们有这种私交是因为我们有一个观点非常一致，在网络上只专心做一件事——唱歌，仅此而已。”

听着芮优的话，柯姣终于开始一点一点恢复平静，她现在其实心里已经什么感觉都没有了，满脑子只有一个念头，为什么她会那么蠢……

这么多蛛丝马迹，只要她随便想想就能发现。

比如，谢修弋和芮优是邻居，Djay和贺曲优也是邻居。

她好几次甚至都已经感觉出了芮优的声音很熟悉，而且他的脾气那样鲜明暴躁，贺曲优也是如此。

再比如，谢修弋高冷话少，Djay 也是沉默寡言。

谢修弋甚至都在录音棚清唱给她听过，无论如何，她都应该在昨晚 Djay 唱《凰枝令》的第一句时，就发现他们的声线根本就是如出一辙。

其实到后期，Djay 根本就是在用谢修弋的声音和她说话了。

太多太多了，那么多细节上惊人的相似，为什么她就没去查证过哪怕一次呢？她几乎每天都能和谢修弋见面，为什么整整一个月了，她都还没有发现呢？

一直沉默着的谢修弋此时看她脸上的表情终于不是之前的恍然和惊恐了，轻咳了一声，低低叫她的名字。

柯姣应了一声，却有点不敢看他的脸。

“不是故意瞒你。”他斟酌了一会儿，这么说。

“嗯。”她轻轻点头，是她自己太蠢太迟钝，根本没资格责怪别人。

芮优此时在一旁十分鄙视地看着谢修弋，内心恶狠狠地骂，你就装吧！根本就是故意的，耍什么帅！其实就是想等到生日的时候给柯姣一个大惊喜！还装！

“我也是看到你电脑上循环我的歌的时候才知道的。”谢修弋继续面无表情地补充。

所以……为了报恩，就是指这个意思？

因为她每天给他做饭，因为他胃病她带他去医院，因为在现实生活中的种种……他才会在那个时候以 Djay 的身份主动提出接《回到过去》的广播剧，还亲自演唱主题曲。

这样一想，所有的疑惑都得到了合理的解答。

是了，正因为 Djay 和谢修弋根本就是一个人，才会有那么多的巧合，那么多的出乎意料，那么多的……心跳加速和一见如故。

“喜欢生日歌会吗？”谢修弋见她突然又露出了一副沮丧的表情，不动声色地再次开口道。

“生日歌会？”柯姣愣了。

昨晚歌会的主题难道不是为了宣传她的新书和广播剧吗？

“小菠菜，这你就不懂了吧。”芮优此时在一旁已经自顾自地拿起小刀，厚着脸皮开始切蛋糕，“他这种人，哪会因为那种原因参加他三年都不屑一顾的 Y 站歌会，还亲自卖面子一个一个去请这些嘉宾来？”

“都只是为了庆祝你的生日，让你高兴罢了。”芮优吃下一口蛋糕，含糊不清地补充。

屋子里再次陷入安静。

而这一次，却不是之前那样的尴尬和惊讶，而是充满着一丝说不出的温暖和……暧昧。

这种氛围感细微却又让人坐立难安。

“我先撤了。”芮优当然第一时间就感觉出了自己好像是个大灯泡，此时他捧着自己手里的那块蛋糕，迈着大长腿走向玄关，出门前，还转过脸对着柯姣说了一句，“小菠菜，谢谢你喜欢我的歌，如果不是会被你面前的这位谋杀，我可是很乐意继续当你最喜欢的动漫歌曲翻唱歌手。”

“快走。”果不其然，下一秒，芮优立刻就被谢修弋的一句话噎得关门离开。

柯姣这时用力缓了口呼吸，觉得好像气还是不太够用，再用力深呼吸了一下。

“不吃？”谢修弋看着她。

“啊，我……我吃。”听到他的话，她赶紧拿起勺子，用力挖了一块放在嘴里。

嗯，果然尝不出什么味道，只能感觉到温度……

而且，蛋糕明明是冰的，为什么她会觉得烫得难以下咽？

“我最近两周在忙电影主题曲的事情。”他注视着她，竟在亲口向她解释最近忙碌的原因，“做后期，还要配合宣传，但是你做的饭菜都有吃，没浪费。”

“那你一般是几点到家的？”柯姣一边机械地吃，一边努力装作自己是在和今晚之前的谢修弋，还不是和 Djay 合二为一的谢修弋说话。

“半夜吧。”他淡淡道，“今天本来也应该是半夜才结束，我中途走的，没想到家里停电了。”

“曾倩没把你抓回去？”

“她怎么敢。”

过了一会儿，柯姣突然放下了勺子。

“那个……”她用力地咽了口口水，“那天，就是跨年那天，我在你家的时候，你……”

“在安全通道。”他微微抬了抬眸。

还真的是这样……可她不明白，为什么即使挨冻，他都不想在那个时候就让她猜到？

他漆黑的眼眸不躲不避地和她对视，直截了当地回答了她心里的疑问：“我想等到今天再说。”

他尾音微微上扬，用左手撑起自己的下巴，漂亮的唇形勾起一个若有若无的弧度：“这是作为偶像，给出的生日礼物。”

柯姣的脸立刻涨红到下一秒就要炸开。

她的脑子里瞬间想到了之前无数的时刻：在 Y 站讨论广播剧时，她数次在他以及众人面前亲口承认他是自己的偶像；在聊天软件上，她语无伦次地和他说话，因为加上他兴奋得觉都没睡好；甚至那天在他家的时候，她还如此认真又真诚地对着他做了一段相当于是告白的讲话……

怎么办，她所有的颜面，早就在最开始的时候就全部丢光了，根本连挽回的余地都没有。

他那时候看着她的种种动态，是不是心里都快忍到崩溃了？

她真的不想活了……

“我走了。”柯姣越想越揪心，在她把脸埋在手里懊恼到想要撞墙的时候，突然听到他这么说。

她条件反射地抬起脸，他人都已经走到了玄关，柯姣想都没多想，立刻也从椅子上站起来，大步跟上去。

“那个……”她下意识地张口叫住他。

谢修弋穿上鞋，回过身。

“生日快乐。”她支吾了很久，还是去掉了称呼，“我没来得及准备礼物……”

关键是，她根本都不知道现在究竟应该怎么称呼他了。

“现在就送我个礼物？”谢修弋沉吟片刻，低声开口，“不难。”

柯姣看着他，心头又开始狂跳。

“昨晚歌会互动环节的时候，最后一个粉丝上麦没说完的问题其实是，”他一字一句地复述出来，“菠菜，请问你的偶像是谁？”

这个问题，曾经有那么多人问过她，在这一刻，在面对着他，她还是没有多想，脱口而出：“Djay。”

“那么，我是谁？”谢修弋的眼底，隐藏着淡淡的精光。

“谢修弋。”她顿了一下，咬了咬牙，用尽了全身的力气，“Djay。”

“还有，我之前漏说了一句话。”

在要开门离开她家之前，他抬手轻抚她耳边的碎发，随后，凑到她耳边，声音轻如呢喃：“全领域最喜欢的人，也包括现实生活中。”

今夜无人入眠。

柯姣长这么大，第一次如此深刻而真切地体会到了这六个字的含义。

她翻来覆去，数羊，数星星，怎么折腾都还是睡不着，只要闭上眼睛，就会想起谢修弋站在她家门口静静注视着她，告诉她他就是 Djay 的模样。

虽然她已经接受了谢修弋和 Djay 其实是同一个人的事实，但他怎么能用她喜欢了那么久的声音面对面和她低声细语，一次又一次地挑战她早已脆弱不堪的心脏？

还有，他最后那句话究竟是什么意思？现实生活中最喜欢的人，那不就是……

一定是她又想太多了吧，他这么喜欢捉弄她，这应该也是一句无心的恶作剧吧。

根本都不需要咖啡提神，柯姣就这样一晚上睁眼睁到了天亮。

她起床在镜子前照了照，一宿没睡的脸实在是很可怕，她一手扶着洗漱台，痛苦地思考着今天到底该以怎样的面容去谢修弋，不，Djay 家给他做饭。

谢公子，请你不要待在家里好吗，请你出去忙好吗……

洗完脸，她拿起手机，拨了个电话给曾倩。

“今天起那么早，是有什么好事吗？”

“我只是想告诉你，昨晚我的人生被颠覆了。”等到电话接通，她气若游丝地开口，“你知道吗？谢修弋其实就是我网络世界里的偶像 Djay。”

曾倩沉默了两秒，似乎是在拼命压抑着笑：“我很早就知道了啊。”

柯姣先是目瞪口呆了一会儿，然后立刻咬牙切齿地对着手机怒吼：“你什么时候知道的？是谢修弋自己告诉你的？”

“我觉得但凡有点智商的人都能发现啊。”曾倩十分不以为然，“其实那天在经纪公司他清唱给你听，等你们走后我听了录音，然后我总觉得他的声音很熟悉，因为你以前一直逼我听 Djay 的歌，我就去网上翻了翻 Djay 的作品，果然很像，虽然不是一模一样，但是多少都会带上一丝影子啊，就算再巧合，这世界上有几个人可以相似到这种程度？

“我心里有了这种猜测之后，再去看了谢修弋的资料，他的生日和 Djay 也是同一天，后来我带他去做电影主题曲宣传，看到他在和你发消息，我就直接问了他，他就承认了。

“那天早上我还特意提醒过你一句，我说今天过生日的人可真多啊，我都暗示成这样了你都没发现。”曾倩说到此处，幽幽叹了口气，“你的智商就这点儿，我早就放弃你了。”

柯姣一边听，一边觉得心头在滴血。

所以说……她是全世界唯一一个蠢货是吧？最应该第一时间发现的人却像个白痴一样被蒙在鼓里……

“什么都别再说了，我现在觉得心很累。”过了半晌，柯姣虚弱地扶住额头。

“你还心累？昨天谢修弋工作到一半跑回家，把整个场子的人都丢在那里，就是为了帮你庆祝生日。”曾倩哼了一声，“这家伙对别人再不近人情，对你那可是好得天地可鉴好吗？你可别再跟我说你没发现，也别跟我说你还把他当熊孩子看待啊，现在他可是你喜欢了整整三年的偶像！”

“头好痛。”柯姣听着曾倩的调侃，总觉得心里泛起一丝说不出的情绪，“你去忙吧，我要挂电话了。”

挂下电话，她将脸埋在臂膀里，脸颊的温度却越升越高。

怎么办啊？她今天真的都不敢去谢修弋家里了，她能戴个面罩去给他做菜吗？

紧张归紧张，到最后柯姣还是只能硬着头皮，提着食材去了他家。

可没想到她刚用钥匙打开他家的门，就听到客厅里传来了说话的声音。

哎？他家来客人了吗？

她疑惑地换上鞋走进客厅，就看到芮优正抱着个笔记本电脑躺在沙发上，谢修弋则坐在沙发前的地毯上打游戏。

“哟，小菠菜你来了？”芮优这时转过头，朝她打了个响指。

“来了？”谢修弋一看到她来，便很自然地按了游戏机的暂停键，从地毯上起身。

柯姣看到他似乎是要起身往自己这边走，忍不住就开始紧张，她纠结地理了理自己的头发，“嗯”了一声：“你今天不出去忙吗？”

果然她现在只要看到他就会开始紧张，以前她哪里会这样。

“电影主题曲的准备告一段落了。”他去桌子边倒了杯水，“短期之内不想再出门。”

“小菠菜，我听谢修弋说你做菜手艺超好的啊！”躺在沙发上的芮优这时突然插了一句进来，“所以我这个宅男就决定从今天开始每天来这儿蹭饭，麻烦你多做一个人的份啦。”

“赶不走。”谢修弋喝完水，面色不悦、冷冰冰地对着柯姣解释，“没女朋友太可怕。”

“切！”芮优一听立刻对着他的背影怒吼，“我这么帅，找个女朋友那不是分分钟的事情吗！”

柯姣本来还浑身紧绷着，被他们这么一闹，忍不住笑了出来：“知道了，以后每天多做一个人的份是吧？”

“是啊是啊。”芮优一拍大腿，“小菠菜！你说！我是不是很帅！多少女生想做我女朋友啊！”

“是是是……”

柯姣啼笑皆非地捏了把汗，心里想着，以芮优在网络上的人气，真是无数女生争先恐后想做他女朋友，而且要是女生们知道从未发过自己照片的贺曲优在现实里还是个两米一的大帅哥，不得更疯狂了，虽然他那火暴的性格真是非常鲜明……

“别搭理他。”谢修弋这时走过来，接过她手里的食材，“今天做什么菜？”

他一靠近，她就条件反射地开始脸红心跳：“辣子鸡，黑椒牛柳，苦瓜炒蛋。”

“嗯，挺好。”他点了点头，不知是否有意，还刻意将声音压低了，“都是我爱吃的。”

那声调，让柯姣不出所料地彻底红了脸。

幸好，谢修弋只是帮柯姣把菜拎进厨房就离开了，在她做菜的时候，还是能不用直面他那张面无表情的脸，获得心灵上暂时的平静。

柯姣做完菜端出来，芮优和谢修弋已经像幼儿园小朋友一样围在餐桌边仰着脸等着了，她一分完碗筷，两人立刻就拿起筷子，非常给面子地开始风卷残云地夹菜。甚至吃着吃着，两人还因为一块黑椒牛柳忍不住大打出手。

“谢修弋，大半盘牛柳几乎都进了你的肚子，你至少得给我留一块吧！”

“啰唆，谁抢到就是谁的。”

“好样的，剩下这几块辣子鸡都归我了，你再抢我就揍死你！”

柯姣在他们对面围观着，默默地抬起手遮住了眼睛。

说实话，这场景实在是有点不忍直视，所有粉丝心中高冷如冰山的全领域偶像 Djay 和动漫歌曲翻唱达人贺曲优，现在竟然在她面前，为了一块黑椒牛柳吵得不可开交……

有了芮优的加入，这顿饭吃了整整三刻钟才算吃完，柯姣身心俱疲地去厨房洗完碗出来，却立刻又被芮优叫到了沙发边：“小菠菜你快来！”

柯姣擦了擦手，慢吞吞地走过去：“怎么了？”

“过来参加群聊。”芮优笑了一下，把电脑放在了茶几上，跷起二郎腿。

她看了一眼在一旁闭目养神的谢修弋，刚想说话，就听到芮优的电脑里传来了一个十分熟悉的声音："菠菜。"

哎？这声音……不是岱华的吗？

"传奇女作家中午好！"凯凯的声音突然也冒了出来，"经过昨晚之后，你简直就能直接上微博热门了！"

柯姣在沙发上坐下，看着电脑屏幕上的 Y 站界面，昨天参加歌会的几位老师都在频道的语音房间里一起聊天。

"我们之前还都以为菠菜你和 Djay 是在网络上认识的，前面听了老曲的介绍，想不到你们三个都是在现实生活中先认识的。"白银这时温柔地开口道，"这件事实在是太神奇了。"

"嗯，的确是这样。"柯姣摸了摸脑袋，看看谢修弋，又低下头，"我到现在还不敢相信这是真的。"

在这一刻之前，打死她都不敢相信自己有生之年会和 Djay、贺曲优坐在一起，然后和其他老师这样在 Y 站里互动聊天……

"那个，现在微博的情况怎么样？"昨天歌会之后，她今天一早上都没敢打开微博看。

"还算是挺风平浪静的啊。"下一秒，蘑菇酱便冒出来笑嘻嘻地说，"大家都没发微博，粉丝也就只能在 Djay 以前的微博下看看，你那边的情况也还好。"

"要说能这么千载难逢地高调一把，却在高调后立刻又开始神隐并平息一切言论，也就 Djay 这种神人能做到了。"夕元忍不住感慨，"菠菜，不是我说啥，他把你保护得可真好啊。"

夕元这句话刚说完，整个 Y 站立刻陷入一片异样的安静，虽然众人此时都在心里拼命为夕元叫好，却碍于谢修弋在场，不敢明目张胆地出言调戏柯姣。

"看下消息。"安静之中，一直没说话的谢修弋突然开口了。

柯姣一开始还没反应过来，过了一会儿才发现他是在对着自己说话，马上从口袋里翻出手机。

刚登上聊天软年，Djay 的对话框就跳了出来，她点开，发现他传送给了自己一个音频文件。

“昨晚你说你最喜欢的歌曲是《凰枝令》。”谢修弋收起手机，用一条胳膊枕着自己的头，侧靠着沙发望着她，“是吗？”

“嗯。”柯姣看着那个音频文件的名字，脸颊已经慢慢地泛起了红晕。

“刚发给你的那个，是《凰枝令》的录音样带版。”他淡淡地，在所有人的耳边，旁若无人地说，“没做后期，昨天半夜随手录了，先给你听着玩儿。”

在柯姣快要兴奋到爆炸的时候，芮优的电脑里传来了柒凰怨念到极致的声音：“Djay 你不在我们面前秀恩爱会死是吧！”

第十一章　国香慢

听着玩儿……

等到晚上回家躺在床上的时候，柯姣满脑子都是这四个大字。

当时的场景她直到现在都记忆犹新，谢修弋就那么斜靠在沙发边，在芮优暧昧到不行的眼神以及所有老师都监听着的情况下，似笑非笑地告诉她，他录了一首她最喜欢的歌曲的录音样带，发给她一个人听。

而且，他话语里好像还有一丝浅浅的宠溺语气，那一定是她的错觉，对吗？

反正当时，等她一收完歌，她就立马抓起包，逃也似的离开了他的家。

如果这首歌只是他唱的也就罢了，可他现在不仅仅是谢修弋，同时是她喜欢了那么久的偶像啊。

谢修弋？还是 Djay？她现在真的不知道究竟应该将他当成哪一个人去对待，才能稍微减少一些心里汹涌澎湃的情绪了。

就像夕元说的，她也很清楚，自从相识直到揭穿他的真实身份，他把所有人都未曾见识过的保护和特殊对待，全都给了她。

这让她很开心，很感动，很热血沸腾，很心跳加速，也很惶恐。

那些再深入的，她不是不会去想，而是真的不敢想。

这样万分纠结的日子没过多久，就发生了一件在意料之中却又来得太快的事情，由谢修弋演唱同名主题曲的电影《黑白面具》终于在全国正式公映。

这部电影由获得过世界电影节最佳导演奖的国内大牌导演指导，由国内演技一流的演员出演，讲述了一位民国时期的歌女颠沛流离的一生。

电影画面制作精良，剧情跌宕起伏，在上映的第九天，票房就毫无悬念地突破了两亿，成为开年来的票房冠军。

在票房势如破竹的同时，那首让无数人惊艳到落泪的电影主题曲，也让演唱者谢修弋声名大噪。

主题曲是中国风的歌曲，还带上了民国时期独有的韵味，柯姣在网上听了这首歌，再次被谢修弋的唱功震撼。

他将电影中歌女的全部情感演唱得无比传神。

在这部电影上映之前，根本没有人知道这位连一首作品都没有的新人歌手。而这部电影之后，他的名字成为了所有人津津乐道的话题。

一夜成名。

谢修弋用自己惊人的唱功和才华，完美地诠释了这四个字。

之后，他在电影票房庆功宴上的短暂露脸，则将这股热度推向了新的高潮。

镜头中，谢修弋衣着简单，却丝毫不能掩盖他比在场的一线男艺人更让人移不开视线的相貌和气场。

甚至连导演也对他青睐有加，还当着在场所有媒体的面，对他做出了这样一个应该算是语出惊人的评价。

“在制作人告诉我谢修弋将会演唱电影主题曲之前，我还对这位不知名的歌手抱有一丝怀疑，而当我现场听到他的两句清唱后，我就知道，华语乐坛的下一颗巨星要诞生了。

“让我们一起拭目以待我说得是否言过其实，这个年轻男人的身体里，蕴藏着能够燃烧一切的力量。”

导演说的话得到了电影主演们的一致赞同，但是作为话题中心人物的谢修弋，全程除了一句自我介绍和感谢之外，没有多说过一句话。

当柯姣坐在家里的电视机前，收看完这段娱乐新闻里播放的片段后，心里也是久久难以平静。

虽然她很早就心如明镜，以他的实力，他一定会红，可她没有想到的是，他会以这样惊人的速度和力度，打破演艺行业中新人出道的常规流程。

她明白，他的沉默是因为性格低调和谦逊，但落在别人眼里，他表现出的冷漠疏离反而成为让他越来越受欢迎的催化剂。

总之，他已经成为演艺行业中突然崛起的雪峰。

柯姣自然发自内心地为他高兴，可又隐隐地怀着一丝担心。

大概有连续一周的时间，柯姣又像之前他忙着制作主题曲的时候一样，没有在家里见到他了。

芮优倒是每天会准时从隔壁跑来吃她做的饭菜，相当捧场。

“小菠菜。”两人面对面而坐，芮优吃了口饭，抬起头问，“谢修弋最近有联系你吗？”

“有是有。”柯姣停下筷子，“会告诉我他每天在忙什么，但是不多。”

“真的啊？”芮优看起来很惊讶，“你知不知道，他一直特别讨厌和人发短信？”

“是吗？”她愣了愣，心里想着好像自从两人认识以来，谢修弋一直都在和她用短信交流。

“讨厌发短信，更讨厌打电话，要找他人，我一般都是采取简单粗暴的方式，直接砸他家的门，砸到他出来为止。”芮优翻了个白眼，“能让他发条短信，简直比登天都难。”

柯姣听到这里，心里忽然一热。

就算这一阵他是真的在外忙得不行，但每天无论多晚，还是会和她简单道一声晚安。

柯姣刚想再说句什么，却忽然听到门口传来按门铃的声音。

“难不成是谢修弋回来了？”芮优从饭碗里抬高了头，又猛地用筷子夹起了一大块肉塞进嘴里，“不行，我得赶紧吃！免得他等会儿又和我抢！”

柯姣笑了一声，走到玄关去开门，可打开门，门外站着的却是曾倩。

“菠菜，谢修弋在家里吗？”曾倩大步走了进来，表情似乎看上去很焦急，额头上还有汗。

“怎么了？”她蹙了蹙眉，“他不在家。”

曾倩估计是真的着急了，连鞋也没脱，冲进屋子看了一圈，又转向柯姣：“那你知道他现在在哪儿吗？”

“不知道。”柯姣摇了摇头，又问芮优，“芮优你知道吗？”

芮优耸了耸肩：“他现在难道不应该是在外面配合宣传吗？”

“要是这样我高兴还来不及呢。”曾倩重重地叹了口气，抬手扶着额头，“今天早上我本来和他说好，八点来家里接他去城中的电影城宣传电影的，谁知道等到十点多他都没出现，打他电话不接，发他短信不回，我以为他已经去电影城现场了，赶过去一看他也不在，那个时候宣传会早就开始了，我只能和主办方致歉说他临时出了点事情不能来，还拉了其他艺人来顶场。”

一口气说完之后，曾倩的面容变得更难看了：“现场等他的粉丝都难过得不行，聚在电影院门口不肯走，等我搞定那边的事情回到公司被老板骂了一通之后，他还是没给我回电。之前一周他哪怕再不情愿，至少还是没有这样闹失踪的情况，我真的是被这家伙的任性搞得心力交瘁啊……”

柯姣听得心里也渐渐浮起担心，不由自主地拿出手机：“那我给他发个短信试试。”

“对对。”芮优在一旁开口道，“让菠菜发个短信给他，就算其他人的他不回，菠菜的他应该会回。”

“也是……”曾倩目光一闪，紧紧抓住柯姣的手臂，“菠菜，靠你了，只有你能制服谢大少，你赶快帮我把他找出来，明天他还有一大堆通告，要是他还不出现，老板会把我的头给砍了的！”

柯姣发完了短信，将手机放在桌上，三个人一起在屋里等了一会儿，谢修弋没有回复她的短信。

“我在想，他会不会在家附近的哪里？”柯姣心里越来越沉，咬着嘴唇，低声说，“他最近那么忙，万一胃病又犯，晕在哪里的话……”

虽然芮优说谢修弋最近回家之后都有好好吃饭，但是他的饮食时间不规律，可能还是会导致他那个被方便面折腾坏的胃旧病复发。

“有这个可能。”芮优摸了摸下巴，把筷子一放，套上外套，“那我们分头去附近找找吧，以免有什么闪失。”

“好。”曾倩也果断往玄关走去，“我开车在附近看，你们步行，谁找到后马上电话联络。”

本来阳光明媚的下午，因为谢修弋的突然失踪而蒙上了一丝阴霾，柯姣一手紧紧攥着手机，在附近的小吃街一家店一家店地看，眉头越锁越紧。

公园、音响店、书店、餐馆……他家附近所有他可能会出现的地点，她都彻彻底底找了个遍。

从中午一直找到太阳落山，却还是……找不到他。

走到马路边，她忍不住拿起手机，直接拨了个电话过去，接通后，却意外地听到一个冰冷的机械女声：“对不起，您所拨打的电话已关机。”

竟然关机了。

她的心像被狠狠撞了一下。

她给曾倩和芮优分别打了个电话，得知他们也都没有找到，柯姣六神无主，走着走着，竟然走到了自己家楼下。

这个时候天色已经暗了，小区里的灯也亮了起来，她垂头丧气地走进自家大楼，想回家里喝口水休息一会儿，再下楼接着找。

等电梯门打开，她低头从口袋里摸出钥匙，一抬头，就猛地顿住了脚步。

只见她家门口的台阶上，正蹲着个很熟悉的身影，那人戴了顶帽子，脸上还戴着口罩，此时歪着头靠在自己的手臂上，看样子好像是睡着了。

是他没错。

虽然第一眼她有点被吓到，但是她实在是太熟悉这个人了，哪怕看不清脸，她都知道他是谁。

真是无奈啊，她跑遍了大半个区，要找的人竟然就在她家门口……

他为什么要跑到她家门口来呢？

柯姣叹了口气，轻手轻脚地朝他走过去，等走到他面前，她抬起手拍了拍他的肩膀。

谁知道，下一秒，本来还静静地仿佛是睡着了的人却突然伸出双臂，将她拉近到自己身边。

仅有走廊灯照射的光线下，谢修弋只露出了那双漂亮如黑宝石的眼睛，从下而上地望着她，从口罩里低低说了一个字：“困。”

柯姣从被他拉过去的那一瞬间，心脏就已经提到了嗓子眼，这时愣在原地，已经傻得连一句话也说不上来了。

“让我靠一会儿。”

下一秒，他就这样自然地将她拉近了一些，用手臂将她圈起来，轻轻将头靠在了她的小腹上：“等了你好久。”

谢修弋均匀的呼吸声就萦绕在她的小腹边，温暖，却又带着空气中淡淡的冰凉和潮湿。

作为南方城市的 T 市的冬天从来都是如此，湿冷，比北方的冷更深入骨髓。可即使是这样，都不能掩盖她浑身上下越来越蒸腾的热气。

柯姣觉得自己现在就像一只在蒸笼里蒸着的包子……

谁能来告诉她，这位正抱着她不肯撒手的“巨婴”是在撒娇吗……

她内心想着，我不是抱枕啊……你不能因为我是你的忠实粉丝就屡次挑战我的极限……

“那个……”见他似乎真的打算靠着她不松手的样子，柯姣僵持半晌，终于忍不住先说话了，“要不进去说吧？外面很冷……”

说完，她就恨不得咬掉自己的舌头，什么进屋说话，她明明是想让他先松手！

“嗯。”谢修弋从鼻腔里发出了一声，还是纹丝不动。

柯姣满脸通红，维持着这个姿势用钥匙打开了门，咳嗽了一声：“我走不进去。”

他听罢，在她看不见的角度微微勾了勾嘴角，这才慢慢放开手，从台阶上站了起来。

进了屋，柯姣去厨房帮他倒了杯水，等拿着杯子走出来时，就见他正随手摘去帽子和口罩扔在茶几上，目露疲惫地在沙发上坐下。

“很累吗？”她将水杯递给他。

“嗯。”他喝了几口水，将杯子放回桌上。

“头疼还是胃疼？”她不知道为什么，一看到他，就自动开启“碎碎念”模式，“吃过饭了吗？”

“身体没什么问题。”他抬手揉了揉太阳穴，眉头微微蹙着，却还是好好回答了她的问题，“就早上起来随便吃了点。”

“那我现在去给你做点吃的。”她立刻站了起来，“冰箱里还有点火腿和鸡蛋，你想吃炒饭还是面条？”

他抬了抬眉，表情稍微放松了点：“炒饭。”

柯姣很快朝厨房走了过去，可走了两步，她还是忍不住停下来，背对着他开口：“中午的时候，曾倩来你家找你没找到，她说……你早上的电影宣传会没有去。下午我和曾倩、芮优他们找了你很久，你手机还关机了，我们都担心你是不是出什么事情了。”

他沉默片刻，淡淡道：“我手机没电了。”

“嗯。”她打开厨房的灯，“那我现在给他们发条短信，告诉他们你没事。”

就算话已经说到了这个分上，她还是不敢把她心里最想问他的话问出口。

他为什么不去早上的电影宣传会？又为什么一句都不解释，故意装失踪不让曾倩找到他？还有，为什么他会出现在她家门口等她呢？

一直到做完饭将饭端到餐桌上时，她的脑子里依然在想着这些问题，而曾倩他们看到她的短信后虽然很生气，但到底还是了解他特立独行的脾气，最后只说希望他明天能够继续配合宣传别再闹失踪了，还让她好好安抚他。

安抚他吗？

其实她都不知道自己有没有这个能耐，毕竟她到现在还不敢多问一句。

“晚上你有事吗？”吃了一会儿饭，谢修弋冷不丁地开口。

“啊？没事。”她抬起头，“怎么了？”

他没说话，只是垂下眸，从衣服口袋里抽出两张小纸片递给她，又若无其事地继续吃饭。

柯姣接过那两张小纸片，低头一看，发现竟然是零点场的《黑白面具》的电影票。

“你要我陪你去看电影吗？”她攥着电影票，小心翼翼地问。

“嗯。”他不疾不缓地说，“买的零点场，人少。”

她望着他在灯光下略带柔和的脸庞，觉得心像被云团轻轻地包裹住一样。

其实她在这部电影刚上映的时候，就一直很想去电影院看，但是后来总觉得一个人去有些寂寞，始终纠结什么时候能亲眼看他的歌声和电影完美结合的场面。

“想去吗？”见她一直没说话，他放下勺子，认真地注视着她。

柯姣有些慌乱地点了点头，却感觉到自己的脸应该是立刻就红了。

真丢脸啊，她这种越来越明显的“花痴”形象，果然是把在网络上对Djay的狂热带进了现实……

“那就好。”谢修弋望着她，唇角不动声色地扬了扬。

柯姣虽然从小一直都比较独立，爸妈对她也一向采取“放养”的态度，不设门禁，但她还真的从来没在零点跑去电影院看过电影。

一是因为宅，二是因为懒，三是因为她有点怕黑。

她从来不敢在大半夜出门，可今天不同，今天她身边有一位一米八五的“保镖”。

不过，有这位“保镖”跟着，为什么她反倒越来越紧张了？

她走进电影院坐下，手里抱着谢修弋刚买的爆米花，默默地塞了一粒进自己嘴里。

这个时间点，整个电影院没什么人，除了他们，现在就只有她前面两排坐着的女生，等到去洗手间的谢修弋回来了，也才四个人。

“你要不要吃爆米花？”感觉到他在自己身边坐下，她转过头，将手里的爆米花桶递给他。

谢修弋交叠起双腿，看了她一眼，没出声。

柯姣有点学聪明了，此时默默地拿起一粒。果然，下一秒，谢修弋就将嘴凑过来，就着她的手咬住了爆米花。

柯姣此时已经淡定了，她就当……自己是在喂孩子。

前面的两位女生估计是听到了他们说话的声音，此时很自然地转过头看向他们，看了一会儿，又目露羡慕地转过了头去交头接耳。

“那个……”柯姣边抖着手喂他吃爆米花，边低声说，“被他们看到不要紧吗？”

虽然那两个女生不一定认识他，但她总担心他有可能会被认出来。

他现在和以前不一样，已经是一个公众人物了，而且按照这个趋势，他只会变得更家喻户晓，虽然她不是演艺行业中的人，但是她很清楚，绯闻会给一个初出茅庐的新人带来不良影响。

“或者，我坐得离你远一些？”她收回手。

“不需要。”谢修弋侧过头看着她，语气里带着淡淡的冷，“就坐在我身边别动。”

话音刚落，电影院的灯也随之暗了下来。

《黑白面具》正式开始放映。

柯姣没说话，乖乖坐正身体，开始目不斜视地看电影。

看到一半，就算是她这个电影迷也不得不感叹，这部国产电影的节奏控制得分外好。

国产电影一直被人诟病的就是剧情的奇怪走向和糟糕的节奏控制，到了结尾观众还在云里雾里，不知电影讲的是什么内容，可这部电影却完全没有这些问题。

她看得入神，几乎忘了自己身边坐着谢修弋，一直到电影的高潮部分，在谢修弋演唱的主题曲出现时，看到歌女最爱的人在自己的面前去世，她还情不自禁地湿了眼眶。

他的声音就像是为这部电影量身定做的一般。

可能作为一个写手，她对一个故事里的情感总能体会得比其他人更透彻，所以也就更容易动情。

她刚想抬手擦擦模糊的眼眶，就感觉到一只温暖的手轻轻地摸了摸她的头发。自己手里的爆米花桶随即被抽去，手里也立刻被塞进了一包纸巾。

她侧过头去，看到谢修弋正望着她，那双墨色的眼睛在黑暗中显得尤为璀璨。

这一刻，她突然有些明白他为什么会在众多邀约之中，选择接下这部电影的主题曲了。只有他这样的音乐天才，才能唱出这部电影真正的灵魂。

她突然特别为他骄傲。

电影落幕之时已经是凌晨两点了，柯姣却睡意全无，等前面的两位女生退场后，她还在聚精会神地看着电影最后播放的演员表。

“我没有去电影宣传会，是因为我在怀疑我踏入这个行业是否真的是正确的决定。”在安静无人的电影院中，她突然听到谢修弋在她耳边这样开口，“最开始我和你说过，我踏入演艺行业的初衷只是想用更广阔的平台传播好音乐，但是我并不喜欢因为露脸这种方式产生的所有蝴蝶效应。”

她一开始愣住了，想了一会儿，才转过头看着他。

他指的应该是那些因为他的脸、性格和唱功疯狂追捧他的媒体和粉丝，还有铺天盖地的社会言论吧。

“今天早上，我想下楼买早点，忘戴口罩和帽子，被粉丝堵在吃饭的地方整整半个小时才脱身。”他的语气淡而冷，“那个时候我才明白，现在的我已经再也回不到过去的生活了，这让我很恼火，我就翘了宣传会，在附近的酒店待了一个下午，再去你家门口等你。”

他虽然大多数时候是个成熟而有分寸的男人，可她明白，他的内心依然存在着像小孩子似的任性脾气。而她似乎还有幸见识了最多次这部分的柔软。

“我想，所有的道理你都懂。”柯姣望着他微蹙的眉头，“这些附着的条件从你踏入这个行业的那一刻就开始紧跟着你，从今往后你或许会失去更多自由，接受更多来自四面八方的评论，这是作为公众人物不可避免将要面对的，也是比你在网络上遭遇的程度更强烈的。

“但是你应该知道，如果你没有接这部电影的主题曲，所有人都没法听到这首让整部电影都变得更立体更升华的歌曲，我之前看过网络评论，不少观众甚至都是因为你的这首歌，才来看这部电影的，这是你作为歌手带给大家的力量，如果不是你，就不会有这种现象。

“所以，即使这让你的生活失去了平衡，你还是得去克服这种冲突，这个平台只有演艺行业才有，只有你站在这里，你才可以实现你的初衷。”

出于私心，其实她也曾想过，不希望他如此出名，在得知他就是 Djay 后，这种念头在她的心里出现了更多次。

但是，她不能这么自私，就像曾倩所说的，他就是为了华语乐坛而生的。

在她说完这些话后，他沉默了很久，久到她甚至以为他是不是生气了的时候，他才终于再次开口：“我明天会继续去上通告的。”

他的声音冷冰冰的，似乎还带着一丝淡淡的委屈和不满，让人感到……说不出的可爱和心软。

“我会给你做很多好吃的留在你家微波炉里。”她朝他眨了眨眼睛，好声好气地安慰他，“很多肉类，给你充电补元气。”

谢修弋抬眸看向她，在她还没反应过来时，他突然以迅雷不及掩耳的速度凑近，在她的脸颊上轻轻碰了碰。

柔软而冰凉的触感，好像来自他的嘴唇。

她刚刚是被亲了吗？

在她的思维已经完全停滞了的时候，谢修弋的嘴角勾起一丝无比玩味的笑，抬起两指做了个敬礼的姿势：“充电完毕。”

第十二章　翠羽吟

谢修弋说完这句话后，很快就从椅子上站起身。

起身后，他回过头，看向还坐在位子上的柯姣。

不出所料，他的这位缺心眼姑娘整个人已经彻底蒙了……

他皱了皱眉头，又忍不住想笑，他望着她脸上生动的表情，心里在想着这场攻防战对他来说还真是新鲜，虽然有点小小的麻烦，但是却让他很享受。

其实从小到大，他想要的东西并不多，应该说是很少，因为他不需要花费很多努力，世人眼中所谓的与“了不起”相关的一切，都会自发地围绕在他身上，这就导致了他心中没有太大的追求和执念，也从没什么在乎的人和事。

那么多年，他唯一的追求也就只是想唱好歌而已。

他是个很缺乏温暖，也一度认为自己根本不需要温暖的人。

可现在他发现，他想和眼前这个女孩子待在一起。

他想吃她做的饭菜，想听她唠叨，想靠在她身边，想听到她和自己讲道理，想被她像哄小孩似的对待自己，想一直看到她的笑颜和各种各样因为他而产生的神态。

“走了。”

见她可能会一直这样发呆到天明，谢修弋不由分说地就轻轻握住她的手腕，将她从椅子上直接拉了起来。

一路上，她还是始终没回神，他就索性像点鼠标一样，一路把她点回了家。

一直到她家小区门口前的那条马路，柯姣才恍恍惚惚地抬起手，揉了揉自己的眼睛。

“醒过来了？”谢修弋感觉到她的动作，回过头看她，拉着她的手却没有放开。

柯姣一对上他的视线，身体就自动一缩，脸立马变得赤红，下一秒，还试探性地想抽开自己的手。

她抽了一下，又抽一下，却还是被他牢牢地拉着，动弹不得。

绿灯亮起，谢修弋拉着她穿过马路，走进了她家的小区。等走到她家楼下，他想着差不多了，才轻轻放开她的手。

柯姣这时仿佛松了一大口气一般，赶紧将手收回去，用另一只手轻轻握着这只手，藏在自己的身后。

“你现在心里有什么想说的，直接说就好。”他低头注视着她淡淡道。

一如既往高冷淡然的嗓音，还是好听到让人想哭。

柯姣听完他的话，脸一阵白一阵红，过了一会儿，紧紧咬住自己的嘴唇。

她不是真的痴呆。

只是她实在不愿意相信在电影院发生的那件事。

他怎么可能……会亲她呢？他为什么要亲她呢？

对她来说，其实无论是过去还是现在，他哪怕和自己走得再近，他始终是一个在她心中如同天神般完美的人物，她虽然在意他，但却从不试图越雷池一步。

她想不明白，他如果想要女朋友，甚至连手指都不用抬，数不清的女孩子就会自动疯狂围上来；而如果他只是想玩弄她，也没有这个必要，她相貌不惊人，也不是那么有趣，只是个普通小女生，再说，她也知道他绝不是那种人。

那么，是为什么呢？

其实，在她的内心深处有一个答案。

可是她从来没有经历过，她很害怕这只是她自己的错觉和自作多情。

“我没有什么想说的。”良久，她深深呼吸了一口气，小心翼翼地低声开口。

还是什么都不要问，也什么都不要说了吧。

人总是这样的，如果看到了哪怕一丝希望，结果事与愿违的话，就会承受不了这种心理上的落差。

她不想有一天让自己在他的面前，变得那么难看。

谢修弋听到这个答案时，有一瞬间的意外。他几不可见地蹙了蹙眉，微微弯下腰，靠近她的脸颊。

“你觉得这件事无足轻重？”他压低了声音，听不出喜怒。

柯姣沉默了，她回答不了，也没办法回答。

这是第一次，他们两个之间充斥的不是那种既欢脱又温暖的气氛。

“你讨厌我？”他又问。

她愣了一秒，拼命摇摇头。怎么可能会讨厌呢……

“你不喜欢我碰你？”

她又摇了摇头，突然停住，脸颊红红的，十分为难。

“你觉得我对你做的所有一切，只是在戏弄你？把你当毛绒玩具？”谢修弋轻轻眯起漂亮的眼睛，声音越来越凉，“你甚至连我这样做的原因都不问？”

柯姣这次倒是非常迅速地就感觉到了面前的人的气场突变，开始燃烧起了一股阴冷的感觉，那是无奈、怨念，还有……很明显的不高兴。

他生气了……

“你上去吧。”

谢修弋这时朝后退了一步，没什么表情地看着她：“我看着你上去再走。”

两人认识以来，除了最开始不熟悉的时候，他说话是这样全然没感情的态度，之后她就再也没有见过他用这种疏离的语气和她说话了。

她心里一紧，突然觉得心脏有点发疼。可出于习惯，她从不解释太多，这时低声和他说了一句“晚安”，就步履匆匆地走进了大楼。

要进电梯的时候，她回头看了一眼。

他依然站在大楼门口的寒风中，静静地看着她。

她觉得自己简直是有病，他最近那么忙，还有压抑的情绪，好不容易跑来她家找她，对她吐露心声，还带她去看零点的电影，看完后还答应她今后一定会好好跑通告，不再缺席和闹失踪。

他在她面前露出的都是最本来的性情，她见过所有人都没有见过的他，见过在一切光鲜亮丽背后最真实的他。

可就是这样，她竟然还是如此胆小。

只因为她觉得，他没有理由对她产生任何超过友情的感情。

那天之后，谢修弋没有再给她发过一条短信，更别提电话了，就像他在网络上的态度——悄声无息，杳无音信。

柯姣这一段时间根本就是做什么都没有精神，写书写不进，听歌听不进，看剧看不进，连吃饭都吃不进。

这算是……失恋?

不对，她根本连恋爱的机会都没有，只能说是她自己自作自受。

她甚至连用他工作忙没时间找她的借口来麻痹自己都没有用，因为她知道，从前哪怕他再忙，他也会用自己独特的方式关心她。

他是个很少将情绪显露出来的男人，所以在他生气之后，她根本没有办法触摸到他的心。

她每天去他家做饭，也见不到他的人影，而且很奇怪的是，他的屋子里这段时间就像根本没有人居住一样，屋子很整洁，也没有垃圾，只有每天早上都洗干净的盘子和碗证明他确实吃了她亲手做的东西。

她很难过，真的很难过，就像心里最重要的东西被人挖走了一块，空空荡荡的，她从来都没有体会过这种感觉。

等柯姣浑浑噩噩地从谢修弋的屋子里出来，锁上门坐电梯下楼后，没过多久，谢修弋隔壁屋子的房门打开了。

只见谢修弋面无表情地走出那扇房门，拿出钥匙开自己家的门，然后去厨房把柯姣刚刚烧好的菜端进芮优的屋子。

正抱着电脑看动漫的芮优看他端着菜进来，忍了忍，终于还是没忍住，猛地摘下耳机，竖着脖子看着他："谢修弋你是脑子有病是吧？这都几天了，我看得都硌硬。"

谢修弋不理他，拿了双筷子开始默默低头吃饭。

“你说，小菠菜她天天来你家，辛辛苦苦做完菜，然后再因为见不到你垂头丧气地回家，根本不知道你人就在隔壁，却对她避而不见。”

芮优越说越气愤，扶着额头：“我以前怎么不知道你这人那么恶劣呢？不对，你一直都很恶劣，但你对其他人恶劣我能理解啊，你怎么能对小菠菜这样呢？她难道不是你这辈子第一个真心喜欢的姑娘吗？真是冷酷无情啊，要是我，看到喜欢的姑娘，恨不得把她揣在怀里带着走好吗？”

“你很吵。”过了一会儿，谢修弋才冷冰冰地回复一句。

“嫌我吵你倒是回自己家啊！”芮优把电脑往沙发上一扔，“天天赖在我家吃喝拉撒干吗！我才不喜欢和男人天天睡在一起，我是直男！”

“我睡的是地铺，你是床。”谢修弋夹起一块牛肉，“不是一起。”

“你有力气和我贫倒是去和小菠菜和好啊！你不难过吗？你以为我不知道你这两天心情多差吗？我价值连城的耳麦都快被你玩坏了啊……”芮优越说越心酸。

这家伙现在只要不出去上通告，就天天赖在他家，又懒得去自己家拿自己的装备，都是借用他的，带着情绪去折腾他的装备，可把他给心疼死了。

“她脑子一下子转不过来你就体谅下她呗，她之前又没谈过恋爱，哎你这家伙也没有谈过恋爱啊……”

谢修弋一直没回答，等到一碗饭都快要见底的时候，才低垂着眉，冷声开口：“我也不想，但必须这样。”

芮优听完愣住了，大概意识到他是在对柯姣用策略，过了一会儿，心想，什么鬼策略，这根本就是一对无可救药的笨蛋情侣好吗……

笨蛋情侣中的女主角一路情绪低迷地回到自己家，仰面躺在了床上，一动也不想动。

一直发呆到天都暗了下来时，她才有气无力地拿出手机，随便打开已经很久没有看过的微博。

她微博的评论转发和粉丝数量自从生日那天的 Y 站歌会之后就一直

在涨，但也只是那一小段时间网上的传闻满天飞，过了没几天，就因为两个当事人的沉默不语和 Djay 的强硬气场而渐渐消散。

她没有心情去看评论，就随手刷新了一下首页。

“叮”的一声，就在她刷新后的下一秒，她心一颤，目光立刻牢牢地锁定在了第一条微博上。

Djay 竟然就在她刷新页面的前一分钟发了一条微博。

微博内容是一张图片。

而在那张图片上，只有一片白雪皑皑。

她的目光盯在这条微博和发微博的人的名字上，一动不动。

她轻轻抬手，点开那条微博的评论，短短五分钟左右，就已经有将近五百条评论。

【公子终于发微博了！】

【T 市下雪了吗？我怎么感觉公子心情不太好的样子？】

【我关注我偶像三年第一次看到他发图片啊……】

【隐隐约约从这张图片上嗅到了和感情相关的气味，请叫我福尔摩斯。】

【到底是谁惹我们家公子不高兴了！是不是你！菠菜！】

【每次看到 Djay 不按照常理出牌就很害怕！】

当看到那条提到她名字的评论时，柯姣立刻不由自主地缩了缩身体。

网络上的粉丝都是很敏感的姑娘，每一次，她们只要通过小小的线索，几乎就能立刻联想到相关的人物，并猜出自家偶像现在的心境和情况。

要是在从前，她绝对会默默地跟着其他粉丝一起同仇敌忾这个不知道是否真实存在的、竟然让她家偶像表现出了不悦心情的人。

但现在，她很肯定，这个人真实存在，而且这个被千夫所指的人，应该就是她自己。

只因为在 Djay 这个名字的背后，是她两个星期都没有好好说过一句话、见过一次面的谢修弋，他从来都是个很少会表露自己感情的人，如果他不是因为工作的事情心烦，那应该就是因为她心烦。

她现在真的好想狠狠抽打自己。

但是她到底又应该怎样做，才能缓解这个僵持的局面？

她心情更低落地关上微博，打开同样许久未上的聊天软件。

许许多多的留言，她一眼就先看到了来自时小间的消息。

【时小间：之前的歌会，资源组的歌会官方录播出来了，我发你离线文件了，接收一下。另外，Djay 的那段我帮你单独截出来了。】

柯姣打开对话框，轻轻点击下载以“Djay”命名的音频文件。

很快，文件下载完毕，她打开那段音频，心里咚咚跳着，将手机轻轻贴在了耳边。

短暂的安静后，那个她最最熟悉且痴迷的，却已经好久没有听到的声音，慢慢地从她的手机里冒了出来。

“好不容易提早结束，飙车赶回家，好不容易到家，家里却停电了。

“第一次参加 Y 站歌会，却没有电、没有麦，也没有网，就用手机清唱几句吧。

“今天要唱的，是昨晚临时写的新歌《凰枝令》，算是古风歌曲，却又不完全是古风风格。

“而给我这首歌灵感的姑娘，正是今天的这位寿星。

“菠菜，祝你生日快乐。”

一句，两句，三句……熟悉的说话方式，熟悉的语音语调。

柯姣一手捏着手机，鼻子酸酸的，眼眶也红了。

那一晚上的所有感情都仿佛潮水般汹涌重现，她永远忘不了那天凌晨，她见到谢修弋时心脏几乎都要停滞的感觉。

她这几天每一天都在想，自己对于谢修弋究竟抱着什么样的感情。

她知道他就是她喜欢了整整三年的偶像，她也知道，他是现在华语乐坛迅速崛起的一座冰峰。

冷漠是他，怪诞是他，霸道是他，温暖也是他。

她曾崇拜他，仰望他，也曾照顾他，陪伴他，她看到他会心跳加快，看到他会哭笑不得，看到他会想保护他，看到他会开心也会很欣慰，被他靠近就会很紧张。

她从来都不知道，她竟然可以对一个人，同时抱着这么多复杂却不同的感情。

这到底是什么样的感情呢？

她写过这么多言情小说，塑造过这么多不同主人公、不同题材和不同结局的故事，却不明白自己心中的感情究竟能不能称作喜欢。

听着耳边他清唱《凰枝令》的声音，柯姣突然猛地从床上翻身坐起。

她将手机紧紧抓在手里，在心里认真地做了一个决定——她要去他家。

他今天几点回来，她就等到几点，无论他想不想见到她，她都要死皮赖脸地对他说出自己心里所有最真实的情绪。

她毫不犹豫地套上外套，拿上钥匙，立刻就冲出了家门。

从她家到他家本就只有十分钟的路程，且因为她是用跑的，几乎五分钟左右，她就看到了夜色中他家大楼的轮廓。

走进电梯的时候，她用力缓了缓因为剧烈运动和紧张而紊乱的呼吸，闭了闭眼睛。

柯姣，老天永远不会给胆小鬼太多次机会。

抱着这样仿佛上战场一样的决心，她大步走出电梯，直奔他家的房门。

走到他家门口，她低头刚想拿他家的钥匙，就发现他家的门竟然是虚掩着的。

他竟然在家？

她咽了口口水，心跳如雷，抬手握住门把手，慢慢将门打开。

屋里开着灯，很亮堂，在她的视线里，她清楚地看到她已经两周没有见到的人，就这么静静地站在玄关前的客厅那里。

他又高又瘦，常年穿深色的衣服，皮肤又特别白皙。他的侧脸好看到不行，却一看就不敢让人接近。真的，自己像是好久都没有见到他了。

柯姣忽然觉得很想哭。

而听到开门声，谢修弋也转头朝门的方向望过来。

就在这个时刻，柯姣却看见一个人影忽然从她视线被挡住的墙后，猛地扑到了谢修弋身上，紧紧地伸手抱住了他。

她的瞳孔猛然缩紧，心脏都忽然漏了一拍。

由于看不到那个人的正面，她只能看到那人长长的棕色鬈发和穿在身上漂亮的小裙子。

女孩子。

第十三章　慢卷䌷

时间就像定格在了那个瞬间一样。

柯姣目瞪口呆地望着客厅里的人，觉得自己的脑中仿佛有一颗原子弹在平地爆炸开来。

看到这样的场景，她真的无法思考，一点也没办法思考。

这个女孩子……是谁？怎么会抱住谢修弋呢？难道……是他喜欢的人？女朋友？还是……

她的心里就像被人用手重重掐住，疼得都发不出声。

大概过了几秒钟的时间，她看到谢修弋居然一把就将那个女孩子推了开来。力道很重，而且丝毫没有怜香惜玉的感觉。

在她的视线里，他皱着眉头拍了拍自己的衣服和袖口，然后很快就面无表情地大步朝她的方向走过来。

柯姣双眼一跳，第一反应却是转身逃走。

她本来满怀着勇气来找他，可见到刚刚那一幕，她真的很怕从他的嘴里听到任何她意料之外的话语。

她不敢听，也一点都不想听他说他和那个女孩子有什么关系。

“跑什么？”下一秒，一道凉透了的嗓音就拦住了她想要迈开的腿，语气中的温度直降冰点。

她吓得腿都抖了，只能乖乖地僵在了原地。

等谢修弋走到她面前，他一句话也没有多说，直接拉着她的手把她拽进了屋子。

柯姣被他拉到客厅，也终于看到了刚才那个抱住他的女孩子的正脸。

只见那个女孩子长睫毛，大眼睛，五官精致且不施脂粉，完全是个彻彻底底的美人坯子。

难不成……她是谢修弋的同行？也是演艺行业的新人吗？

“你。”刚看清那个女孩子的容貌，她就听见一道熟悉的高亢的嗓音响起在背后，吓得她汗毛竖起，“古奈，你就是个网络骗子你知道吗！”

柯姣回过头，这才发现屋里原来不止谢修弋和那个女孩子两个人，芮优竟然也在……

芮优气得整张俊脸都彻底变样了，看他的模样，他似乎还想把那个女孩子扯到自己面前来痛打一顿。

“我骗你什么了？”被称作古奈的女孩子后退了两步，表情冷冰冰地，倔强地看着芮优。

“你还没骗我？”芮优一拍桌子，厉声大吼，“你骗了我整整三年！我和你认识到现在，一直把你当作除了谢修弋外最好的兄弟，虽然我们没有见过面，但我对你掏心掏肺，现在你出现在我面前，告诉我你竟然是个女人！你还没骗？骗时间，骗感情，除了没骗钱没骗色你什么骗了！”

柯姣发蒙了。

谁能告诉她这究竟是怎么回事，这个女孩子……难道不是和谢修弋有关的吗？怎么好像和芮优纠葛甚深？

说实话，她还真的没想到有生之年她居然能亲眼看到暴脾气芮优在自己面前这样发飙。

她现在忍不住想要拿包爆米花过来，跷着二郎腿边吃边看……

“过来。”当她一眨不眨地盯着芮优他们看的时候，一直站在她身边没出声的谢修弋攥住她的手臂，将她带到沙发边。

他松开拉住她的手，先在沙发上坐下，再用眼神示意她也坐下。

虽然同样都在客厅，柯姣总感觉她和芮优他们仿佛处在两个平行世界里。如果说那边是修罗场，那这边……就是冰窟。

她的大脑现在一片空白，来之前的勇气，从刚刚开始到现在，早已经彻底消耗殆尽了。

怎么办？她到底应该怎么开口？

谢修弋却没有让她紧张太久，这时率先说道："上微博。"

柯姣愣了愣，反应过来后，拿出手机登上自己的微博。

难道他又发了什么微博？还是和她有关的？

她心惊胆战地打开微博，就听到他又说："搜索'古奈'，古代的古，奈何的奈。"

那不是在和芮优对峙的漂亮女生的名字吗？

她输入完这个名字后，微博很快就跳出了一个有着古奈头像的用户，只是不仔细看她还没发现，那张头像上的古奈留的是男孩子般齐耳的短发。

她视线轻移，看到了鲜明的橙色"V"字认证，粉丝数量有三十多万个。她点开那张头像，看清了微博认证的内容。

知名角色扮演古奈。

怪不得，她刚刚看古奈的第一眼，就觉得好像在哪里看到过这个人。

虽然古风圈、配音圈以及角色扮演圈是截然不同的圈子，每个圈子都有自己的规则，但是这些圈子都多多少少会有些交集。

就像有些古风歌手如果要出一首剧情歌，就会请到配音演员来配音，再请角色扮演来出演歌中角色，拍摄与歌曲背景相关的图片。

她想起来了，之前岱华做的一首古风剧情歌，好像就是请古奈来出演歌曲中的小将军的。

"所以说，古奈真的是女生？"柯姣一边翻着古奈的微博，咽了口口水，她看到古奈标注的性别是"男性"，再看到古奈拍的那些照片，都是帅气到让女生都会心跳加速的美男子。

"如假包换。"谢修弋看着她，"而且这件事在圈子中也不是个秘密，古奈的粉丝知道，其他人也都知道。只有芮优这个蠢货不知道。"

柯姣抬起头看着依旧在暴跳如雷地指着古奈怒吼的芮优，在心里暗暗有些可怜他。

虽然不清楚芮优和古奈的具体情况，但是就算是她，也一时很难把网络上帅气的古奈和面前这个仙女般的女孩子联系在一起。

“这个蠢货的神经大条，和你不相上下。”没等她开口说话，她就听见谢修弋又幽幽地在旁边开口了。

谢修弋似乎真的对她有很多怨念啊……

听完，柯姣立刻自动地低下头，通红着脸，努力装自己不存在。

“刚刚古奈扑过来是条件反射，芮优要动手揍她，她也不是有意的。”

她沉默两秒，猛地抬起头。

谢修弋刚刚那句话，是在和她解释吗？

“我根本和她不熟。”谢修弋很高冷地靠在沙发靠背上，睨着她，“我也很讨厌别人碰我。”

“但是你的话，不讨厌。”他仿佛不经意地加上一句。

柯姣觉得自己的脑细胞又不够用了，只能拼尽全力去理解，才能勉强跟上他的节奏。

“看到我的微博了？”

“嗯。”柯姣觉得他有点像在审讯犯人。

“什么感想？”

柯姣咬住嘴唇，从牙缝里憋出来几个字：“你……生气了……”

谢修弋在她看不到的地方，眼底闪着淡淡的波光：“气了多久？”

“两……两个星期。”

“记得很清楚。”他抬手摸了摸下巴，“那么，我为什么要生气？”

“因为我……”她是真的委屈，有点可怜巴巴地说。

她也不想故意惹他生气的啊……

“那你在这两个星期里，做了点什么？”

“什么都没做。”她可没说谎，她真的整整在家傻待了两个星期。

“也什么都没想？”

察觉到他语气好像不对，她赶紧赤红着脸摆手：“那个，我，我想了……”

“想了什么？”他不动声色，甚至用了配音演员念白的声音循循善诱，“想了谁的事？”

柯姣觉得自己都快呼吸不过来了，憋了老半天，终于还是没能抗住他那一听就会让人醉倒在地的声音：“你……”

“好。”

过了良久，谢修弋的眉眼间终于渐渐染上一丝淡淡的光华，融化了一些素来的冰冷，恢复本音说话：“再给你一次机会，现在你有什么想要对我说的吗？”

柯姣深深呼吸了一口气，觉得自己的嗓子都哽住了：“我……”

她总感觉，再多说一个字，就有一层天大的窗户纸要被捅破了……

“好，我走！你放心，我会离你离得远远的，这辈子再也不会让你看到我这个恶心的人！”

就在此时，那边的餐桌边突然爆发出了一个冷硬的女声。

只见刚刚还长发披肩的古奈已经一把将头上戴着的假发摘下来，用力地扔在芮优的胸口。

“我古奈，只是网络上的男孩子，在现实生活中，我从来都是女孩子。”只见短发的古奈肩膀颤抖着，对一脸惊愕的芮优吼道，“你这个笨蛋！我这辈子最后悔的事情就是喜欢上你这个笨蛋！”

说完，古奈就抬手揉着眼睛，飞快地跑出了谢修弋的家门。

柯姣和芮优此时都是一脸惊愕的表情……

而此时，整间屋子里唯一思维清晰的人，脸上的神色却难看到如同锅底。

被硬生生打断柯姣告白的谢修弋忍无可忍，“腾”地一下从沙发上站了起来，大步走到呆若木鸡的芮优面前，一把扯住他的领子，将两米一的男人拖到玄关，扔出了家门。

“连人家是男是女都分不清楚的白痴，你要是敢敲门我就打断你的腿。”

“砰”的一声，大门应声关上。

谢修弋合上门，抬手扶了扶额头，在心底叹了口气，俊脸漆黑地重新返回沙发边。

他现在火大得简直想把门口那个蠢货再拖进来，从阳台上扔下去……

柯姣本来紧张得连心脏都快要跳出来了，但是被芮优和古奈的事情那么一搞，整个人却反而全然忘记了紧张，光顾着震惊了。

谢修弋看了看她的神色，心中了然，以她现在这种状态，再想诱导她对自己吐露心声，估计诱导到明天天亮也说不出来一句了。

时机这种东西，在感情上实在是很值得讲究。

“我先送你回家。”

他走到她面前，伸手摸了摸她的头发，不耐烦地皱了皱眉：“等会曾倩还要来接我去上通告，麻烦。”

柯姣一愣，抬头看向他。

逆光的角度，她只能看见他模糊的五官，那双始终幽深不见底的眼睛正专注地落在自己的身上。

这一刻，她突然觉得自己心底里一直在纠结的那个点，毫无征兆地就豁然开朗了。

其实，他就是他而已啊。

不是那个在网络上一出现，就能引得数万粉丝疯狂的 Djay，也不是那个在演艺行业初出茅庐，就如流星般闪耀的谢修弋。

他只是那个在她面前，毫无生活自理能力，会对芮优暴力相向，也会毫无掩饰地暴露出所有情绪，好像永远也长不大的男人。

他虽然从不多言，却真诚而坦然；虽然特立独行，却纯粹而虔诚。

那是她才能看到的他。

只有她一个人能看到。

“等等。”在她起身跟着他一起走向玄关的时候，她突然伸出手，攥住了他的衬衣下摆。

“怎么了？”他回过头。

“我……”

柯姣咬了咬牙，逼迫自己抬起头和他对视：“我自己回去比较好，你现在是公众人物，还是不要让人看到你和陌生女性走太近，曾倩他们公司应该也是这样想的。”

谢修弋蹙了蹙眉，似乎并不认同，他刚想说话，却被她果决地打断：“就这样决定了，谢修弋，让我保护你。”

他愣了愣。

“还有……我现在有话想告诉你。”

她这个时候，忽然为自己之前在不知道他和古奈的关系时，却猜测古奈是不是他的女友或是他喜欢的人而感到羞愧。尤其当古奈那样坦率地对着芮优说我喜欢你的时候，这种羞愧的感觉变得更加强烈了。

为什么当她都还未曾得到他亲口确认的时候，就非要先不断地否定自己呢?

谁说在这个世界上不会有奇迹发生? 哪怕他被无数人所喜爱着，但是他的眼睛里，或许也只会存在着那样一个人。哪怕那个人再平庸无奇。

“我觉得，你对我很好。”她一个字一个字地说着，“虽然你总是话很少，偶尔还毒舌，又很会使唤人，老是把我气得半死。”

她心里第一次萌生这样的情感，想要大声地说出来，想要勇敢地告诉眼前这个人。无论是不是会错意，无论奇迹是不是会真的发生。

“你让人捉摸不透，但是又会让人萌生温暖的念头。”她的眼睛在发酸，嘴唇也在发颤，“而且我觉得，你只会对我一个人露出这样的温暖。”

他绝对不会对着他心里认为只是普通朋友的人，说那么多的真心话，伸手抱她，或者亲吻她的脸颊。

谢修弋原本脸上并没有什么表情，可此时听着她的话，眼睛里渐渐有光亮，而且越来越亮。

“我虽然，没什么所长，但是，我……”

终于要说到最关键的地方，她深呼吸了一口气，努力让已经一片空白的脑袋清醒镇定：“我……”

结果，她就这样硬生生地说了十个“我”，也没能把后面的那个字说出来……

楼下的门铃已经响了起来，应该是来接谢修弋去上通告的曾倩在按铃，铃声大作之时，难得耐心等待的谢修弋终于还是没忍住低笑了一声。

虽然他很快就收敛了脸上的笑容，但是柯姣还是能看到他眼角弯弯的弧度。

他的笑颜真是好看得不得了，这世界上原来真的有人鲜少露出笑容，可只要笑了，就能一笑倾城。

“嗯，勇气可嘉，已经抵扣了一部分你让我生的气。”他这时伸出手，拉过她攥着他衣服下摆的手，然后牢牢地包在自己的手心里，再慢慢转变为十指相扣。

看到他修长白皙的手指与自己的手指交叉在一起，柯姣的头顶好像在冒烟了。

而谢修弋这时，忽然又从自己的衣服口袋里拿出了一块牌子，塞到她空着的那只手的手心里。

“剩下的，就等到下周末的电视台新年音乐会的时候再告诉我吧。”

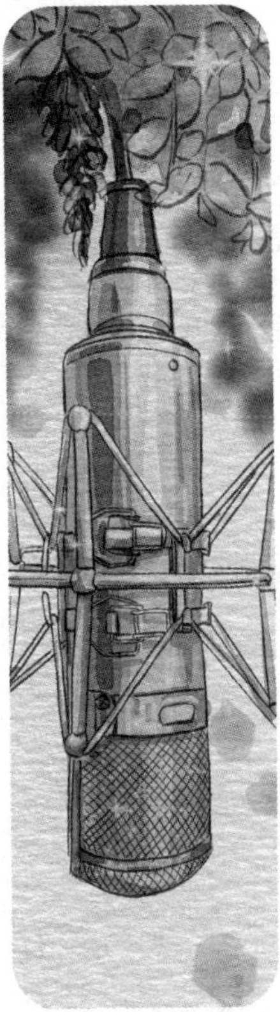

第三卷 青花瓷

第十四章 暮云碧

曾倩在谢修弋家楼下按了一会儿门铃无人应答，翻了个白眼，习以为常地回到了车里。

基本上她每次来接谢修弋去上通告，都至少要等半个小时到一个小时。

谁知她刚上车没过一会儿，谢修弋就从大楼里走了出来，面无表情地上了副驾驶。

“哟，今天倒是挺快。”曾倩侧头看他一眼，开始发动车子，“都让我受宠若惊了。”

谢修弋没理她，抬手系上安全带。

“你今天心情是不是挺好的？”曾倩拆了一颗糖塞到自己嘴里，突然睨着他，“前两天只要你一上车，整辆车的温度都低了。”

他系完安全带，交叠起双腿，闭上眼睛：“啰唆。”

“好好好，我闭嘴。”曾倩笑了一声，刚打了方向盘，突然看到一个无比熟悉的身影从谢修弋家的大楼里走了出来。

女孩背着个包，像刚做了什么坏事似的，满脸通红，但是又抑制不住开心的样子，低着头快步往小区外走，途中还差点被自己绊到好几次。

这位傻姑娘就是和她一起玩了十多年的闺密柯姣。

“原来如此啊……”曾倩这会儿脸上的表情更意味深长了，索性踩上刹车，靠在方向盘上望着闭目养神的谢修弋，“我说谢修弋，敢情前两个星期你是一直在和我家小菠菜闹别扭，今天和好了？”

谢修弋继续高冷沉默。

“或者，我猜，是小菠菜之前一直不敢承认自己喜欢你，今天终于鼓足勇气了？”

“还没成功。”谢修弋终于开了金口，“下周吧。”

“下周？ T市电视台的新年音乐会吗？”曾倩在脑中算了算，“啊，果然你问我要的那张后台工作人员通行证就是想留给她的。”

“记得带她进休息室。”

曾倩笑得连嘴都快合不拢了：“遵命遵命，我不会让她迷路跑去别人的休息室的。”

“不过，我们经纪公司一向不是很赞成艺人公开恋情，除非双方都是行业内的人，能实现互利互惠共赢的那种，而且尤其你还是新人，更应该是坚决抵制了。”曾倩这时表情稍微变得严肃了一些，“但我也知道，你是绝对不受人控制的，你要是真想这么做，谁也管不了。”

“知道就好。”

“但是谢修弋，你是我亲手带的艺人，也算是朋友，柯姣又是我闺密，她还是个行业外的人，如果你真要公开的话，你可以不在意对你自己的影响，但你要考虑到对她产生的影响。从现在的趋势看来，今后你的粉丝只会更疯狂。

“我和柯姣认识这么多年，虽然她平时看上去挺缺心眼的，但是实际上还是个很细腻的女孩子，难免她会越想越多，和你的关系也会产生隔阂。

“说得难听些，艺人需要承受的最大代价，或许就是牺牲自己陪伴所爱的人的正常生活。”

谢修弋听完曾倩的话，沉默一会儿：“常理的确如此。”

“不过。”他慢慢睁开眼睛，眼底是锐利而有力的亮，“她会一直待在我为她营造的世界里，无人能扰。”

周日的晚上是T市电视台的新年音乐会。

柯姣之前在网络和电视上都有看到过对这场音乐会的宣传，T市电视台今年可真是下了大手笔，把华语乐坛一半的“天王”都给请来助阵了。

而谢修弋作为今年最受关注的新人歌手，在一众老牌歌手里，显得尤为鹤立鸡群。

柯姣拿着谢修弋给她的工作证，一路忐忑地来到了T市电视台所在的大楼。

她很紧张。紧张也是理所当然的，一是因为这是她第一次来电视台看直播，还能拿着工作证进后台参观；二则是因为……她之前有答应过某人，今天要把之前她没说完的话给说完。

这一个星期她可都过得度日如年，她可不会乱说。

于是，大楼里的工作人员，几乎都看到了一个穿着白色羽绒服的女孩子攥着工作证，脸红得像只番茄一样地“飘”到了音乐会舞台的后台。

在她来之前，她早就已经和曾倩通过了电话，这会儿曾倩很准时地就在她们约定好的时间，站在后台入口的地方等着她。

“我跟你说，今晚来的人都特大牌，刚刚后台几个经纪人都差点掐起来了。”曾倩一手攥着她的手臂，把她扯到自己身边，“你跟着我走，小心点，他们还在彩排。”

柯姣边听着曾倩说话，边瞪大着眼睛看着四周。

亚洲第一舞后竟然也在，她长得好美，腿好长……

国内第一天团竟然也来了，团长的脸又胖了，圆圆的好可爱……

影视歌曲偶像KY也来了，他竟然有八块腹肌，太帅了……

等离开后台区域，她十分满足地摸了摸胸口。

“人生第一次见到那么多艺人，很激动是吧？”曾倩屈起手指，弹了一下她的额头，“我做经纪人那么多年，每次请你来看你都说要写书然后拒绝，可谢修弋一给你工作证你就马上屁颠屁颠跑来了，你什么意思啊你！”

“呵呵呵……”柯姣心虚地吐了吐舌头，“小倩倩，其实我对艺人也不是特别感兴趣……特意让我来看我肯定懒得来啊……”

“切，你就直说吧，你就是为了来看谢修弋的。”曾倩冷哼一声。

柯姣脸一红，抬手要捂住她的嘴巴：“你小声点啊姐姐……他现在在休息室候场吗？”

“嗯，造型和衣服都好了，他应该是中场之后的第一位嘉宾。”曾倩和她一起走到人少一点的地方说话，“这家伙真是高冷，在你来之前，不少人气很高的艺人都走过来和他搭话，可他对谁都是爱搭不理的，亏得我一直在旁边拼命打圆场，人家才没把他的脸给刮花。

“有几个可都是女神级的人物啊，他连眼睛都不朝她们身上瞟一下。”曾倩说到此处，终于忍不住用两根手指轻轻捏住她的下巴，“小菠菜你真是，你说说，这么个鼻孔朝天的家伙怎么就被你给迷住了呢……”

柯姣被她说得面红耳赤的：“我的座位在哪儿？马上音乐会就要开始了我先走了……”

在她落荒而逃的时候，曾倩还在她身后笑得乐不可支地说：“喂，记得和谢修弋一起买十八只蹄髈送给我，我是媒婆！红娘！”

从曾倩的言语调戏里逃脱之后，柯姣赶紧找到了曾倩帮她安排好的座位，乖乖地坐在了舞台下方第二排最靠左边的位置。

这个位置视角很好，等会儿谢修弋出场，应该也会看得很清楚。

她从包里拿出前两天刚买好的单反相机，小心地摆弄了一下。

虽然她是个摄影菜鸟，但是没关系，他长得好，随便拍也不会丑，而且照片她也都会私藏……

大概没过几分钟，舞台灯光就亮了起来，现场直播的新年音乐会正式开场。

两位盛装的老牌主持很快风度翩翩地走上台，开始致开场词。

柯姣小心地看了看四周和身后，除了工作人员之外，绝大多数在场的人都是粉丝，而且她还在应援牌中看到了不少谢修弋的名字。

难怪最近媒体总是喜欢评价他是近年来蹿红速度最令人咋舌的歌手。

她心里感觉压力更大了……

她刚回过头看向舞台，就感觉放在贴身口袋里已经调成静音的手机振了两下。

她拿出手机一看，手机屏幕上正显示着一条短信。

【谢修弋：从你左手边的出口出来。】

柯姣傻眼了，仔细看了两遍，发现真的是来自谢修弋的短信。

不对啊，他这个时候难道不应该是在休息室里候场吗？难道他跑出来了？

她思虑两秒，还是抱起包和单反相机，悄悄地压低身体朝出口方向走去。

推开门是一条长长的走道，她一边往前走，一边低头给他回短信。

【柯姣：我出来了，怎么了？】

刚打完问号，她的面前突然就伸出了一只手，把她整个人往左手边的一间房间里拽了过去。

柯姣一声惊呼还在嘴边，好不容易憋住，等缓过神来，才看到把她拽进来的人正是谢修弋。

“这是哪儿？”她缓了两口气，背靠在门上，打量着房间的四周。

“应该是间废弃的储物室。”他关上门，轻轻打开墙壁上的灯。

灯大概是因为年岁已久，并不太亮，反而有些昏黄。

“嗯……”她应了一声，突然觉得嗓子有点干，“你不在休息室休息候场吗？到，到这里来干什么……”

谢修弋身上穿了一件黑色的衬衣，衬衣上还镶着淡淡的金色花纹，他整个人在这样昏暗的环境下，完全就像一位从电影里走出来的吸血鬼公爵。

柯姣觉得自己的呼吸已经开始有点困难了……

“本想让曾倩带你来休息室，但是人太多。”他轻轻挽起袖口，开始朝她走近。

“嗯。”她地点了点头，随口开始扯话题企图和他闲聊，“刚刚开场前曾倩带我去后台转了一圈，看到了很多艺人，啊还有，曾倩说你中场后上台，你今天唱什么歌来着，英文歌还是中文歌？对了今天来了好多粉丝……”

她越说越语无伦次，说到最后连她自己都不想听了，她两手抓着手里的包和单反相机，声音越来越低。

谢修弋此时走到了她的跟前，目光幽深地看着她柔软的发丝："柯姣。"

"啊？"她声音都抖了。

"不要紧张。"

柯姣欲哭无泪，她也不想紧张啊，可是现在他把她抓来这样一个空间，到底是想干什么呢……

"说吧，我想听你说上次在我家你没说完的那句话。"他这时居高临下，伸出一只手，撑在她脸颊旁的门板上。

柯姣咽了口口水，觉得整个房间里都回荡着她震耳欲聋的心跳声。

"你知道，不说，我会很不高兴。"他眯了眯眼。

她的两只手紧紧抓着自己的包，快要把自己的包都给抠烂了。

门外这时好像有工作人员经过，发出了笑闹声，而屋子里却安静得连半点声响也没有，如此反差，让柯姣更紧张了。

"等音乐会结束之后再说，可以吗？"好不容易，她从牙缝里憋出来这么一句话。

谢修弋定定地注视着她，没有说话。

"音乐会结束之后，我肯定会说的。"见他没说话，她赶紧补上一句，"我保证……"

反正，无论如何，她都不会再退缩了，无论多难以启齿，多脸红心跳，她一定都会亲口告诉他，她心里最最真实的感觉。

她一定，一定会说的。

突然，她感觉到眼前一暗。

谢修弋抬手关上了屋子里的灯。

"我等不及了。"

黑暗中，感官被无限地放大，柯姣浑身都绷紧了，她感觉到他似乎将嘴唇凑到了她的耳边："柯姣，足够了。"

那一瞬间，她的心脏仿佛都停止了跳动。

"我喜欢你。"

下一秒，他一手轻轻捧起她的脸颊，用力地咬住了她的嘴唇。

柯姣觉得浑身犹如电流淌过，酥软得连骨头都感觉不到了。

嘴唇被咬住后，她感觉到很柔软很柔软的触感，一开始，只是轻轻的摩挲和触碰，像是初期的试探。大概这样过了几秒之后，她眼神涣散地看着面前的人稍微离开了一点她的嘴唇。

谢修弋的气息呼在她的脸颊上，依旧近在咫尺。

两个人的心跳，好像被同时放大在了整间黑暗的储物室里。

"柯姣。"他发出低冷的声音。

这个声音曾无数次出现在她的耳朵里，她的梦境中。

她张开嘴，想回应他，却连一个字的声音都发不出来。

声带好像被什么卡住了，一切的一切都哽在了喉咙，从他亲口说出那四个字之后，从他吻住她的嘴唇之后，所有的语言竟然都变得如此苍白无力。

只因为他的一句话，整个世界都变得色彩斑斓。

门外这时突然传来一声无比熟悉的声音："Tina，你看到谢修弋了吗？"

柯姣第一时间就听出来这是曾倩的声音。

"我找他找了很久，他之前不是一直在休息室吗？怎么突然就没人影了？"

她因为说不出话，只是本能地伸出手攥住他的衬衣袖子，用眼神示意他赶快出去。虽然周围一片黑漆漆的，他大概也看不到她的眼神……

就算她现在整个人就像一团糨糊，可她也知道，他要是再不出去，一定会惹上麻烦的，这里毕竟是T市的电视台，星光之夜，他从最开始就被无数双眼睛留意着注视着，一有闪失，便会酿成大祸。

可她也再清楚不过，面前这个人根本毫不在乎"规则"。

"柯姣。"谢修弋这时又叫了她一声。

她都不知道该怎么说话了，靠着门的后背都已经在发抖了，只能咬着唇看着他，不断地平缓着呼吸。

谢修弋此时就像捕猎的雄狮，微微眯眼，利爪已经伸向他等待许久的猎物。

柯姣木愣愣地张开嘴，下一秒，他的嘴唇就再次紧紧地贴了上来。

这一次，他的吻变为了最凌厉的攻击。

她被他的气息紧紧包裹着，无边的黑暗，无尽的纠缠，他根本连停歇的时间都没有给她，只是一味地索取，不断地进攻，不断地挑战着她的心脏。

这种体验让她战栗不止，她根本没有一丝一毫的招架之力。

柯皎不知道这个吻是什么时候才结束的，她只知道，当他离开她的嘴唇的时候，她整个人因为脚软，直接“啪嗒”一声滑下来，坐在了地上。

“呵。”她清晰地听到一声短促的笑声。

“站不住了？”虽然依旧是冰凉得像泉水一样的声音，但她还是听到了那语气里止不住的调笑意味。

谢修弋边说话，边用两只手将她从地上抱了起来，还稍微将她托高了一些，让她可以靠在自己的肩头。

柯皎两手抱住他的脖颈，将头埋在他的肩膀里，此刻羞得恨不得掐死自己。

第一次接吻后腿软倒地，这种事情要是说出去估计她一辈子都抬不起头了吧！

柯皎耳边传来他连续两声短促的笑，她既惊讶，又免不得更害羞了。但是，此刻她的脑子里，真的是一片空白的。

虽然她已经不再像之前那样像鸵鸟一样缩着，不肯正视自己和他的感情，虽然现在她已经确信，面前这个男人应该是真的喜欢着自己，但是她实在还是不能接受，他就这样轻描淡写地跳过了恋爱最初步的阶段，直接就进入了……这个环节……

“好了，要先出去了。”

他将她放下来，却还是抱着她，抬起一只手拍了拍她的背：“现在，听我说两句话。”

“演出结束后，去我家等我。

“还有，这是我第一次接吻。”

从出口通道回到自己的座位上，柯皎只觉得自己好像重新活了一次。

此刻的舞台上，亚洲舞后正在边歌边舞，整个场面无比劲爆，可舞台上再闪耀的灯光和表演都不能吸引她的目光，一切的一切都无法再吸引住她任何的注意力。

怎么办？她的整个脑子里现在只充斥着一个人。

不，应该说，从来都只有这个人。

充斥着他英俊的脸颊，充斥着他修长的手指，充斥着他偶尔一笑的绝美，充斥着他从喉底发出的性感的声音。

而现在，又充斥着他令人窒息的吻。

她一直这样紧张地端坐在椅子上，直到她耳边听到主持人这样的一句话："下面，让我们有请今年歌坛最受关注的新人歌手上台，你们知道他是谁吗？"

顿时，全场都开始高呼"谢修弋"这三个字，许多粉丝都兴奋得直接站了起来，完全有一种把直播现场变成个人演唱会的势头。

柯姣被这震耳欲聋的呼喊震醒，极慢地抬起头。视线里，有一个人影姗姗从幕后走到幕前。

坐在她身边的女孩子，本来一直特别安静地观看着，直到谢修弋出来的这一刻，那个女孩子猛地就站了起来，"唰"地一下举出了写着他名字的闪光牌。

柯姣被震撼到了。

这是她第一次，亲眼见他在舞台上歌唱，不同于从前在Y站频道，万人齐呼他的名字也只是在公屏上静止的文字，而现在，这些激动的尖叫却是真实在耳边的呼喊与欢呼。

他被那么多人喜欢着，崇拜着。

无论从过去到现在，一直都是如此。

"我们都知道修弋是有名的不走寻常路、不喜玩笑。"主持人这时笑道，"我们也就不出言调侃了，修弋有什么要和电视机前的观众以及现场的粉丝们说的吗？"

"新年快乐。"谢修弋眼眸如墨般平静，只说了两句话，"今天唱《黑白面具》。"

这首让所有人都开始知晓他的名字的歌曲，已经连续三周蝉联新歌榜冠军。

他这句话一出，台下观众立刻响起雷鸣般的掌声，主持人快速退场，只留他一个人在舞台上。

柯姣望着在台上的这个男人，逐渐慢慢地找回了神志，可一找回，却觉得那种无法呼吸的窒息感再次卷土重来。

这世界上，可能只有这个男人能够做到这样，只要他在唱歌，听众便无法再做其他任何的事情。

他能将歌曲的灵魂演唱出来。

舞台的灯光下，他的侧脸完美无瑕，柯姣的目光聚焦在他的五官上，从眼睛到鼻子，最后再到……嘴唇。看到他的嘴唇的时候，她浑身一颤，瞬间脸红得快要滴出血。

她觉得自己简直都不像自己了，满心满眼都装着这个男人，为他神魂颠倒。

她真的好喜欢他。

再也没有办法掩盖，也再也没有办法假装这不是爱情，从最开始，她就已经义无反顾地拿出了全部的真心。

他演唱完歌曲的上半段，进入间奏，柯姣发现，离自己略有距离的谢修弋忽然朝自己的方向看了过来，且很快，他的眼睛就聚焦在了她的脸上。

她知道他在看她，他一定是在看她。这么远的距离，他应该……不可能看到自己坐在什么地方啊。

而下一秒，在现场直播的情况下，在现场所有观众和粉丝都注视着的情况下，谢修弋突然弯腰将自己的话筒放在了地上。

万众瞩目之下，他先抬起右手放在自己的胸前，左手伸出拇指，其他四指握拳，右手的掌心对着左手拇指，右手掌水平圈几圈。

最后，他伸出手指，指向了她。

柯姣用力地咬住了嘴唇，甚至都要将自己的嘴唇咬破了。

曾经，她写过一篇男主角因为生病失去说话能力的作品，当时，在全文的最后，男主角用了和谢修弋一样的方法，对始终不离不弃的女主角表达了自己的心意。

这是一个甜蜜而温暖的手语：

我喜欢你。

被无数人喜欢着的我，只喜欢你。

第十五章　醉扶归

曾有人说过，或许你的人生之中会出现一个瞬间，让你觉得整个人都像被洗礼过一般。

这种感觉，可能会是跨入人生新阶段的大门，可能是梦想中的机会从天而降，也可能是你遇上了一个能够改变你的世界的人。

谢修弋之于她，就是这样。

他用他独一无二的魅力，改变了她的世界。

发自内心地喜欢一个人，究竟是什么感觉呢？

就像突然有了无畏的盔甲，也像是突然就有了软肋。

现在，她终于能够坦诚地确信，自己对他的情感是爱情。

在谢修弋对着她做完这个手势重新拿起话筒之后，整个观众席都陷入了无尽的沸腾。

在柯姣身边的女孩子就是最好的例子，她此时眼睁睁地看着那个女孩子仿佛身上的力气都被人抽干一样颓然地坐在了椅子上，整张脸都是红的，嘴中还不断地在喃喃自语："天啊……他刚刚那个手势是什么意思？他是在对谁做这个手势？全体观众吗？"

而柯姣已经再也不敢看向舞台上。

今天晚上发生的所有事情都已经超过她的认知，她唯一能做到的，就是拼命相信这一切全都是真实的。

她两手撑着额头，在全场热烈的掌声中听他唱完《黑白面具》，她觉得自己现在怎么也冷静不下来，整个人站也不是、坐也不是，只想跑到场馆外，拼命地跑步。

“喂。”她突然感觉到一只熟悉的手臂从她的脖颈后揪住她。

她一惊，侧过脸，就看到曾倩正弯着腰，蹲在她的身边。

“我不知道今天晚上有多少人在看着电视直播，也不知道明天有多少人会看到这段表演。”曾倩一脸暧昧地看着她，用只有她一个人能听到的声音对她说，“更不知道有多少人会去猜测他这样一个无情高冷的人，在一个全国都能看到的新年音乐会上做这种手势究竟是什么样的意义，这场轩然大波，必然是会发生的了，我都想好明天早上怎么去公司给老板磕头赔罪了。”

柯姣咬着嘴唇、红着脸，特别抱歉地看着曾倩。

“带了个奇葩艺人，发生什么我都能淡定了，虽然我也不知道这个手势的具体意思，但是我能猜到，应该是在向你表白吧？”曾倩这时笑着捏她的脸，“小菠菜，恭喜你，从今天开始正式被巨婴圈养，我的十八只蹄髈终于能兑现了。

“我真的很为你高兴啊，虽然这人真的很奇葩很讨厌很高冷。”曾倩说了两句，突然很感慨地抱了抱她，“我这种像嫁女儿的心理是怎么回事……”

柯姣现在根本说不出话，连调侃回去也做不到，脸红彤彤的，心里也有种说不出的感动，感觉心里涩涩的。

她憋了良久，才低声叹了口气：“我怕我自己不够好。”

“听我说，小菠菜。”曾倩这时抬手拍拍她的肩膀，“能遇上一个对的人是概率很小的事情，你我都很清楚，他太独特、太出众，你今后的确可能会遇到很多难以想象的压力，包括我，都要反复提醒你一定要小心维护他的身份，但是啊，你要相信他一定能保护好你。”

柯姣侧头看着曾倩，内心一震。

周围环境嘈杂，可曾倩此时的话却像直接响在她的脑中一样清晰：“你要知道，这个把任何人和规则都不放在眼里的人，他的软肋，是你。

“我刚想起来，前两天你们闹别扭刚和好之后，他在演出中心的后台和我说过一句话，他说，他随时都做好着会因为要保护你而离开这个圈子的准备。

“柯姣，他太喜欢你了，这种人的爱情，一辈子只可能有一次，所以你根本不需要有任何的担心。”

等柯姣提早离开新年音乐会，坐车去谢修弋家的时候，在出租车上，她的脑子里依然回荡着曾倩刚刚和她说过的话。

曾倩虽然时常会和她开玩笑，但是今夜估计是知道她心绪难平，难得说了一些感性的话。

那些话语也的确是起了不少作用，至少，让她在一个人在谢修弋家的沙发上等他回来之前，都没有再胡思乱想。

大概在她到他家后的一个小时，她才终于听到了家里的门被打开的声音。

她一抬头，就看见谢修弋走了进来，一脸倦色地将手里的外套扔在玄关的柜子上。

“你回来啦。”她像被老师点名的小学生一样，立刻站了起来，手足无措地看着他。

谢修弋听到她的声音，朝她看过来，然后面无表情地轻轻抬手，朝她招了招。

柯姣红着脸静立两秒，很听话地朝他走过去。

柯姣一靠近他很快就捉住了她的手，把她拉到怀里。

“那个……”

刚刚是在黑暗的储物室，看不到光，可现在客厅的灯开得那么亮，她被他牢牢抱紧着，心脏跳得快到根本控制不住，只能拼命想话题打破这实在是太暧昧的沉默。

“不要紧吗？”她说的是刚刚在音乐会上他对她做那个手势，会不会给他带来了麻烦。

“嗯。”他还是惜字如金。

“那就好……”她想了想，曾倩的公关团队也不是吃白饭的，估计会把他的表白说成是对全体观众的表白，反而会给他添一把人气。

“看懂了？”

他沉默一会儿，突然放开她，居高临下地看着她。

柯姣愣了一会儿，明白了他是在问她是不是看懂了他的手势，立刻点头。

“是什么意思？”

他开始往屋里走，可手却还是搂着她的腰，像抱着个抱枕一样带着她在屋里走动。

柯姣被他牢牢扣着，动弹不得，脸红得要爆炸，心跳快得即将爆炸。

谢修弋把她一路带到了厨房，然后将她靠在料理台边，以将她圈在怀里的姿势，拿起料理台上的水倒进杯子里。

“是……”柯姣在料理台和他之间，觉得自己快要疯了，目光纹丝不动地看着他的胸膛处，磕磕巴巴地回答，“是……”

谢修弋倒完水，拿起杯子喝了一口，垂眸道：“看着我说。”

强硬又傲娇的语气，一如往常。

柯姣哪是他的对手，好不容易视线向上，看向他的脸庞：“意思是……我……我……喜……”

四个字的话，竟然被她拖长了一分钟都没能说出口。

柯姣，你到底丢不丢人。她痛心疾首地在心里用力鄙视自己。

他这么冷的人，竟然都能在万人瞩目的音乐会上高调告白，她想，估计这种告白，她一辈子都只能碰到一次，为什么她连在独处时对他说句肺腑之言，都说不出来呢？

“喜欢我？”谢修弋此时放下杯子，低声说。

她一颤，轻轻点点头。

“非常喜欢？”

她浑身发颤，用鼻腔“嗯”了一声。

谢修弋望着她软软的头发，在她看不见的地方，眼底闪过一丝光：“表示一下。”

柯姣脸红得都快要人间蒸发了，心一横，踮起脚亲了一下他的脸颊。

“就这样？”他微蹙起眉，俊眸里都是玩味，“不合格。”

她觉得自己快要流泪的时候，他以迅雷不及掩耳之势突然凑近，吮了一下她的嘴唇。

“这才是标准答案，知道吗？”

原来这就是谢修弋式的“标准答案”。

柯姣此时晕乎乎地被他搂在怀里，两眼迷茫地望着他的俊颜，总觉得自己到现在还没回过神来。

谢修弋这时居高临下地看着她迷糊的模样，俊眸一眯，抬手捏了捏她的脸颊：“瘦了。”

“啊？”柯姣被他说的话吓了一跳，下意识地抬手摸摸自己的脸，“有吗？”

虽然之前和他闹别扭的那两周，自己的确是茶饭不思，没什么胃口，但之后在他家谈妥了一半之后，她这几天已经基本恢复饮食，她还觉得自己长胖了点呢。

“没肉了。”谢修弋十分自然地紧了紧搂住她腰的手，还很淡定地补充，“手感不太好。”

她差点一口血喷出来，颤抖地抬起手指着他：“你……”

“我？”他意味深长地勾了勾嘴角，“我是吃不胖，但我喜欢我媳妇有点肉。”

说完，谢修弋很自然地拿起杯子，慢吞吞地走出了厨房。

她终于发现了，这家伙根本就是个把人调戏得面红耳赤后，自己拍拍屁股就能淡定飘走的恶魔啊！

从厨房回到客厅，柯姣觉得自己的头也越来越疼了。

虽然她是很高兴，很热血沸腾，但是，两人突然就从之前的关系变成了现在这样……接过吻的关系，她真的还是觉得太难以置信了……

谢修弋似乎今晚心情特别好，不像平时那样一到了晚上就满脸倦色，今天竟然还交叠着腿，在沙发上坐下，准备打开电视机看节目。

“过来。”

见她一个人正杵在墙边发愣，他放下遥控器，朝她招招手。

柯姣走到他身边，心里还在想着到底要坐得离他近一点还是远一点好，人却已经被他一把拉住，朝他的方向摔了过去。

等她回过神，她人已经坐在了他的腿上，而他的手正松松环着她的腰。

谢修弋将她抱在腿上后，就超脱地专心去看财经新闻了，留下柯姣浑身烧得简直像要焦了一样，她觉得大概再过两秒，她就可以被送去医院抢救了……

谢修弋大概看了十多分钟新闻，才侧过脸看向已经因为害羞和紧张而满头大汗的柯姣："不舒服？"

她磕磕巴巴地说："没。"

"哦。"他垂了垂眸，继续去看新闻，"我也挺舒服的。"

"那……那个。"

柯姣实在是受不了这种甜蜜的折磨了，刚想和他说让他行行好高抬贵手，就听到他放在桌上的手机突然响了起来。

她想借帮他拿手机的机会赶紧离开这双大长腿，可对方却根本没给她机会，长手一伸够到手机，却反而将她搂得更紧了。

"是岱华的微信消息。"他低头扫了一眼，点开手机。

很快，岱华的声音就从他的手机里响了起来："Djay，来菠菜 Y 站频道里的语音房间，我们几个都在聊天。"

柯姣听完傻了，为什么跑到她的 Y 站频道来了？

"他们几个聚会现在都喜欢在你的 Y 站频道里。"谢修弋看出了她的疑惑，格外耐心地给她解释，"因为他们自己的 Y 站频道粉丝太多，太显眼。"

谢修弋此时用电脑登上 Y 站，进入她频道的语音房间。

一看到他上线，频道里立刻就传来了众人起哄的声音："哎哟，我们的天王来了！谢公子吉祥！"

柯姣听得扑哧一笑，一时倒是忘了自己的处境。

说实话，这帮人虽然和谢修弋都是从网络上认识的，但是这么些年还真是建立了很牢固的感情，能看得出来，他们完全不是那种会因为谢修弋踏入更广阔的平台而心生不平，从而疏离他的人。

这么想来，她偷偷看了看谢修弋俊逸的侧脸。

“哎？我刚刚怎么听到你那边有女孩子笑的声音？”

凯凯的耳朵分外灵敏：“Djay，你不是偷偷瞒着小菠菜私藏了一个女生在家吧？”

“Djay！你可千万不能因为踏入演艺行业大红大紫了就忘了糟糠之妻啊！”蘑菇酱假装痛心疾首地哭诉道。

谢修弋不耐烦地抬了抬眉，抬手按了语音键：“不会用成语就不要乱用。”

众人都大笑不止。

“小菠菜在哪？呼叫小菠菜。”寒霜添油加醋地说，“岱华，你怎么不叫小菠菜一起来？”

“不用叫了。”谢修弋此时冷声打断，“她就在我身边。”

众人沉默。

而柯姣本来还笑眯眯地看着屏幕，这会儿因为他的一句话，瞬间又进入了面红耳赤的状态。

“所以……”岱华幽幽开口。

“所以……”白银紧随自家夫君。

“所以……”凯凯等人皆道。

“别所以了，所以说，谢公子你是彻底把小菠菜吞下变成大力水手了对吗？”沉默已久的柒凰突然阴阳怪气地开口。

谢修弋从鼻腔里冷哼一声，以作回答。

“Djay说的是真的吗！”夕元的声音也冒了出来，“菠菜，你真的答应做他的女朋友了？”

柯姣被夕元的问题问得一愣，下一秒突然像变了个人似的，抬手按了语音键。

“谢修弋。”不顾众人的追问，她盯着他的眼睛，认真地说，“我有话想问你。”

怀里的人难得在他面前露出完全没被他影响到的镇定表情，谢修弋也饶有兴趣地注视着她。

"所以说，我们现在……是男女朋友的关系？"她深呼吸一口气，"不是玩笑，也不是假装，更不是契约。"

你真的从我网络上的偶像变成了我现实中的男朋友，今后还会见家长的那种？

谢修弋毫不犹豫地轻轻颔首。

"会不会太快了点？"她红着脸问。

"快吗？我不是都已经成为你的偶像三年了吗？"谢修弋对答如流。

"你真的确信你想要的人是我吗？"

他沉吟片刻："我记得两个小时之前，我对你做了两次告白。"

为了让这位一碰上他就容易敏感的姑娘安心，他不仅亲口说了他一辈子都从没说过的情话，还在万人面前做了宣告忠贞爱情的手势。

"你真的……喜欢我？"说到这里，她的声音也没刚才那么有底气了，"喜欢……柯姣？"

谢修弋摇了摇头，目光轻闪："我是个怕麻烦的人，所以我的一生只需要谈一次恋爱，女朋友、太太、孩子妈妈，都是那一个人。"

这句话和之前曾倩和她说的话如出一辙，柯姣听得内心震动，再次小心翼翼地说："我真的……可以完成那个人的全部责任吗？"

他看着她认真又虔诚的神情，弯着眼睛笑了笑，露出了她未曾见过的完整的笑容。

"我相信你一定可以。"

八个字，他对她用了最大限度的耐心。

柯姣觉得自己的鼻子有点酸，沉默良久，用力地点了点头，突然大着胆子伸手抱住了他的脖颈。

她也相信，这个男人一定不会辜负她这一辈子唯一的爱情。

或许她并没有那么好，但是只要他心里认为她是最好的，那她就是最好的。她从来没有一刻比现在更对自己充满信心了。

"网络上有很多特别好看的女生都很喜欢你，有古风歌手，也有配音演员，现实生活中应该也有很多女艺人喜欢你，但是从今以后，你都不能再看她们了。"二人这样安静地拥抱了一会儿，她突然用手指戳了戳他的背脊，“再好看的都不行。”

虽然她知道，他好像对除了她之外的女性压根没什么兴趣……

“这算是在宣示主权，还是感叹我把自己绑定得太早了，为我感到可惜？”谢修弋幽幽道。

“都是。”

“喂喂喂，那边两个好久没出声的人。”这边谢修弋正打算调戏一下小女友，就听到柒凰拔高了的声音从电脑里冒出来，“禁止在公众场合秀恩爱啊。”

柯姣不好意思地埋在他肩膀里不说话，谢修弋便随意地抬手按了语音键：“怎么，老曲没和你们说我最近的新名字？”

“啊？什么新名字？”众人好奇。

“虐狗达人。”

“想想就好心酸！”夕元这时在那边哭丧着道，“我下个星期要去 T 市出差，估计得亲眼目睹两人秀恩爱了……”

夕元要来 T 市？柯姣竖起了耳朵。

“夕元，你之前没来过 T 市吧？我记得我和银子结婚那次你因为有事没来，这次过来我们带你好好玩玩吧。”岱华笑着说，“Djay，观光游览的任务就交给我和银子了，你能不能抽出一个晚上来跟大家见面吃个饭？”

“嗯。”谢修弋倒是挺爽快地应了一声。

“不过，他现在是公众人物，在公众场合露面不太好，而且小菠菜也在。”白银柔声提醒，“不如，在家里吃饭怎么样？”

“这个主意好！”夕元立刻附和，“我之前一直听老曲说菠菜做菜做得可好吃了。”

“那就这样，去 Djay 家里吧。”岱华一声令下，“对了，把老曲也叫上，他就在 Djay 家隔壁。”

“不知道古奈在不在，她和老曲这对炸毛情侣之前不是闹得天翻地覆，老曲气得两天没睡着吗？他俩现在到底在一起了没啊？”夕元笑着问道。

柯姣旁听众人在那么短的时间内已经决定了下周要见面吃饭，地点在谢修弋家，而且她还是掌厨的。

好紧张……她竟然要和传说中的各位老师在现实中见面了……

"好讨厌啊，你们知道那天不是节假日我们没法过来！"凯凯等在其他城市的人都十分怨愤，"我们也要见面吃饭啊！"

"谁说菠菜要做饭的？"谢修弋冷冰冰的声音突然插了进来，"谁吃谁自己做，我媳妇只给我一个人做饭。下线了。"说完，他就直接关掉了Y站软件。

"来。"谢修弋摸了摸目瞪口呆的柯姣的头发，他意味深长地凑近她的脸颊，"我们继续。"

第十六章　催花乐

非常可惜，这个"继续"到最后并没有真正落实。

原因是谢修弋突然被曾倩叫到公司，一是要商讨他在新年音乐会上的示爱行为该如何用公关方式解决，二则是要开始进行他个人第一张专辑的具体运作计划。

关于音乐的事，他即使再不耐烦，也还是会认真去做好的。

柯姣好不容易按照"标准答案"把"谢大佛"哄走之后，便乖乖回家，打开文档写新文。

这段时间经过情绪上的跌宕起伏，她虽然依旧沉浸在"我的偶像变男友，男友还是人气歌手"的不真实感里，但总归还是得强迫自己回归正常生活。

生活还是要继续的，就算飞来"艳祸"。

和岱华他们在Y站上聊天之后，她便和所有人交换了微信号，众人也趁热打铁建了一个微信群，而等大家看到了她朋友圈中为数不多的照片后，立刻在群里发出了感叹。

【岱华：难怪Djay占有欲那么强。】

【白银：小菠菜真是美美的，马上就能见到真人了好激动！】

【凯凯：小菠菜和我女朋友一样都是美女啊。】

【柒凰：我恨 Djay，凭啥好的都被他占去了！】

【夕元：嫂子等我，我后天就到 T 市了！】

柯姣看得很不好意思，刚想回复一个表情，就见沉默很久的 Djay 居然说话了。

【Djay：菠菜，把他们都屏蔽了。】

几天之后，夕元终于如约来到了 T 市。

谢修弋那天通告不多，应该能在饭点准时赶回来，虽然柯姣被他勒令不准做菜给岱华他们吃，可柯姣还是下午就早早出门去超市买了食材，然后直接去了他的家。

她在厨房里边听着他的歌，边一个人洗菜，大概下午四点左右，家里的门铃响了起来。

已经有人来了？她擦擦手，去开门。

她打开门，便见门口竟站着芮优和古奈，两个人脸上的表情似乎都不太好看，但芮优还是不顾古奈的意愿，强硬地牵着她的手。

“你们这么早就来了？我还在准备呢。”她弯腰帮这对冤家拿拖鞋，“你们先坐会儿，岱华他们已经在机场接到夕元了，应该很快就能到了。”

“辛苦了啊，小菠菜。”芮优抓了抓头发，“虽然我们都会被谢修弋揍，但是大家都想吃你做的料理啊。”

“菠菜。”她刚想去帮他们倒杯水，就听到一道清脆的女声在耳边响起，“我可以帮你打下手吗？”

她转过头，就见古奈正走到她身边，认真地看着她。

“好啊。”她笑着点头，“谢谢。”

“喂，你又不擅长做菜，不要去给小菠菜添麻烦啊。”坐在沙发上的芮优不乐意了，直皱眉头，“过来陪我一起打游戏啊。”

“谁理你啊？”古奈一甩头，朝他翻了个白眼，“你是我的谁？我凭什么理你？你愿意找哪个女孩子就去找哪个，我很忙。”

说完，古奈完全不顾芮优脸上难看的表情，拖着柯姣闪身进了厨房。

柯姣被这对情侣弄得心惊胆战，心里想着谢修弋不在，要是他俩掐起来，她一个人压不住可怎么办。

“菠菜，我需要做些什么吗？”

古奈看上去似乎并没有被芮优影响情绪，此时还吹着口哨，笑眯眯地靠在料理台边和她说：“虽然我厨艺不怎么样，但前期准备工作还是能做好的。”

“那你帮我一起洗洗菜，之后再打个下手就好。”她帮古奈分配好任务，便开口问道，“古奈，之前还没好好和你打招呼，你真名叫什么？”

“我姓孟。”古奈眨眨眼睛，“叫伊芸，现实生活中的朋友一般都叫我小伊芸。”

“小伊芸。”柯姣歪歪头，“这名字好听，我叫柯姣。”

“很高兴认识你，虽然第一次见面的场景实在有点儿尴尬。”古奈吐了吐舌头，开朗地拍拍她的肩膀，“我们都在T市，今后就能慢慢朝闺密发展了。”

“好。”柯姣对这个外形和性格自己都很欣赏的姑娘印象也不错，一拍即合。

两个人一起干活，时间过得要快很多，等柯姣开始准备冷盘时，古奈突然用手肘碰了碰她：“话说，菠菜，你介意我八卦你和Djay吗？”

柯姣一怔，脸颊微微泛红：“啊？不介意。”

“我听芮优说你们俩是先在现实生活中认识的对吧？然后Djay发现你在网络上的偶像是他，就开始实行追求计划了，是这样吗？”

“嗯……”虽然听起来很玄乎，但是事实还真的就是如此。

“我跟芮优还有Djay、岱华他们差不多是同一时间认识的，我虽然没和Djay合作过，但是一直挺欣赏他的，不过他的脾气真的是很难伺候啊。”古奈眯了眯眼，“他低调是低调，但是有时候突然又会做出惊人之举，所有人都被他玩得团团转，总之真是个怪人。”

“他现在在演艺行业发展，你担心吗？”古奈又问，“毕竟这和网络上不同。”

柯姣一愣，下意识地想到了音乐会那天和谢修弋的对话：“说实话，现在倒不是特别担心……”

古奈看着她的脸庞，思虑两秒又说："也对，虽然他真是帅得要命又厉害得要命，但感觉他这种人对世俗的种种诱惑根本就是免疫的，没人能真正触碰到他的内心，除了你。"

柯姣听古奈这么说，心里慢慢淌过一丝暖流，抿了抿唇刚想回答，就听到家里的门铃又响了。

"是岱华、白银他们来了吗？"古奈放下手里的盘子，开心地打了个响指，"我去开门。"

等古奈离开厨房，她擦了擦手，走到冰箱边，拿出早已准备好的各种饮料还有啤酒。

她记得玻璃杯子应该都放在左手边的柜子里的最上面一层。

厨房的柜子都在她的头顶上方，况且玻璃杯子还在最上面一层，她想了想自己的身高，叹了口气，只能拼命踮起脚，努力去够柜子的把手。

她好不容易打开柜子，可最上面那些玻璃杯子她实在是够不着，望而兴叹了一会儿，她正想出去搬个椅子进来，就突然感觉到眼前的光线被人挡住了。

下一秒，一只长手臂便越过她的头顶，轻松地拿到了玻璃杯子。

柯姣目瞪口呆地望着那修长白皙的手指几秒，僵硬地转过头，就见谢修弋正在她身后垂着眸看着她。

"要几个？"冰凉又好听的声音在她耳边响起。

她咽了口口水，看着他长而浓密的睫毛还有俊挺的鼻子，说："五,五个。"

他二话不说地拿下了五个杯子，关上柜子。

"谢谢……"她接过他手里的杯子，不自觉地就脸红了。

他怎么这么早就回来了？现在才刚过五点吧？

谢修弋这时低头看着她的头发和微微泛红的脸颊，弓身伸出手臂，很自然地直接从后环抱住了她的脖子和肩膀。

"几点来的？"他将头靠在她的脸颊旁。

柯姣握着杯子的手立刻一颤："两点多，然后就在洗菜什么的，四点的时候芮优和伊芸就来了。"

"哦。"他应了一声，没再说话。

柯姣感觉到他均匀的呼吸和身上清新的味道就在自己身边，她的心跳快得根本停不下来，可又很贪恋他温柔环抱着自己的重量。

“这两天专辑录得还好吗？”她一边洗杯子，一边低声问。

“嗯。”

“累吗？这两天你给我发短信的时间都是凌晨了。”她原本就习惯晚睡，现在因为晚上要等他结束工作后和他打电话，便睡得比以往更晚了，所以也就很清楚他的生物钟。

“累。”

都是一个字的回答，只听他冷淡的语气就能知道他是真的疲倦，她有些心疼，抬手摸摸他的手：“等会儿多吃点。”

原本正半闭着眼抱着她养神的谢修弋听完她的话，却慢慢睁开了眼睛，漂亮的眼睛里很快浮现起一丝亮光。

“可以提前吃吗？”他故意压低了声音。

“啊？吃什么？”她有些疑惑，她连菜都没开始炒。

谢修弋没作声，却侧过头亲了亲她的脸颊，然后再将她的脸颊朝自己的方向推了推。

眼看他的脸已经离自己越来越近，她终于明白他的意思了，赶紧推了推他，羞得满脸通红：“喂，芮优他们都在啊，会被看到的……”

“咳咳。”下一秒，就听见从厨房门口传来了好几声咳嗽声。

柯姣转过头，只见厨房门口除了芮优和古奈外，竟然还有三个人。

所有人这时都面无表情地看着谢修弋，古奈笑得阴恻恻的：“菠菜，不好意思，从他和岱华他们一起进门，然后扔下我们就撒腿跑去调戏你的时候开始，我们就全程围观了。”

谢修弋不以为然地看着他们，依然抱着怀里的人，而柯姣在这样探照灯般齐刷刷的目光下，恨不得把脸埋到地底下去……

“菠菜，Djay，你们好，我是夕元。”站在芮优旁边的英姿勃发的男孩子这时爽朗地朝他们打了声招呼，“今天要打扰你们啦！”

“菠菜，我是白银。”一个温柔恬静的女生笑着朝她摆摆手。

“菠菜，我是岱华。”在女生身边的那位面貌俊朗，身材非常高大的男人这时也温柔一笑，“很高兴见到你。”

柯姣呆呆地望着这些在网络上如传说般的老师们，用力吸了吸鼻子。

“喂，那边那个巨型撒娇鬼。”芮优这时突然从衣服口袋里摸出自己的手机，举了起来，“大家都在等饭吃，你给我赶快放开小菠菜，不然我就把这张照片发到微博上去了啊！”

谢修弋面对芮优的威胁丝毫没有忌惮，耸了耸肩，做了一个“你请便”的手势。

芮优当然也不是省油的灯，邪笑一声，“咔嚓”一声按了拍摄键：“嗯，好一对恩爱的小情侣，我已经想象到十几万鬼哭狼嚎的留言了。”

“芮优你可千万别发啊！”

柯姣当然没谢修弋那么气定神闲，她赶紧把谢修弋的两条长手臂搬开，面红耳赤地推着他的背，把他往外赶：“你先出去吧，我要开始做菜了，大家都饿了。”

柯姣把他推到厨房门口，从他背后探出头，朝众人不好意思地笑了笑：“麻烦大家在客厅再等我一会儿，马上就能吃晚饭了。”

“没事，辛苦你了，菠菜。”

大家这么说着，却都追着芮优兴致勃勃地说：“老曲老曲，快，刚刚那张照片赶紧发给我们！”

柯姣无力地抚了抚额，不知怎么胆子就大了，抬手朝谢修弋的背脊上轻轻拧了一下。

都怪他，非要像个巨型撒娇鬼一样，这下她连开场白都没来得及和众人说，和各位老师第一次见面就被他们看到了自己和他亲近的场景……

谢修弋一蹙眉，索性堵着厨房门不走了。

“秀恩爱死得快，你知道吗？”她脸红红地看着他。

他看着她，过了两秒，突然低头靠近她，低声说道：“这是秀？”

就三个字，可从他嘴里说出来，便充满一种既强势又销魂的意味。

柯姣无话可说，他便乘胜追击：“你不喜欢我亲近你？”

怎么又是这个问题……

她听得吓了一跳，抬头一看他那张面无表情的苍白俊脸，下意识就伸出手臂抱住他，赶紧妥协："我没有不喜欢……"

这家伙对着她的时候根本就是个熊孩子，一不高兴就能把她折腾死，她可真不敢在这位任性霸道的小王爷头上动土。

谢修弋望着乖乖抱着自己的人，过了良久，满意地勾了勾嘴角："那就是喜欢？"

她脸一红，咬着唇不说话。

"喜欢的话就表示一下。"他意味深长地说。

柯姣好不容易才把他赶出去，擦了擦额上的汗，赶紧手脚利索地开始下厨。

她备齐了所有饭菜，总算是可以开饭了，大家这个时候都放下了手里的扑克牌和游戏机，来厨房帮她一起把餐具拿出来。

"好香啊！"夕元用鼻子嗅了嗅，一脸陶醉，"一闻就知道好吃……"

"赶紧的，给我筷子。"芮优从岱华手里抢过自己的筷子，视线一扫，突然就怒了，"小伊芸，你什么意思，为什么坐得离我那么远！"

古奈坐在白银和柯姣中间，这时正淡定地打开汽水往杯子里倒："跟你坐得近有钱拿？"

"你！"

芮优眉毛一竖，眼看就要发飙，却被白银拍了拍肩膀："老曲，你还是淡定点吧，要是你把这桌菜给掀了，估计就要挨 Djay 一顿狠揍了。"

"我又不怕他！"芮优塞了一块牛肉到嘴里，怒气冲冲地说，"他以为他终于摆脱单身行列他就了不起了？"

"的确是了不起。"夕元这时低沉地咳嗽了一声，示意芮优去看谢修弋。

芮优挑了挑眉，视线朝谢修弋的方向看去，表情立刻就变了。

只见谢修弋根本就没有动自己面前的筷子和碗，坐在他身旁的柯姣正在细心地剥虾，剥完一个，就立刻喂给他，而谢修弋就这样神情惬意地坐着，等待着女朋友的贴心照顾。

"谢修弋你没有手吗！"芮优痛心疾首地咬着自己的筷子怒吼，"还是你不会用筷子？你今年几岁？你还在念幼儿园吗！"

其他人已经不敢再看桌上的惨状，都埋头吃饭。

“嗯。”谢修弋随口应了一声，一边低低对着柯姣说，“我要红烧肉。”

柯姣无奈地摇了摇头，还是帮他夹了肉，顺带夹了一筷子蔬菜：“蔬菜也要吃，保持营养均衡。”

谢修弋蹙了蹙眉。

她将他脸上的表情尽收眼底，却还是将蔬菜放到他的碗里：“没有健康的身体，是支撑不了你高强度的工作的。”

他没作声，沉默一会儿，还是乖乖地夹起肉和蔬菜一起吃了。

“总觉得今天我的世界观又被刷新了。”夕元叹了口气。

“菠菜。”岱华这时喝了口汤，真诚地看向她，“你真是不容易，每天要这样照顾他。”

“我给你买了护肤品。”白银温柔地看着柯姣，“菠菜，我想说，我们实在都太佩服你了，简直为人类做出了巨大的贡献……”

柯姣无语地叹了口气，听出了白银的潜台词是，你男朋友是这世界上最难搞定的人，而你竟然能把他安抚妥当，把他的毛给顺平。

她摸了摸自己的额头，心里想着，我可从来不知道自己原来是这么伟大的存在啊……

吃完饭之后，白银和古奈去洗碗，大家便围坐在沙发边，一边聊天，一边开了啤酒小酌。

柯姣从和他们的谈话中了解到，岱华和白银都是 T 市人，岱华主业从事的是音乐，有自己的独立工作室，白银则是会计师，而在 U 市的夕元去年刚毕业，正在一家小型传媒公司上班。

柯姣望着他们谈笑喝酒时的脸颊她突然觉得好不可思议。

在此之前，她可真的从来没有想过，有一天，她竟然会在现实生活中和这些网络上的老师们有交集，她以前只能在耳机里听到他们的歌声和声音，可现在，自己却和他们在一起吃饭聊天，就像生活中的普通朋友一样。

而且，她也能感觉到，他们都是真诚又善良的人，谢修弋一向孤傲，她想，他愿意视为朋友的人，应该都是值得长期交往的人。

总之这所有的一切，都应该要感谢他。

她这时悄悄地侧头，看了看坐在她身边，一手拿着啤酒罐，没什么表情地听夕元说话的男人，突然偷偷弯着嘴角笑了笑。

她真的很高兴，她喜欢的人是他。

一段好的爱情，会让你们彼此看到新的世界，不断让对方的世界充满力量与温暖，而谢修弋便给了她这样的爱情。

大家都以为她照顾他任性跋扈的脾气很辛苦，可她却甘愿照顾一个只在她面前露出孩子气的人。

她刚想回过头，却被他抓了个正着，之前还好好在听人说话的谢修弋已经直接朝她靠过来，一手搂住她的肩膀，在她耳边低语："柯姣。"

"啊？"他带着微微酒气的气息呵在她耳边，让她不自觉地就开始有些发颤和紧张了。

"刚刚在看我？"他沉吟片刻，又说。

柯姣做贼心虚，又不敢否认，只能以细弱的声音"嗯"了一声。

"好看？"他的声音更低了。

柯姣听着他从喉底发出的低沉的嗓音，心惊肉跳地看他，才发现他白皙的皮肤上已经透着浅浅的红，再看他的眼睛，仿佛比平时更深，就像个深不见底的旋涡。

她潜意识里总觉得现在的他和往常有些不同，异常性感，也异常的……粘人。

不对，他是不是……喝醉了？

"怎么不回答我？"谢修弋这时喝了口酒，趁所有人都没注意，突然侧过脸，用牙齿轻轻咬了咬她的后脖颈。

柯姣的手紧紧攥着自己的裤子，脸立刻红得像个红苹果。

"今晚别回去了，好吗？"然后，她就听见这个平时冰冷话少的人，热热地对着自己的耳朵说道。

这下，柯姣彻彻底底地失去思考能力了，只傻愣愣地看着他。

就在此时，她看到古奈突然从沙发上跳了起来，一只脚踩在茶几上，举了举手里的啤酒罐："光喝酒没意思！来点刺激的啊！来，我们来玩国王游戏怎么样！"

柯姣本以为岱华他们不会参与，谁知道，所有人竟然都十分高兴地举起了手，包括谢修弋。

“喂。”她忍不住了，轻轻拉了拉谢修弋的衣袖，“你知道这个游戏怎么玩吗……”

按照他那个唯我独尊的脾气，要是被别人指使做一些事情，他必然会当即翻脸的，她可不想看到其他人被他赶出家门啊！

“你觉得我会输？”谢修弋放下手里的啤酒罐。

“不，可是……”

玩这个游戏时抽取国王牌要靠运气，没有技术性，也不是他能控制的啊……

“这样吧。”他这时抬手轻轻捏了捏她的下巴，目光幽深地看着她，“如果我今晚一直是国王，那你就留下来过夜，怎么样？”

第十七章　楼上曲

柯姣此时看着那双因为酒气而微微带着模糊的漂亮眼眸，连脸红都忘记了，不自觉地就屏住了呼吸。

不得不说，谢修弋是她这辈子见过的气场最强大的男人。

无论是在网络上，还是现在，他永远可以用简单的一句话和一个动作，就让所有人，包括她，无条件地妥协和臣服。如此纯粹又简单的人，却拥有压倒性的王者气场。

这个男人真的很可怕。

“嗯？”见她不回答，他微微不耐烦地用鼻音追问。

“好。”她闭了闭眼。

反正留下来的概率也不是很大，不是她对他没信心，而是每一轮游戏都能当国王的概率，真的是微乎其乎。

柯姣滴酒不沾，喝着酸奶看着这帮人因为酒精的刺激，都表现得跃跃欲试，真是看得越来越胆战心惊。

古奈这个时候以最快的速度准备好纸牌，贼兮兮地将牌洗乱，放在茶几上：“七个人，一个国王，其他人都是数字，来吧，看看到底谁是今晚的第一个奴隶主。”

大家都摩拳擦掌，然后各自以最快的速度抽了一张牌。

柯姣低头看了一眼纸牌，发现自己的牌上是数字五。

“我竟然不是国王！喂，谁是国王！”没抽到国王牌的古奈气鼓鼓地一拍桌子，随手指向夕元，“夕元！是不是你！”

“不是我。”夕元摊了摊手，“我觉得是岱华吧？”

“很遗憾。”岱华温和一笑，“不是我。”

白银笑眯眯地说：“也不是我。”

柯姣直接摇了摇头。

“所以……”古奈咽了口口水，惊恐地看向还没有开过口的芮优和谢修弋，“不会吧，竟然是你们两个人中的一个？”

大家也都惊恐地往沙发靠背上缩了缩。

真是让谁做国王，也不应该让这两个人当国王啊！

芮优脾气火暴、行事鲁莽，保不准会采取什么偏激的惩罚方式，而至于谢修弋，那可真是一肚子满满的坏水啊！

柯姣摸着自己的心脏，僵硬地侧过脸看向谢修弋。

他的脸上没什么表情，和往常一样。

所以，现在有百分之五十的概率是谢修弋。

就在这时，只听见芮优低低骂了一声，然后重重地倒在了沙发上：“也不是我！要是我的话，我一定要让孟伊芸跳舞给我看！”

在场所有人先愣了一愣，随着古奈从沙发上跳起来怒骂芮优，大家都颤抖着捂住了头。

柯姣的脸色苍白，目瞪口呆地看着谢修弋将写有“国王”字眼的纸牌轻轻地扔在了茶几上。

“来。”谢修弋摸了摸下巴，将手臂枕在脑后，薄唇轻启，“三号跳个舞。”

夕元颤抖地站了起来："Djay，你不是人。"

"谢谢夸奖。"谢修弋喝了口酒，"拿把椅子吧。"

众人虽然此时看着夕元如铁板一样的脸色，心里都忍着大笑，但还是不敢笑出声让夕元泪洒现场。

"来，我给你打节拍。"芮优吹个口哨，对着夕元说。

"你们都不是人！落井下石！等我做了国王看我怎么玩你们！"夕元一手抓着椅子，英勇地扭了起来。

第二轮，国王还是谢修弋。

"好吧，只能算你这臭小子运气太好。"众人一片骂声。

谢修弋用目光淡淡地扫了一圈所有人："二号躺在地上，四号在他上面做五个俯卧撑。"

过了半晌，满脸赤红的白银和岱华夫妇站了起来。

第三轮，国王依旧是谢修弋。

第四轮，第五轮……所有人都被折磨得体无完肤，夕元跳了舞、脱了衣服；岱华和芮优喝了交杯酒；古奈被迫打了电话给自己同学说"我爱你"；白银背了唐诗；柯姣做了二十个原地下蹲……

一直到凌晨的时候，所有人都崩溃了，芮优从沙发上爬起来，走到谢修弋面前，想要用手去掐他的脖子："你是什么时候学会魔术了吧！你出老千啊！"

柯姣扶着额头，眼睛死死地盯着那张仿佛下一秒就会从谢修弋手里被翻出来的国王牌，心底都在颤抖了。

今晚……她不会真的要在他家过夜吧……

在谢修弋淡定地挥开芮优的手之后，那边的古奈愤怒地道："就这样，最后一局了，玩完回家，我就不信了！最后一轮国王是谁都行，如果还是你，我就马上从窗户爬出去！"

最后一轮，在众人一双双已经瞪得快掉出来的眼睛的注视下，谢修弋将国王牌放在茶几上。

柯姣的大眼睛颤抖地看着他那张隐隐透着说不出意味的俊脸，痛心疾首地从沙发上滑坐了下去。

在她内心已经震惊到无法言喻的时候，只见他放松了双腿，修长的手指在自己的膝盖上敲了敲。

“一号和五号，接吻。”

竟然是这个最丧心病狂的惩罚方式。

死一般的寂静后，在众人的注目下，芮优先站了起来，然后下一秒，就听到古奈的怒吼：“杀了我都不要！”

芮优本来只是气谢修弋的好运气，可这会儿看到和自己一起被惩罚的人竟然是古奈，俊脸上的表情瞬间风云突变。

本来他是想狠狠把谢修弋揍一顿的，这会儿他觉得谢修弋怎么那么可爱呢！不愧是他的好朋友啊！

“来吧，古奈。”谢修弋托着下巴，“先接吻还是先爬窗？”

“小伊芸，你就从了我吧。”芮优吊儿郎当地走到古奈面前，痞痞地看着她的短发，“哪个男人有我好啊？”

古奈的脸红得像只猴屁股，简直快哭出来了，还在嘴硬地说：“我才不要！”

岱华等人看得目不转睛，就差手里再拿一包爆米花了。

就在芮优已经不耐烦地准备霸王硬上弓的时候，谢修弋突然站了起来。

“亲完自己回去。”

他将啤酒罐随手扔进垃圾桶，然后一把拉起柯姣的手，在众目睽睽之下，头也不回地就朝卧室的方向走去。

就这么被晾在客厅里的众人惊呆了……

柯姣像小木偶一样被他牵到了卧室，眼睁睁地看着他关上门，把自己往卧室的沙发上带。

他让她坐在沙发上，用两只手撑在她头两边的靠背上，抵着她的额头看着她。

柯姣觉得自己已经快呼吸不过来了。

“我赢了。”他微微勾起嘴角。

她闻着他身上的酒气、香味还有男性气息，觉得自己的身体都在发麻。

她真是疯了才会去和他赌，用脚趾想都知道，他说出口的话，怎么可能会有失败和反悔的可能？

这哪里还是她曾经当熊孩子带的面瘫巨婴啊，分明就是只大野狼！

谢修弋观察着她脸上的表情，低声凑到她耳边说："毛巾和牙刷都有。"

说完，他就用充满酒香的嘴唇含住了她的嘴唇。

卧室房门外本来还有芮优等人说话的声音，但是很快，所有的声音全都渐渐消失了。

柯姣不知道这个吻究竟持续了多久，等谢修弋终于松开她的时候，她感觉自己的口腔里已经弥漫上了酒的香气。

卧室的亮光下，她看着他近在咫尺的黑漆漆的眼睛。

凌迟般的几秒后，他突然再次凑近，轻轻地、又落下数不清的吻，再加上热热的呼吸。

"谢修弋……"她被他亲得连说话的声音都抖了，两手抓着他的肩膀，想推开又想拉近，"你……"

"我怎么？"他的声音暗哑，将身上更多的重量压到她的身上。

在谢修弋已经将嘴唇移到她的锁骨处时，柯姣终于忍不住，轻轻掐住了他的肩膀："喂，痒……"

她真的是很痒，忍不住缩成一团，还不断地小声喘气，而谢修弋似乎觉得她这副像小孩子一样的怕痒模样很可爱，逗了她一会儿，居然伏在她身上笑了起来。

柯姣本来又羞又痒，可突然听到他发出的清脆动听的笑声，整个人都傻了。

只见那张漂亮的脸颊上，此刻真的洋溢着淡淡的笑容，而且她发现，他笑起来的时候，脸上竟然还会浮现起一个淡淡的梨涡。

冰山融化的感觉难道就是这样的吗？一夜之间百花齐放也不过如此了吧……

"那个，你是不是喝醉了？"

柯姣红着脸颊，看着他的笑颜，一手摸着自己快要跳出胸口的心脏。

虽然她很愿意看到他在自己面前露出这样让她心跳加速的神态，但她还是对他过于异常的表现有点心惊胆战。

谢修弋这时慢慢收起了笑容，但是脸上的表情还是很轻松："你猜。"

"我觉得……"她抿了抿唇，"我觉得你的酒量好像不是很好，因为你现在看上去和平时完全不一样……"

谢修弋勾了勾嘴角："你留下过夜吗？"

柯姣愣了愣，继而脸更红了，很小声地说："我说话算话的。"

他目光深深地望着她良久，突然退离了她的身体，直接在沙发前的地毯上盘腿坐了下来。

然后，在她讶异的目光中，他伸长手臂将她从沙发上拉了下来，让她躺在了自己的大腿上。

他温柔地让她的头枕在一个很舒服的位置上，他像在摸一只小猫咪一样，轻轻地摸了摸她的头发。

落地窗外是 T 市灿烂的夜景，漆黑的夜里，整个世界都是无声而安静的。

柯姣躺在他的腿上，看着他渐渐沉静下来的神色和窗外的景色，突然觉得整颗心都安静了下来。

曾几何时，她在自己的书中，写过不少情节跌宕起伏的故事，其中有好几个，都是激烈浪漫的故事，惹人为其肝肠寸断。

可其实，她自己最喜欢的，从来都是携一人白首的知己般的爱情。

在这个人身边，你不必担心明天世界会灭亡，你也不必担心明天他就会从你的身边消失不见。他就像你的保护伞，像你的老师，像你的朋友，更是与你携手共进的伴侣。

在他身边，你会坚强，你会努力，你会想要变得更好，你会想着怎样才能更好地保护他、爱护他。

"我父母离异了。"

在安静中，她突然听到他这么说。

柯姣一怔，将目光聚焦在他神色淡薄的脸颊上。

"我在 M 国出生，大概三岁左右，他们因为各自在外找到了'灵魂伴侣’而分道扬镳，我那时候什么都不懂，也就跟着我爸长大了。”他慢慢地说着，像是在说别人的故事，“其实在懂事后，我对他们离异这件事很嗤之以鼻，我认为他们只不过是将个人的欲望说得冠冕堂皇而已，所以我从小就对所有的感情，都看得很淡薄。

“我不恨他们，只是不明白他们当初结婚是为了什么呢？人一生最好只有一次婚姻，如果是将就，那索性从最开始就不要在一起，太浪费时间。”

她听着他的话，看着他的薄唇开开合合，内心有些震动。

他的理性、淡薄、拒人千里，果然都是有原因的，家庭很大程度上决定了孩子身上的一些元素，不可避免。

“芮优刚认识我的时候对我说过，他觉得我好像根本对这个世界没什么执念，随时都可以消失，我当时觉得他很愚蠢，谁说一个人活在世界上一定要和其他人有什么关联才能活下去？一个人不行吗？我从小就是一个人，我不是也活得好好的？”

柯姣听得闭了闭眼，这时她伸出手臂，无声地环抱住了他的腰。

谢修弋微微停顿了一下，然后将手覆盖在了她的手上。

“后来高三我接触了操盘，才觉得总算是有些事情可以做了，再后来，碰了音乐，我的思想才算是有些改观。”

他拍拍她的手背：“唱歌的时候，我才觉得自己很开心，但对于除了唱歌之外的事情，我依然没什么兴趣。”

她到这一刻，才算是真正明白了他所有行为的根源。

这就是为什么他这样的人会出现在网络上，虽爆红，但对名利毫无兴趣，甚至反其道而行，现在在现实生活中，也只是一心从事音乐，我行我素。

但是这也成为了他能站在顶峰的理由——他的音乐纯粹得没有一点杂质，就像他这个人一样。

说完这些话，谢修弋很长一段时间没有再说过话。

柯姣觉得这个时候，她不需要说什么，因为她觉得，他说这些话不是想让她对他表达同情或者难过，他只是单纯地想要告诉她而已。

因为他信任她，最信任她，待她如己。

而她，也很乐意当一个无声的听众。

抱着他身体的感觉，真的很舒服，暖暖的，她渐渐地都有些昏昏欲睡起来。

“柯姣。”

在她的意识已经变得有些模糊的时候，她突然感觉他轻轻托起了自己的脑袋，然后微微低下了头。

“我不是因为你把我当偶像那样崇拜而喜欢你，不是因为你给我烧菜而喜欢你，不是因为你带我去医院照顾我而喜欢你，也不是因为你在外人面前护着我而喜欢你，更不是因为你会训我给我讲大道理而喜欢你。

“我喜欢你是因为在你身边，让我觉得我对这个世界有执念了，拥有你的生活和之前的二十几年完全不同，我一点也不反感被你改变成这样。

“我被你改变，变得都不像曾经那个孤傲的我，但是我喜欢被你改变之后的我。

“因为爱情而完全转变了自己，可能不是那么明智的决定。

“但是我喜欢你，就是这么简单。”

第二天早上醒过来的时候，柯姣发现自己已经躺在了温暖的被子里。

哎？昨晚她和谢修弋不是在沙发前的地毯上聊天来着吗？

正想到此处，她感觉有一只手臂正轻轻地隔着被子抱着她。

她先是一愣，然后她突然想起了什么，慢慢地转过了身。

在她的眼前，他正安静地睡在她身边，晨光沐浴在他的脸颊上，如神祇般俊美而安详。

她刚想侧个身，就看见他慢慢张开了眼睛。

“早。”她望着他，莫名就开始有些紧张。

谢修弋看着她，然后抬手摸摸她的脸颊，用性感的嗓音“嗯”了一声，似乎很享受能够和她一起醒来的感觉。

“那个，今天你没通告吗？”她看着他离自己那么近的脸颊。

他侧头看了一眼墙上的时钟：“时间还没到。”

“哦。”她点点头，“那我现在起床去给你做早饭？”

谢修弋看了她几秒，突然将手伸进被窝，直接在被窝里抱住了她的腰：“再陪我躺一会儿。”

柯姣脸红红地被他抱着，闻着他身上好闻的味道，觉得自己简直快要醉了……

“昨晚，我有说什么奇怪的话吗？”安静之中，他突然冷不丁地开口。

她一怔：“你指什么奇怪？”

他沉默一会儿，换了个问题：“我昨晚话多吗？”

她咬了咬唇，忍着笑准备告诉他实话：“多。”

很快，她听到发出一声挫败的叹息：“我不太胜酒力，喝酒后会变得奇怪。”

“看出来了。”她终于开始明目张胆地笑，“谢修弋，原来你除了是生活白痴之外，连酒力也不行啊……”

谢修弋被她说得挑了挑眉，捏捏她腰间：“敢嘲笑我了？”

柯姣怕痒，被他捏得直缩，笑得眼睛都弯了：“不敢不敢……”

等他终于停止逗她，她突然就抬手抱住了他的脖颈，洋溢着大大的笑容，认真地在他耳边说：“但是其实我很喜欢你喝醉之后的样子，你会和我说很多平时永远不会说的话，把我当成最信任的人，我听得很高兴，谢修弋，我觉得自己比昨天更喜欢你了。”

不知道为什么，她在这一刻，突然就能直白地说出她欠了他很久的告白。

谢修弋，你的每一面我都喜欢。

每一天，我永远都比前一天更喜欢你。

他听到她的话，眼底慢慢地变得越来越亮，然后，他趁她不注意，轻轻咬住了她的耳朵，用最暧昧的声音低喃：“下一次绝对不会放过你，做好准备。”

第十八章　拂霓裳

年关将近，谢修弋几乎不分昼夜地在工作室里录即将要推出的个人首张专辑。

由于谢修弋最近的工作时间很混乱，为了让她不要那么辛苦，他便让她这段时间暂时不用每天到他家来做饭了。

柯姣觉得他的安排合理，便很乖地听从他的安排，每天窝在家当宅女专心写书，空余的时间，除了在群里和大家闲聊，就是和他发短信或打电话。

两个人每天都有好好联系，但也并非特别频繁，她知道他现在需要将所有心思放在音乐上，便尽可能地少打扰他。

虽然，她其实很想他。应该说是，非常想。

想他欠揍却英俊的脸，想他调戏自己时候的口吻，想他抱住自己时有力的手臂，更想他醉酒时笑起来十里春风的样子。

但是她更明白，身为他的女朋友，她现在应该做的，只是守护和陪伴。

因为要配合他的时间，她将自己的生物钟也调整得能跟上他的步伐，差不多凌晨的时候，她才洗完澡，吹干头发躺上床，一边看微博，一边等他的电话。

往常这个时候，他都会打来电话，但今天不知怎么的，她等了半个多小时，他都没有打来。

她默默地关上微博，叹了口气，内心十分挣扎。

她想给他发短信。哪怕他回一个字也好，她只是想和他说一声晚安。

挣扎了好几分钟，她才给他发了条微信，告诉他，让他早点休息，她先睡觉了。

谁知微信刚发出去没几秒，他的电话就打了进来。

“喂，喂？”因为是夜晚，她的嗓音也变得哑下来，她手忙脚乱地戴上耳机，从床上坐起来。

“刚刚实在太饿了，和制作人去吃消夜了。”他在电话那边说，“刚到家，所以才晚半个小时打给你。”

一听到他的声音，她的心就忍不住安定了下来：“嗯，没关系，我还没睡。”

谢修弋沉默片刻：“夜宵好难吃，我已经很久没吃到你做的饭了。”

冷冰冰又不耐烦的语气，是她最最熟悉的模式。

柯姣靠在床头，嘴角忍不住弯起来：“我昨天一个人去逛超市，都习惯性地就冲去买各种肉类了……”

习惯真是最可怕的东西，因为喜欢的人养成的习惯，渐渐地，就变得如此深入骨髓，连他不在身边的时候，都会显现出来。

“要是能把你随身携带就好了。”谢修弋又低低抱怨了一句。

“喂。”她听得脸热又忍不住心花怒放，“巨型撒娇鬼。”

谢修弋在她面前，真是越来越没有高冷的气势了……

两人又随便闲聊几句，谢修弋突然对她说道：“上 Y 站。”

“啊？”她一怔，“你在 Y 站？”

“你的频道。”他低咳一声，“先挂了。”

柯姣听着嘟嘟的忙音，心里虽然很好奇，但还是乖乖听他的话，登录上自己的 Y 站。

她熟门熟路地登进他们之前每次接头的语音房间，他的名字已经早早就挂在了那里。

“听得到我说话吗？”他的声音很快就从手机里传了出来。

“嗯，可以。”

她应了一声，突然觉得这种感觉真是好新奇，自从和他成为男女朋友之后，她还真的就再也没有以这种方式和他沟通过。

突然使用网络上的方式交流，他在打什么算盘？

“等我戴个耳麦。”那边传来窸窸簌簌的声音，“想听歌吗？”

柯姣惊到了，大半夜的，他竟然兴致如此高昂地打算唱歌给她听？

“好。”她的眼睛死死盯着屏幕，“我想听，你准备唱哪首？”

难不成是他正在录制的专辑里的歌？还是什么别的翻唱歌曲、古风歌曲？

很快，她的耳机里就有背景音乐的声音响起，紧接着，就是一声喘息。

只听了一秒，柯姣整个人就像见了鬼一样从床上跳了起来。

他怎么……怎么会唱《今夜晓晓》！

《今夜晓晓》这首歌曲，可是名扬整个圈子的第一歌曲啊。

这首歌的原曲是一首日语歌，而他现在唱的，就是原曲的日语版本，柯姣一边听，一边捂着自己的鼻子，觉得现在浑身的血都开始往头顶冲了。

三分钟的歌曲，对她来说就像一个世纪般漫长。

等谢修弋唱完，柯姣整个人就如同脱力一般，直接从床上滑了下来……

“柯姣？”良久，他叫了她一声，声音里包含着一丝隐隐约约的戏谑意味。

“别，别叫我……”她痛苦地扶着自己的额头，“谢修弋，别用你唱这首歌的声音叫我……”

“想我吗？”

柯姣面红耳赤，死死咬着唇不肯回答。

柯姣觉得自己快要死了……她可真的做梦都没想到过，成为她男朋友后的 Djay，竟然会大半夜亲自对着她唱这首歌！唱完之后，还调情！

“刚刚的那首我录了音，等会儿发你。”

谢修弋下 Y 站之前，还特别好心地告诉了她一句：“晚安，睡不着可以继续听录音。”

第二天早上，柯姣是被放在床头的手机振醒的。

一睁眼，她就看见满屏的消息，很久都没有出现这种盛况了，她记得上一次发生这种情况，还是她办 Y 站歌会期间的事情了。

难不成……她又被迫干了什么要被示众的事情了？

她顶着熊猫眼，虚弱地打开微信。

原来消息都来自岱华他们所在的群，她看了一会儿大家的聊天记录，实在是有点看不懂，便随手在群里打了个问号。

见她出现，大家立即都以最快的速度相继出现了。

【岱华：菠菜，去看微博吧。】

【白银：做好心理准备。】

【凯凯：小菠菜，我们都站在你身边，别怕。】

【夕元：勇敢地去看你男人的微博吧。】

柯姣被这些消息吓得直流汗，再一看夕元提到了谢修弋，心里咚咚直跳地立马去打开微博。

一打开，她就知道大事不好，她的消息数量又一堆了。

自从她和谢修弋确定关系之后，她就像做贼心虚似的，再也没怎么更新过微博，所以应该不是她的问题。难不成……难不成是谢修弋又以Djay的身份发了什么惹人非议的微博？

她深深呼吸了一口气，以自己最大的勇气打开自己的主页，找Djay的名字。点进他的微博，她手指轻轻往上一划，然后，就再也动不了了。

原来……他转发了一条微博。

发布这条微博的原账户，并不是她，而是一位粉丝。

这位粉丝是在今天凌晨发的微博。

欧雷尔：我的妈啊！你们根本不会相信我刚刚看到了什么！凌晨睡不着，我就去菠菜的Y站频道随便逛逛，谁知道，我竟然在语音房间里看见了Djay和菠菜两个人！而且，我进去一听，竟然听到他在唱《今夜晓晓》！

很显然，昨天晚上，谢修弋把她折磨得一晚上没睡好的歌曲，竟然被人听到了……

可是，他们俩是在频道里带锁的语音房间啊，普通会员根本进不来的啊……

柯姣咬着嘴唇仔细看了两遍那个粉丝的微博账号，突然觉得有点眼熟……哎？这个姑娘，不就是当时她办Y站歌会时的管理员之一吗！

因为是管理员，所以才能畅通无阻地进入带锁的语音房间……

由于这位姑娘经常混迹古风圈和翻唱圈，所以她的好友也开始转发她这条看上去不像是假话的微博，紧接着，一传十，十传百，百传千……

然后……很凑巧地传到了极少看微博的 Djay 的耳朵里。

柯姣泪流满面地看着从来都很高冷的谢修弋，就在十分钟前，破天荒地亲自转发并评论了欧雷尔的这条微博。

Djay：别偷听，我只唱给我女朋友听。

十二个字，两个标点符号。

谢修弋以如此轻描淡写却又让人情绪激昂的方式，对着整个圈子，公开了他和她之间的关系……

十分钟后，这条微博的评论数量已经超过一万条了。

柯姣万念俱灰地揉了揉自己的熊猫眼，破罐子破摔地去看评论。

只见刚刚在微信群里，那么正经地对她表达了会永远站在她身边的好友们，每个人都转发并评论了 Djay 的这条微博，并被粉丝们一一点赞并置顶。

【岱华：憋死我了，终于可以公开了，你们以为半夜对着女朋友唱《今夜晓晓》对于 Djay 来说就是极限了吗？】

【白银：菠菜是个很好的姑娘，我们都见过，又美人又好，衷心希望大家祝福她和 Djay。】

【夕元：你们的高冷偶像，对着他家女朋友根本就是个巨型撒娇鬼，亲眼所见，绝不造假。】

甚至，连芮优和孟伊芸小两口都掺了一脚。

【贺曲优：作为 Djay 追求小菠菜全过程的见证人，我只想说一句——他追起人来根本就不是人！】

【古奈：金牌情侣。】

至于其他粉丝的评论，她一条都没有再看，直接将手机默默地放回了床头柜上，掀起被子，盖在了自己的头上。

这个梦实在是太逼真了，让她再睡一会儿……

等柯姣再一睁眼的时候，时间都已经是下午了。

她默默地躺在床上发了一会儿呆，够到手机拿在手里。

第一条就是来自谢修弋的微信。

【Djay：还在睡？】

她扫了一眼谢修弋照例高冷淡薄的语气，想到早上的微博，突然就有了小小的逆反心理，头一次没有立即回复他，她关了微信去登录另一个聊天软件。

一上线，她便收到了那个发微博曝光自己听到Djay唱歌的管理员的消息。

【欧雷尔：菠菜，对不起！我刚刚被会长和大家劈头盖脸地训了一顿，原来大家都知道你和Djay在一起了，是我不好，作为你的管理员没有保密和维护你，反而还给你添了这么大的麻烦，真的对不起。如果你不能原谅我的话我会退群，真的对不起。菠菜我是无意的，我昨晚真心是太激动了……】

柯姣看完之后想了想，回复她说自己并没有生气，让她不必太放在心上，只要记得下次发关于她的微博的时候，最好三思而后行。

回完了欧雷尔，她再一一回复前来关心她的管理员们，她写书三年，这些管理员都是她的铁杆粉丝，其实她们在办Y站歌会的时候，就已经看出了端倪，但是全部都非常聪明地当不知情来保护她，这些她都看在眼里，心里十分感动，而至于欧雷尔，她知道对方年纪小、社会经验有限，所以没能站在她的角度为她考虑太多，她也比较理解。

总之，作为《今夜晓晓》事件的女主角，她居然表现出了前所未有的淡定，还把所有来担心她的人全都安抚了一遍……

她说得差不多了，才起床去洗漱，准备自己在家随便弄点吃的。

刚从洗手间出来，她就听见手机响了，走过去一看，发现是一个陌生号码。

她接起来后，电话那头很快就传来一个陌生的男声：“喂，请问是柯姣吗？”

“是我。”

“我是谢修弋的专辑音乐制作人Jim。”对方应该是个中年男人，声线醇厚淡然，“他刚刚在工作室录歌录到一半突然胃疼得晕了过去，现在刚醒，他说你是他女朋友，叫我打电话来让你来下工作室。”

从听到“胃疼”这两个字开始，柯姣的脸色就开始泛白了，等制作人说完，她立刻转身冲到衣柜去拿衣服：“好，好的，我马上来。”

“我给你工作室地址，上楼的时候记得说是Jim的朋友，不要说是谢修弋的。”

柯姣挂下电话，以最快的速度换上衣服，奔下楼跳上出租车。

焦头烂额，心慌意乱是什么感觉，她算是全都切身体会到了。

她本来还在心里和他赌气，可这时听到他突然身体不舒服了，她却担心得根本什么都无法思考。

作息混乱、吃饭不规律……这些加起来，他再犯胃病也不是意外，其实她早就已经帮他准备好药想让他备在工作室，但是因为一直见不到他，也就一直没把药给他。

下了出租车，她以最快的速度冲进工作室所在的楼里。

来到Jim给她的房间前，她轻轻敲了敲门。

很快，就有人来开了门，一个高大的、蓄着胡子的中年男人站在门里，看到她时，低声道：“柯姣？我是Jim，进来吧，他在里面。”

柯姣朝他点点头，走进门后，没有再看Jim脸上的表情，立即冲进了里面的房间。

她心一颤，一眼就看到了在沙发床上静静躺着的谢修弋，几步小跑到床边，她扔下包，弯下腰去看他。

谢修弋正闭着眼睛，好像是睡着了，他的脸色比往常更苍白，且苍白得没有一丝血色，仔细看，还能发现他额头上的虚汗。

她眉头紧锁，看得很心疼。

可能是因为看习惯了他无所不能的模样，她看到他脆弱疲惫时的模样，总会心疼到无以复加。

可谁知道，就在她将手轻轻覆盖在他手上的时候，一股大力突然将她狠狠地拉向他，还没等她回过神来，她就已经被他的两条手臂紧紧地扣住，按在了他的胸膛上。

“谢修弋？”她半趴在他身上，又惊又疑，“你，你醒了？”

“我根本没睡着。”耳边传来他低冷有力的声音，听上去一点也不像是生病的样子。

“你的胃呢？”她更疑惑了，“吃过药了吗？胃疼已经好了吗？Jim 说你刚才疼得晕过去了。”

谢修弋停顿了一秒：“他骗你的。”

柯姣听完他的话，就听到门被关上的声音，门外也随即传来了几个男人高声的笑声。

在她目瞪口呆的时候，他将她搂得更紧了一些：“刚刚录歌不在状态，一直在看手机，被 Jim 训了一顿，谁知道过了一会儿他就擅自给你打电话了。”

“为什么不回我短信？”他的声音变得更低更凉，还带上了她熟悉的怨气。

柯姣的脸色慢慢开始变化了，她被他抱着，一句话也没说。

“我早上十点发的，你下午四点都没回，六个小时了。”

“我要回去了。”

她没回答他的问题，却努力要将他的手推开：“你没事的话就好，我不打扰你继续工作了。”

谢修弋的眉头微微蹙了蹙，见她推得用力，便轻轻放开了，目光却一直落在她的身上。

“我不知道你现在能不能理解我的心情。”柯姣弯腰拿起包，看也没有看他，“我听到你胃疼的时候真的很担心，担心得大脑一片空白什么都没法思考，我还在心里不断责备自己为什么平时不再多照顾你一点，你如果以后在节目或者演唱会上犯胃病该怎么办。我想了很多很多，其实我以前是个特别粗心的人，根本从来不会那么记挂一个人。

“所以，当我知道你胃疼只是一个玩笑的时候，我是松了一口气，但我实在没办法装作我很开心，而至于微博的事情，我并不生气，对于我们之间的事情，你永远是做决定的那个人，所以我尊重你的决定，我也不惧怕那些流言蜚语，我只是觉得……”

她没有说完那句话，背对着他，抬手擦了擦眼睛，朝门外走去。

“谢修弋，你知道吗？我是非常喜欢你，但是有时候，你的骄傲真的会让我觉得难堪。”

第十九章　红窗听

等柯姣走出内室的时候，正在制作室休息闲聊的 Jim 几人都十分讶异地看着她。

“你要走了？”原本以为小两口要聊很久的 Jim 放下烟，“你和谢修弋已经说完了？”

她垂了垂眸，勉强对着他们笑了笑 ：“嗯，不打扰你们继续录制专辑了，Jim，谢谢你让我来工作室。”

等她走出大楼的时候，天色已经彻底暗了下来，柯姣漫无目的地往前走了一会儿，才发现自己好像是迷路了。

她停下脚步，感觉自己眼睛有点酸，鼻子也有点酸。

她刚刚竟然……对着谢修弋说了那么重的话。

她不知道自己是怎么了，平时的自己绝对不是那么锋利的人，况且她那么喜欢他，怎么可能会主动挑起他们之间的争执？

可是事实是，她就是这么做了。

虽然她嘴上说着对他的决定没有异议，可是她知道，自己就是因为他突然曝光他们的关系而感到些许的害怕和退缩了 ；虽然她知道他因为她不回短信而心绪不宁，可她就是控制不住因为他无心的玩笑而生气。

柯姣，你是从什么时候开始变成这样一个不明事理的女孩子了呢？你不是很清楚你所喜欢的人的脾性吗？你不是对于他的任性、霸道都能全部包容吗？你怎么能将自己的情绪宣泄到他的身上去呢？

他一定会伤心难过的吧？在他那么忙碌的时候，她竟然还对他发了脾气。

她站在原地不知道发了多久的呆，觉得自己的腿都已经站得发麻了。

她抬起手轻轻擦了擦自己的眼睛，吸了吸鼻子，准备回家。可刚转过身，她就被拥入了一个温暖的怀抱里。

是谢修弋，他竟然追出来了。

柯姣木木地被他抱在怀里，感觉到他整个人的身上此刻还带着室内的热度和温暖。

她是不是在做梦？为什么她说了那些话，他还愿意来找她呢？

可抱着她的这双手臂，却一如既往的有力，丝毫没有松懈。

“冷不冷？”他低声在她头顶说。

就这三个字，让她刚刚好不容易才忍住的眼泪立刻就不听话了。

她对于这个人真的一点办法都没有，再生气，再难过，只要他抱住她，她就觉得什么天大的事情都无所谓了。

直到这一刻，她才发现，那份日夜积累的喜欢，好像……已经逐渐变成了爱。

谢修弋感觉到她的眼泪，脸上一贯冷硬的表情更柔和了一点，他轻轻松开她，低下头低语：“是我不好。”

柯姣愣了愣，觉得浑身都渐渐开始发热。

“我对外公开，只是觉得现在是时候可以告诉大家你是我的人了，爱情本就是两个人的事情，其他人的意见根本就不能左右我们，我觉得只是需要知会大家，这是对大家的尊重，但是我没有和你事先商量就这么做了，对不起。我的确是个不会考虑别人感受的人，可能我觉得这样做是对的，我就这样做了，还有，用胃疼骗你过来，对不起。”

他接连说了两次对不起。

柯姣听得内心震撼，眼泪掉得更凶了，她太清楚他是多么骄傲的人，可能他活到现在都没有对别人认过错。

可他竟然愿意为了她，二话不说就放下自己的骄傲。

她勉强控制住眼泪，从他的胸膛前抬起头：“谢修弋，我不喜欢这样的自己，在没有做你的女朋友之前，我不会这样贪得无厌，要求你对我不断让步，还要你放下你的骄傲。”

她从来都没有想过，爱情有一天竟然会让她露出内心的丑陋面，会让她对着自己所爱的人惊慌失措，失去理智。

被改变的，何止他一个人？她也被改变得一点也不像原来的自己了。

更何况，他曾经就是她眼里的神，她曾无数次对于拥有他而感到惶恐，可现在，她居然这样对他却也没害怕过他会离开。

可能是因为他对她太好，才会让她越来越有恃无恐。

“柯姣。”谢修弋低垂下眸，用她最喜欢的声音，一字一句地说，“没有放不放得下骄傲这一说，就这样一直对我贪得无厌吧，我求之不得。”

爱情这件事，本就需要磨合，没有谁生来就能拥有天造地设的爱人，只有相互磨合，才会日渐成为彼此最最契合的那个人。

只有最爱你的人，才会了解你所有的软弱，才会愿意包容你所有的软弱。

还好，她懂他，也还好，他愿意包容她。

“谢修弋。”她看着他，终于微微展颜，忍不住轻轻用手指戳了戳他的胸膛，“我发现你在我眼里都不再是那个不食人间烟火、鼻孔朝天的偶像了。”

“是吗？”他紧了紧抱住她的手，刻意压低声线，“不是很好吗？是老公了？”

柯姣听得脸一红，赶紧将头重新埋进他的怀里。

“以后发生什么事情，我会听过你的意见再决定。”

短暂的沉默后，他低声告诉她：“还有，装病叫你过来是因为……”

说到最后，他的声音突然低到听不清了，柯姣只觉得他好像语速极快地说了一句什么，然后自己就被他松开了。

“我帮你叫车回家。”

他转过身，面向马路。

柯姣看着他的背影两秒，突然绕了个圈到他面前，在黑夜中踮起脚仔细看他的脸。

“谢修弋。”她借着路灯使劲看他，“你是不是……害羞了啊？”

虽然天色暗了，但还是有些许的微光，再加上路灯，她总感觉他白皙的皮肤上此时浮现起了一丝极淡极淡的红。

谢修弋的眉头微微蹙了蹙，然后别过脸：“没。”

“你刚刚是不是说了一句‘我想你’？”柯姣故意睁着大眼睛，一眨一眨地看着他，“还是我听错了？你的脸好红……”

谢修弋估计是人生里第一次被人逼到这个地步，但是又因为是自家女朋友不能动手，只能强忍着继续装高冷。

柯姣今天凭着这股势头，胆子大了不止一倍，还伸出手，摸了摸他的脸颊：“巨型撒娇鬼，你怎么那么可爱，哈哈哈……”

还没等她笑完，一直沉默着的人终于一把将她拽到跟前，低下头对着她的嘴唇报复性地亲了一口。

柯姣躲闪不及，面红耳赤，瞪圆了眼睛看着他，连话都说不出口了。

“我录完就去你家。”

在把她塞上出租车前，谢修弋抓着她的手腕，低冷快速地在她耳边说道：“等我，我一定会去的。”

柯姣坐在车里，目送他的身影离开，发现自己从耳朵一直到脖子根，全部都红得要烧起来了……

凌晨一点多的时候，已经洗完澡的柯姣合上电脑，走到厨房去倒水喝。

她恍惚地倒完水，拿起杯子，心里默默地想着他录完歌应该会饿，要不要做点什么夜宵给他。

做面，还是炒饭？这个时候他应该结束了，开始往她家赶了吧……

还没等她想更多，就听到一声清脆的敲门声。

“来了。”她心一紧，放下杯子就走去玄关。

今晚吵架后又和好，两个人的心似乎被捆绑得更紧密了，她本就心绪难安，此时一想到打开门又能再次见到他，突然觉得喉咙都已经被烧得生疼。

“你来……”

她打开门，刚想给他一个大大的笑脸，可连话都没有说完，就被他用力地拥入怀中。

他用背部撞上门，低下头亲亲她的眼睛，叫她的名字：“柯姣。”

深夜里，在这样近的距离听到他的声音，她的脑袋已经瞬间停止了思考。

两个人又不是未曾独处过，她今天为什么会这样紧张，又这样热血沸腾？这个男人的身上就像是携带着魔力，只要他的手一碰到她，她就无处遁形。

“我不在你身边的时候，你在想谁？”

谢修弋的眼睛越来越暗，漆黑的瞳孔里倒映着她慌乱绯红的脸颊。

她怎么开得了口？她的嘴唇早就被他含住，连反抗都不能。

“不要再生我的气。”

他拥着她，一步一步逼着她倒退。

她真的遇上了一个很危险的男人，他如此强硬，可浑身上下却又充满着诱惑。

“谢修弋……你饿不饿？”她被他吻得几乎窒息，此时被他半压在沙发的靠背上。

问完，她才觉得自己真的是问了一个无比愚蠢的问题。

柯姣浑身一抖，恨不得咬掉自己的舌头。

“饿。”

他勾起嘴角，两手一捧，将她整个人抱起来，几乎是扛在肩膀上。

“左边那间是卧室？”

柯姣被他扛在身上，连想死的心都有了，只能捂着脸点点头。

谢修弋将她扛到卧室，没有开灯，将她轻轻放在床上。

柯姣咬着嘴唇，在黑夜中，目光颤抖地看着他。

“今天方便吗？”他低下头，靠在她耳边问。

她缓了一会儿，才明白他的意思，赤红着脸点点头。

“好。”他顺着她的耳朵，细细地亲吻她的锁骨。

她知道，今夜恐怕是无论如何也逃不走了，而在他来之前，她也已经彻底做好了准备。

哪怕抱着他，就像抱着一颗耀眼的星辰，她也愿意在他的怀抱中融化。

她愿意把自己交给她这辈子最爱的人，再也没有一分畏惧。

“你最喜欢我唱的古风歌曲是？”

黑暗中，像是为了引开她的注意力一般，他突然开始问话。

她感觉到他的手温柔地在自己的身上轻抚，颤声回答：“《凰枝令》。”

“最喜欢我配的广播剧是？”

“《凤仙引》……”

柯姣哭丧着脸，觉得自己现在就像一条躺在砧板上待宰的鱼，而谢修弋正无比欢快地拿起了刀叉……

“难道不是《今夜晓晓》吗？”

她听到他那尾音里带上的低喘，觉得自己的心脏都要爆炸了。

“最喜欢的古风歌手是？”

“你……”他为什么要在这种时候问这些近乎都是让她在表白的问题……

“哦。”他的呼吸开始流连在她的锁骨之下，“最喜欢的动漫翻唱歌手是？”

柯姣已经快要哭了，连声音里都带上了哭腔：“你……”

给她十个胆子，她都再也不敢说是贺曲优了啊……

“那么。”他微微眯起眼，额头上流下了因为克制而冒出的汗滴，“你最爱的男人是？”

她觉得自己已经快要从他的怀中蒸发了，本能般地回答：“你……”

如果她此时敢正面看他，她就会发现，他的笑容此时仿佛初绽的樱花般美不胜收。

他是发自内心的开心。

“谢谢。”他像捧起珍宝般捧起她，附在她耳边，认真却轻声地说了一句可能他这辈子都不会说第二次的话，“我也最爱你。”

柯皎轻轻揉了揉眼睛。

她伸出手去，习惯性地拿起放在床头柜上的钟，半眯着眼睛看了一眼，现在才清晨五点。

那么早啊。她翻了个身，钻回被窝。

今天的被窝似乎比平时更暖和，她下意识地朝着热源靠去，感觉热源的皮肤光滑细腻，特别舒服。

不对，好像有哪里不太对。

她目露惊恐地睁开眼睛，就看见一双漆黑的眸子正静静地注视着她。

“早。”是他懒洋洋的低冷嗓音。

竟然是和上次在他家留宿时一模一样的场景。

柯皎和谢修弋大眼瞪小眼了一会儿，她动了动身体，脸颊突然变得通红。

谢修弋看着她像只蒸笼包一样的脸庞，心情无比畅快，假装面无表情地逗她：“我表现好吗？”

这人怎么突然变成这样了……说好的高冷呢？

柯皎听得颤抖，已经有点想逃离这张如深渊般的大床，可因为身体还是有点不太舒服，软绵绵的没力气，所以动不了。

谢修弋见她一脸娇羞，沉默两秒，翻了个身，再次将她牢牢地扣在自己的怀里。

“谢……谢修弋……”柯皎连声音都发不清楚了。

“再来一次。”

“不要……”

“再来一次。”

“不……”

这个“不”字还没说完，就已经被他再次凶狠地吞进嘴巴里。

等柯皎再次恢复意识的时候，谢修弋已经穿戴整齐地站在她的床边，还戴上了变装用的帽子和框架眼镜，正居高临下地看着她。

“几点了……”她条件反射地就裹起被子，哆哆嗦嗦地看着他。

“八点多。”他整理着自己的衣领。

“哦……”她将自己的半张脸都埋进被子里。

“我要去工作室了。”瞧见她一副魂飞魄散的模样，他眉眼间飞快地闪过一丝笑意，然后竟然伸出手，连带被子将她整个人抱了起来。

见她还是神色呆呆的，谢修弋终于忍不住笑了出来：“不怕，今天没下一次了。”

柯姣被他抱着，红着脸不敢看他，却觉得被他这样温柔的目光看着的自己很幸福。

她好像记得，昨天晚上，他还说了那有魔力的三个字，让她一瞬间好知足好幸福，然后就彻底任由他为所欲为了……

“谢修弋……”想到他毫不留情地折磨自己的可恶样子，她就忍不住别过头，低声说，“你一点都不知道怜香惜玉，也一点都不知道手下留情……”

他望着她，薄唇轻启：“我留情了，还留了不少。”

柯姣沉默两秒，突然顿悟他话中的意思，挥起拳头就面红耳赤地砸在他的肩膀上。

看她恼羞成怒，他却毫不吝啬地大笑出声。

“柯姣。”他蹭了蹭她的额头，靠在她的脸颊边，用她根本无法拒绝的嗓音说，“我们同居吧。”

柯姣听完他的这句话，甚至都忘了害羞，瞠目结舌地道：“为，为什么？”

同居，这个词对她来说实在是太新鲜了，说实话，她总觉得他们两个人的家离得这么近，他只要有空的时候来她这里她就已经很满足了。

可同居，这……这不就跟结婚后的生活是差不多的吗？

谢修弋看着她，面不改色地给出了他的答案：“因为我想每天抱着你睡觉。”

自从那天之后，他们两个每天的晚间电话就变成了雷打不动的活动。

“同居。”

“不要。”

“同居。”

“不要……谢修弋你现在是公众人物，你要是和我住在一起，被经纪公司发现，他们会怎么想？”

“你很少出门。”

“就算很少出门那也不好啊，万一被记者和媒体发现呢？”

“我不管。”

“你怎么那么蛮不讲理！”

“同居。”

柯姣简直要被谢修弋给弄得抓狂了，现在她每天只要一睁开眼，无论是电话、短信还是微信，都被铺天盖地的“同居”两个字给充满着。

要知道，这家伙可不止会用强硬的手段，到后来甚至用上了巨型撒娇鬼的手段。

“这两天我每天晚上都睡不好。”

“为什么？”

“你不在。”

“那你之前二十几年怎么睡得好？”

“吃过红烧肉之后你让我戒肉？”

“谢修弋你才是红烧肉呢！”

“头疼，录歌录不好，被制作人训。

“半夜肚子饿，你在，我就可以吃你做的饭了。夜宵好难吃。

“我胃疼，没人照顾我。你舍得？

“柯姣，同居吧。”

第二十章　西平乐

她虽然知道谢修弋提出这个要求是出于私心，可如果她和他住在一起，他的确会得到更好的照顾。

谢修弋那么高的情商，知道她根本对他狠不下心，所以在打一场迟早会赢的持久战。

而她没想到，最终助攻了谢修弋一把的人，竟然是曾倩。

那天晚上曾倩给她打电话，开门见山就是一句："小菠菜，求你了，你住到谢修弋家里去吧！"

柯姣本来在喝水，差点一口水喷出来："曾倩你疯了吧？"

"这家伙现在每天比平时更恐怖，制作人都快被他折腾死了，天王老子都治不了他，我怕他还没录完这张专辑，就会因为你不和他同居而抓狂……"

"可是你们公司会准许他和女朋友同居吗？"

"你是全职作家，根本不出门，而且你们只要不一起出门就行了啊。"

"你确定吗？记者那么聪明，不会发现？"

曾倩深吸一口气："整个演艺行业都找不到比谢修弋低调的人，你看他因为《黑白面具》爆红之后有几条新闻？零绯闻、零炒作，连微博都不认证，一心只为音乐，记者都抓不了他的把柄，我们老大都说了，他要是执意公开女朋友，公司也不准备责备他，毕竟好好和一个行业外的人交往，也不是什么大罪，整个行业都知道他是什么人，谁能控制他？

"而且，Jim 也和我说，本来他还有点担心，你们的关系曝光会给谢修弋造成不良影响，现在看到谢修弋整天为了你魂不守舍的，他说还不如早点公开消息同居得了。"

柯姣被曾倩连珠带炮地"轰炸"完，彻底无言以对了。

既然连身为他经纪人的曾倩都这么说，那她是不是就没有什么理由再拒绝他的请求了？

"行吧，让我考虑考虑。"她叹了口气，躺在沙发上，"我现在才想起来，我都还没把谢修弋的事情告诉我爸妈……"

她挂下曾倩的电话，翻了个身，对着手机发了会儿呆，给谢修弋发微信。

【菠菜：我准备晚上和我爸妈说下……和你同居的事情。】

过了一会儿，谢修弋很简单地回复了一个字。

【Djay：好。】

一秒后，又是一条。

【Djay：周末就可以接你过来。】

她咬了咬牙回复道。

【菠菜：这么快？】

谢修弋也回得很迅速。

【Djay：我很饿。】

柯姣红着脸关了微信，去拨柯母的手机号码："老妈，我今天晚上回趟家，我有事情要和你还有老爸说。"

晚上柯姣回家的时候，桌上正放着热气腾腾的一桌菜，一看就是出自柯母之手。

"老爸，老妈！"她脱了鞋子，走进屋，"我回来啦！"

虽然大学毕业之后她就一个人在外独立生活，但是她和柯父、柯母的感情依旧很亲密，有空的话还是会时常回家和爸妈一起吃饭，平时也会通电话。

"姣姣回来啦。"听到她的声音，柯父很快走出来迎接她，拍拍她的肩膀，"来，快吃饭了。"

一家三口其乐融融地在餐桌边坐下，柯母给她夹了好几筷子的菜："多吃点，都好一阵没回来了你。"

"嗯嗯。"她点头，乖乖吃饭，心里盘算着究竟该在什么时机把谢修弋的事情给全盘托出。

说实话，自从她和谢修弋成为男女朋友之后，她就被他弄得团团转，一直忘记和爸妈提起和他交往的事情，现在谢修弋都提出要同居这种要求了，她真的很怕老爸、老妈突然得知这个消息会被震惊到。

"今天姣姣回家，心情好，我去放个音乐来听。"

柯母这时笑得眉飞色舞地从餐桌边起身："姣姣啊，你知道吗？你妈我最近喜欢上了一个歌手，年纪好像和你差不多，刚出道，唱得可好了！"

柯父在一旁抚了抚额，很无奈："都一把年纪了，还追星，真受不了她……不过，这男孩子确实唱得不错，挺有实力的。"

听到他们这么说，柯姣顿了顿，脑子里突然闪过了一丝光。

不会吧？

柯母一边打开音响，一边用手机选歌：“他今年唱了电影《黑白面具》的主题曲，名字叫什么来着……”

“啊，找到了，谢修弋。”柯母笑眯眯地看着她，“姣姣，你知道他吗？”

柯姣手里的筷子掉了下来。

“哎，你看看你，都那么大人了还那么毛毛躁躁。”

柯父这时帮她捡起筷子，还调侃她：“怎么了？听到你妈妈偶像的名字那么激动？你也是他的粉丝？”

柯姣此时默默地捏了捏自己的手心，既然有这样一个契机，不如早死早超生吧。

老爸、老妈从小到大都对我采取散养模式，心胸豁达，在这件事情上，应该也能体谅我吧？应该不会责备我吧？

“那个……老爸、老妈，我有件事情要和你们说。”

她深深地吸了一口气，拼命叫自己淡定下来。

“怎么了？”柯母开始播放音乐，慢慢朝餐桌走过来重新坐下。

“是这样的。”她咳嗽了一声，两眼一闭，“我有男朋友了。”

柯父、柯母对视一眼：“我们知道啊。”

“啊？”她吓傻了，“你们怎么知道？我又没和你们说过。”

柯父喝了口汤，笑眯眯地道：“你是我们的孩子，我们怎么会不知道你的动态？最近你电话少了，也没回家，一反常态，我们就猜到你应该是有情况了，就等着你自己来告诉我们。”

“是啊。”柯母也笑吟吟地说，“姣姣，你长这么大都一直没交过男朋友，因为写书，又是传说中的宅女，我还一直有点担心你呢，快和爸妈说说，你的男朋友究竟是怎么样的人？帅不帅？对你好不好？”

柯姣拍了拍自己的脑袋，一边感叹老爸、老妈实在是洞察力太强、太了解她，一边想着不知道爸妈知道谢修弋是她男朋友后会怎么想。

“那个，其实我的男朋友……”

她吞咽了一口口水，抬起手指指向正在播放谢修弋唱的歌曲的音响："就是……老妈你的……偶像……"

整个客厅里鸦雀无声，一片寂静。

柯父和柯母怔怔地看着她，过了好一会儿，柯母忧心忡忡地摸摸她的脑袋："姣姣，你不是写书写出幻想症来了吧？"

"姣姣，你可别盲目追星产生幻觉啊，你说你男朋友是谢修弋？人家可是人气歌手啊……"柯父也一脸忧虑地望着她，"虽然我知道我们家女儿是挺可爱的，但是也没到能找到人气歌手当男朋友的程度吧？"

柯姣望着柯父、柯母脸上的表情，她可没想到问题竟然会出在老爸老、妈不相信谢修弋是她男朋友这一环节啊……

就在三人陷入僵局的时候，柯姣的手机铃声忽然响了起来。

她拿出手机一看来电显示，眉头一挑，赶紧接起："喂？"

"开门。"电话那头传来谢修弋无比淡定的两个字。

"我，我不在家啊。"她磕磕巴巴地回答，他今天是怎么回事？怎么突然有空去她的家了？

"不是你家的门。"他低咳了一声，"你爸妈家的门。"

柯姣放下电话，发了一会儿呆，赶紧从椅子上站起来，连滚带爬地冲向玄关。

"姣姣，怎么了？"柯父、柯母在她身后讶异地看着她。

她冲到玄关，深吸一口气，打开大门。

果然，门外正站着戴着帽子和眼镜的谢修弋。

"谁啊？"柯父、柯母这时在客厅里问道。

柯姣赤红着脸让谢修弋进屋，一边帮他拿拖鞋，一边低声问："你怎么突然跑到这里来了？"

难道是曾倩给他的地址？

谢修弋没应声，穿上拖鞋之后，面无表情地拉起她的手，二话不说就把她给拖进了客厅。

柯父、柯母看到一个陌生男人突然拽着自家女儿出现，吓了一跳，全都从餐桌边站了起来。

“伯父、伯母你们好。”

柯姣心惊胆战地看着谢修弋走到她爸妈面前，摘下帽子和眼镜，微微朝他们颔首：“我是谢修弋。”

她亲眼看到她爸妈脸上的表情变成了震惊。

“你就是……那个唱《黑白面具》的谢修弋？”柯母连声音都变了。

“嗯。”谢修弋十分淡定。

“你是歌手？不是同名同姓？”柯父揉了揉自己的太阳穴。

“嗯。”

“我，我特别喜欢你唱的歌！”柯母的神情从震惊疑惑已经转变成了激动，简直变得比唱戏还快。

柯姣看到老妈已经开始激动起来，无力地扶住了额，而柯父则无奈地用手肘撞了撞自己的妻子，意思是让她不要太失态。

“谢谢伯母。”谢修弋似乎没预料到未来的丈母娘竟是自己的粉丝，眉头挑了挑，似乎有点忍着笑。

“所以……”柯父从震惊中恢复了过来，“你真的是姣姣的男朋友？”

“嗯。”

然后，一直在努力降低存在感的柯姣很明显地感觉到老爸、老妈朝她射来了两束强烈的目光。

老爸、老妈对不起，我不是故意瞒着你们那么久的……她哭丧着脸，在谢修弋身后朝柯父、柯母举起了双手。

总之，谢修弋突然空降在他们家之后，就没有柯姣什么事儿了。

柯姣给谢修弋添了一副碗筷，吃饭的人数从三个变成了四个。

柯姣一边在谢修弋身边默默吃饭，一边听着他和爸妈的对话，虽然他依旧少言寡语，但是对于她爸妈的每一个问题，他都在好好回答，而且，他不但解释了他和她是怎么相识的，也很坦诚地说了他现在在做的工作。

“做歌手会很辛苦吗？”柯母听得津津有味，“是不是会有很多通告之类的？”

“不多。”谢修弋淡定自若，“我会拒绝。”

“你会考虑朝影视等其他方向发展吗？”柯父这时看着他问。

“不。”他果断地回了，“我只做音乐。”

“你休息的时间一般会做什么？”柯母又问。

谢修弋顿了顿，看了一眼身边的柯姣：“和她待在一起。”

柯姣脸一红，却见柯父、柯母很快交换了一个满意的眼神。

虽然一开始，他们是有点担心女儿交一个歌手男朋友会对她造成不良的影响，但是和谢修弋接触下来，他们都知道这个男孩子根本就是个与众不同的人。

他是一个不被名利所控制，一点也不世俗的男孩子。

“真是个好男人啊……”饭后，柯母借着洗碗的名义拉着柯姣去厨房，“他长得又好看，歌唱得又好听，他说他是不是还会操盘来着？又会赚钱……哎哟姣姣，你这是走了什么运啊，为什么你能找到那么好的男人啊……”

柯姣一边默默洗碗，一边回头看了一眼在客厅里和柯父说话的谢修弋。

老妈，你看到的都是这个人光鲜的一面，你看到过他脾气怪诞的时候吗？你看到过他因为吃方便面胃疼得晕在家里吗？你看到过他挑食到令人发指的行为吗？你看到过他傲娇闹失踪吗？

不得不说，谢修弋真是最佳策略家。

从他突然空降的那一刻起，他就已经胜券在握。

谢修弋是一个人过来的，回去时却是拎着她一起走的。

“谢谢伯父、伯母。”他站在玄关，神色温淡地戴上帽子和眼镜，“我周末就帮柯姣把原来租的房子退了，把行李搬到我那边去。”

“好的。”柯母点头，还一脸笑意地看向柯姣，“姣姣你别懒惰啊，多帮修弋一些，他工作很忙的。”

谢修弋看了看自己身边敢怒不敢言的人，眉头微挑地替她回答：“她很照顾我。”

“姣姣。”在他们要离开之前，柯父还语重心长地叮嘱了一句，“修弋是公众人物，你做事也要谨言慎行，别给他惹麻烦。”

“爸，妈。”柯姣终于忍不住提出抗议，“到底谁才是你们亲生的啊！”

柯父、柯母笑着把小两口送下楼，一直目送他们两个上车才上楼。

柯姣系完安全带，终于忍不住两手抱胸，斜眼看身边的谢修弋：“你今天……没工作？这么闲？特地跑来和我争宠呢？”

他稳稳地发动车辆，薄唇轻挑：“跟制作人请假搞定岳父、岳母，值。”

“我妈是你粉丝。”她简直想对着他做一个鬼脸，“真是无语了，你涉猎范围什么时候都上升到中年人了？”

“别吃醋。”他傲娇地回应。

两个人这么一路斗着嘴，一直到她家楼下，才算消停下来。

“我上去了，你快回家休息。”

自从上次见面之后，因为他工作忙，两个人还没有这么单独相处过，她莫名开始紧张起来，为了不让他看到她脸上的神色，她急忙松开安全带就想下车。

“这么急做什么？”谁知，早已将一切尽收眼底的谢修弋已经伸出一只手挡在了她那边的车窗上，侧过身看着她，“有事？”

“没。”她别过头。

他盯着她的眼睛，玩味地开口：“我今天晚上没工作。”

“呵呵呵。”柯姣笑得十分虚假，“我有点忙……截稿日快到了。”

“哦？”他压低嗓音，“你微博上写的，不是上个月刚交？”

柯姣觉得自己已经死到临头了：“我记错了……”

“你先上去，我再上来。”他很快下了结论。

“我不要。”

他观察了她一会儿，突然松开手，身体也撤回去了：“回去吧。”

谢修弋的声音突然冷得没什么温度了，她有些疑惑，侧过脸看向他。

“这是两个人的事情，不是一个人的。”他神色淡淡。

听他这么说，柯姣突然就觉得心里有点过意不去了，毕竟，她也不是真的讨厌这件事……只是……

“你早点休息，我也回家了。”他又说。

虽然他的语气如常，但是她能感觉到，他的声音里有那么一丝浅浅的落寞。

他对她从来不掩饰自己的任何情绪，所以，她一定不会感觉错。

“那个。”她想了想，轻轻伸出手去拍拍他的手臂，“你饿不饿？你上楼来，我给你做点夜宵吧……”

他没说话。

“冰箱里有肉。”她咬着唇，摇了摇他的手臂，“我可以做牛肉饭，上次刚学的。”

谢修弋听到这里，眼底里慢慢闪过一丝精光，然后，他突然就一把将她拽过去，压低头重重地亲了亲她的嘴唇“嗯”了一声。

等他上了楼，柯姣才恍然大悟，自己中了敌人的圈套。

可是为时已晚，进屋后，牛肉饭根本吸引不了谢修弋的注意力，柯姣还没走进厨房，就被他连拖带抱地拉进了卧室。

清晨，柯姣看着他惊艳的睡颜，蜷缩成一团，咬着被子暗暗地鄙视自己色令智昏，明知他是什么人，还被他表面上表露出来的巨婴面貌所迷惑。

等谢修弋醒来，他慵懒地将她搂进怀里，半闭着眼睛，极其舒服地窝在她颈窝里吸了口气：“早。周六下午帮你搬家。”

她吸着鼻子，虚弱地“嗯”了一声。

“怎么。”见她有气无力，他反问，“不高兴？”

“没……”她哪敢啊。

“只要你想，今后你能随时点播《今夜晓晓》。”他尾音上扬，“无论早晚。”

她的脸颊开始迅速升温。

在柯姣过得过于幸福的时候，搬家的日子很快就到来了。

周六当天的下午，难得没有泡在工作室的谢修弋中午左右就和芮优一起来到了她的家，开始搬运她的东西。

和芮优的关系似乎有所进展的孟伊芸也跟着一起来了，两位男士在搬东西的时候，孟伊芸就翘着腿坐在柯姣的书桌上和她闲聊。

“小菠菜，你这两天上微博了吗？”孟伊芸一边痞痞地吹着自己的刘海，一边笑嘻嘻地问她。

“没……”柯姣一边收拾书桌，一边回答，“已经不敢上了……”

说实话，最近因为一直被谢修弋缠着，她都没时间和心思顾虑自己网络上的身份，索性就破罐子破摔了。

虽然她不是什么玻璃心，但是也不想让网络上的流言蜚语影响自己写作和工作的心情，尤其是和谢修弋在一起之后，她更重视与珍惜她现实中的生活，将网络上的一切都看得很淡。

“怪不得你不知道。”

孟伊芸这时突然笑兮兮地拿起自己的手机，打开微博：“你男朋友前几天发了一条微博，彻底帮你清除了一切不良声音，堵上了所有人的嘴。”

“什么？”

柯姣听得傻眼了，停下了整理东西的手，立即凑到孟伊芸脸颊边去看。

“喏。”孟伊芸迅速打开谢修弋的微博，指给她看他最新发的那条微博。

她定睛一看，脸色由绿变红，再由红变绿。

Djay 的那条微博，是一张配有图片和文字的微博。而图片上的人竟然是她自己……

她都不知道他是什么时候趁她不注意，拍了这样一张她背对着他坐在书桌前，专心写文的照片的。

可这条微博最精彩的部分却不是他如此轻松地就发了自己女朋友的背影，而是文字部分。

Djay：搞清楚，是她在养我。

孟伊芸在一旁欣赏着她脸上的表情，相当惬意：“Djay 真是高，实在是高啊……他智商应该有一百三吧……”

柯姣抚了抚额，点开那条有几万条评论的微博，扫了一眼热门评论。

【公子在我心里的形象已经彻底崩塌了，竟然从霸道总裁变成了小

白脸……】

【菠菜妹子我们错怪你了，辛苦你了！请你好好写文养我偶像吧！】

【菠菜妹子背影真好看，一定是个大美人……】

【有生之年竟然能看到公子秀恩爱虐我们这群单身狗……】

评论千奇百怪的，但是没有出现特别难听的言论，这让她在心底轻轻地松了一口气。

不得不说，虽然谢修弋再次没有经过她的同意就发了她的照片，让她略微有些不满，但是他剑走偏锋的方式却赢得了和平。

既让粉丝更确信了这件事情的真实性，又巧妙地没有把粉丝激怒，变相安抚了粉丝，同一时间又提升了她的地位，保护了她。

她害怕流言蜚语，但是至少现在，他让她越来越不在意这些外界的声音了。

他就是这样的人，永远能不动声色地带给她前所未有的勇气和保护。

她想，和他在一起的每一天，应该都会一直这样精彩又快乐吧？

"话说。"趁谢修弋和芮优还没有从楼下上来，孟伊芸突然神秘兮兮地用手肘推推她的肩膀，"Djay 向你求婚了吗？"

柯姣怔愣一会儿，瞪大着眼睛看着孟伊芸："啊？"

"我说，你男人，向你求婚了吗？"孟伊芸挑了挑眉，"按照你们两个这样迅速的进展，他都要你和他同居了，下一步应该就是求婚了吧？"

第二十一章　白鹤子

柯姣被孟伊芸的话语给震惊到了，过了一会儿，脸颊慢慢变红："他还没有说过关于结婚的事情。"

求婚？如果不是孟伊芸提起，她的脑子里一时半会儿还真没有这个概念。

的确，她和谢修弋从开始交往到即将同居，在旁人眼里算是"闪电恋爱”，作为当事人，她却很奇异地没有感到进展过快。

大概是因为谢修弋牵着她顺其自然地一路走来，她无形之中就顺从了他的节奏吧。

不过……她也没觉得有什么不好，但是结婚的话，好像……感觉还是稍微有点早?

“他的事业才刚起步，也有很多事情要忙。”她这样对孟伊芸说，“我觉得现在这样就挺好的。”

孟伊芸摸摸自己的下巴：“嗯……不过，万一有突发情况呢?”

“什么突发情况?”

“比如……”孟伊芸突然笑了起来，“你突然有小宝宝了怎么办?”

听到此处，柯姣像被踩着尾巴的猫一样，瞬间跳了起来，伸出手指指着孟伊芸：“你……小伊芸你……”

“看 Djay 那副占有欲超强的样子，说不定就有了呢。”孟伊芸继续面不改色地说。

“不会的。”柯姣赤红着脸，抬手擦了擦额头上的汗，“我们……”

他们……不对，应该说是谢修弋，对待此事一直都十分谨慎，没有发生过任何差池。

“他们俩还真是好兄弟啊……”孟伊芸观察着她的脸色，突然冷不丁地来了这么一句，“在这件事情上都意外地谨慎……”

女孩子的私密话题还没有说完，两位男士就回到了屋子里，差不多一直到晚上六点左右，柯姣租住的房子里的东西才基本都清空了。

众人回到谢修弋的家后，谢修弋本来想立刻就把芮优和孟伊芸赶回去，开始和柯姣过二人世界，但柯姣实在是于心不忍，硬是顶着他的臭脸，把芮优他们叫到家来，下厨请他们一起吃晚饭。

“太好吃了，我从来没吃过那么好吃的饭菜！”吃了她做的菜，孟伊芸一把鼻涕一把泪地称赞她，“小菠菜，你嫁给我吧，我娶你！我一定好好对你！比 Djay 对你更好！”

柯姣还没来得及回答，就听到身边的谢修弋冷声开口道：“果然要防备你。”

“谢修弋！她只喜欢男人，喜欢我！”芮优挑了挑眉，十分不满，“小菠菜一直被你这么压榨着，你就不怕她哪天受不了了逃走？”

“放心，在你进棺材前不会发生这种事。”谢修弋头也不抬。

眼看芮优又要撩起袖子想掐架，柯姣赶紧在一旁打圆场扯开话题：“老曲，说说你们两个高中时候的事情吧，我想听。”

“啊，我也想听！”孟伊芸立刻放下筷子，举起手。

谢修弋本来听到柯姣那么说，张口欲说句什么，但看她一副很感兴趣的样子，又不忍心打断了。

“你们想了解哪方面的？”芮优一边大口吃肉，一边含糊不清地说，“是想了解学业呢？还是想了解不良记录？还是恋爱史呢？”

“不良记录？”柯姣好奇地问，“什么不良记录？”

“啊，高中的时候，谢修弋一直翘课去天台睡觉，我一直翘课出去玩，都被学校发过白色警告。”芮优打了个响指，“不过后来期末考，他是年级第一，我是第二。”

“其实我比较想听恋爱史的部分。”孟伊芸目光炯炯地看着芮优。

芮优抓了抓脑袋：“小伊芸，你别这么看着我，其实我在国外不是很抢手……而且我不爱和人打交道……”

“那你的初恋是谁？”孟伊芸的眼神如剑，“我记得你说过不是我来着。”

芮优一惊，尴尬地咬着嘴里的半块肉。

“说。”

“是大学时期遇到的一个中国女生……”

“长得好看吗？”

柯姣看着芮优的脸色越来越白，心里替他默默捏了一把汗，想着原来江湖第一暴脾气竟然遇到克星了，真是一物降一物啊。

可就在这时，一直埋头吃饭的谢修弋竟然随口替芮优回答了一句：“不错，黑长发，笑眼。”

芮优的脸色彻底发青了。

“原来是这样呀。”孟伊芸放下了筷子，笑眯眯地看着芮优，“难怪当时你一直没看出来我是女生，原来你喜欢的是那种长发女生啊，不好意思，无论是黑长发还是笑眼，我一样都不符合啊，初恋是不是记忆很深刻呢？有没有想过再续前缘呢？”

“我去厨房把汤端过来。”

眼见餐桌上的气氛开始产生变化，柯姣悄悄擦了擦额头上的汗，弯着腰赶紧撤离餐桌。

这种时候，肯定是三十六计逃为上。

果然，她刚踏进厨房，外面就立刻传来了小两口的大声争执，还有碗筷碰撞的声音。

看来，等会儿得去趟超市买点新的碗筷了……

“你就这样把我撇下不管了？”

柯姣刚关上火，就听见厨房的门被关上，谢修弋一手插在裤袋里，慢慢踱步进来，目光幽幽地看着她。

柯姣说不出辩驳的话，只能咬着唇看着他越走越近。

他走到她面前，抬手摸了摸她的发丝：“他们吵完就会走人，不错，又可以恢复清静了。”

“那个……”她拉拉他的衣角，“你以前，在高中和大学的时候……”

“有没有女生追我？”

“嗯。”

其实虽然孟伊芸的脾气是急了一点，但是她还是很能理解孟伊芸的，对于女孩子来说，男朋友的前女友或者初恋，应该都是会让人心怀芥蒂的。

毕竟，你现在这么喜爱着的人，曾经属于过别人，怎么想，都会觉得有点失落吧。

“有。”他看着她，说出了意料之中的答案，“挺多。”

“那你。”她想到他曾和她说过，他的初恋就是她，“都把她们拒绝了？”

她相信，一定也有不少很优秀又很漂亮的女孩子喜欢他。

“是啊。”他逼近了她一点，“不然呢？”

“不觉得可惜吗？”她有些坏心眼地瞥了他一眼，偷偷微笑着。

可谁知，他却特别认真地回答了她：“不觉得。”

“柯皎，或许这世界上有很多女孩子适合当女朋友，当妻子，我曾经遇见过，现在和今后也可能会遇见。”他轻轻摸了摸她的后颈，“但只有你能给我家的感觉，无可取代。”

“你的家人给了你很多温暖。”他伸出手，拥住了她，渐渐收紧自己的手臂，“我希望你也能把这种幸福分享给我，给我一个家。我很自私吧。”

这一次，他没有喝醉。

柯皎这样清晰地听着他和自己说着这些话，内心觉得很触动，觉得自己的整个心房都被填满，眼睛也越来越酸涩。

上次在她家和她父母一起吃饭，那个场景一定给了他很多情感冲击吧。

他是个从小就缺乏家庭温暖的人，没有母亲的陪伴，没有父亲的关爱。

以她的生长环境，她很难想象他是怎样成长起来的，没有人帮助，没有人鼓励，任何事情都只能靠他自己。

这世界上，没有一个人可以让他依靠。

多么寂寞，连笑，连哭，都没有人知道，就像一个无形的影子。

她的大男孩，真的很孤独啊。

在别人眼中，他是那么的不可一世，可他需要的特别简单，其实只是一个家而已。

“谢修弋。”她伸出手，很用力地回抱住他，“我的爸爸妈妈以后就是你的爸爸妈妈，我就是你的家。”

只要你回过头，就能看到我，我永远在你身后等着你。

“谢修弋。”过了一会儿，柯皎面红耳赤地从自己的衣服里把谢修弋不老实的手拎出来，“你在干什么呢！”

“手不听话，我控制不住。”巨型撒娇鬼睁着眼睛说瞎话。

“谢修弋！”

下一秒，她就看到他抱着她低声笑了起来。笑得唇角上扬，眼睛也笑得弯了起来，一点也不像平时那样冷着一张脸。

她一直都没有对他说过，其实他并不是一个冷血无情的人，她也从他那里，得到了很多很多的温暖。

她也想一辈子保护他的笑容。

柯姣和谢修弋的同居正式拉开帷幕，原本柯姣以为她的生活会发生很大的变化，但是事实上却并没有太多的改变。

早晨起来时，他已经离开了家，等他回来，已经是深夜了。

虽然两个人见面的时间很短暂，而且他回来的时候总是一脸疲惫，但是她还是在心里悄悄地感叹，能够住在一起真的太好了。

她能在他疲惫的时候，给他放好洗澡水，听他说话，给他做饭，真是太好了。

那天下午，她原本在电脑前认真地写新文，家里的门铃却突然响了起来。

“来了来了。”

这个时间点，一般只有芮优和孟伊芸他们会来串门，可当她打开门，却发现门外正站着一位陌生的中年男人。

那位中年男人穿着剪裁得体的西装，头发梳得很整洁，气质也相当好。

“你好。”中年男人在她疑惑的眼神里，已经微笑着率先开口，“这里是谢修弋的家对吗？”

柯姣看着他，一时没有开口，心里在想这人不会是媒体记者之类的人挖到谢修弋家的地址，来探求他的私生活吧？

她正在想着到底该怎么应对对方，却见那男人微微一笑：“你放心，我不是媒体记者，也不是经纪公司的人。我是谢修弋的父亲。”

客厅里的气氛现在有些尴尬。

柯姣去厨房给这位自称是谢修弋父亲的中年男人倒了一杯水，然后就坐在沙发的对面，和他默默地相对着喝茶。

乍看之下，谢修弋的五官的确是和他有些相似，轮廓也很像，所以他应该不是在说谎。

但是，她还是有些震惊，她听说谢修弋的父亲一直居住在M国，怎么会突然就跑来他在T市的家呢？

“你是谢修弋的女朋友？”谢父喝了口茶。

她点了点头。

“你叫什么名字？”

“柯姣。”

“挺特别的。”谢父看了她一眼，“你父母给你取的吗？”

“嗯。”她坦诚回答，“据说在我出生前他们就已经帮我取好这个名字了，还讨论了很久。”

“你和你的父母关系很好？”

柯姣望着谢父深邃的眼睛，没有回避：“是的，非常好，我爸爸妈妈从小就一直给我良好的教育，也一直陪伴我长大，给了我很多温暖。”

这些话是事实，但其实也是她心中一动，特意说给对方听的。

她说完后，虽然心里有点虚，觉得是不是对着长辈这样说太过了，但是她又觉得一点也不后悔。

也许是跟谢修弋在一起久了，她也会因为想要保护他变得这么咄咄逼人……不过，她也不讨厌自己变成这样。

果然，谢父听完她说的话后，深深地审视了她一会儿：“你知道我们家的事情？”

“并不详细，只是知道一个大概。”她说。

“哦。”谢父交叠起双腿，眯了眯眼，“所以，你才对我抱有敌意？”

柯姣咬了咬唇：“不敢。”

谢父沉默片刻，突然笑了起来：“没想到我儿子喜欢的是这种类型的姑娘啊，也还算是意料之中的……怎么说呢，外柔内刚？平时应该都是你在照顾他吧？”

她微微有些红了脸，点点头。

“他是不是很任性？总是一副鼻孔朝天，谁都看不起的样子？脾气又很奇怪？”

“我都好几年没见过他了。”谢父似乎并不需要她的回答，只是自顾自地在说，“他大学毕业回国之后我们就没见过面，他不回 M 国，我来 T 市他也不见我。”

“我这次好不容易才打听到他的住址，想来看看的，他应该是去工作了吧？听说他现在已经出道成为一名歌手了？”

好几年没见过的父子吗？

柯姣看着谢父的脸颊，虽然对方保养得体，依旧充满着中年男人的俊朗，但是毕竟是上了岁数，眼角的斑点和皱纹还是很明显。

所以，他是愧疚，还是思念？他虽然掩盖着脸上的神情，她还是能看到一丝落寞。

这个从小将谢修弋弃之不顾，追求自己幸福的男人，心里对谢修弋究竟抱着怎么样的感情？

就在这个时候，家里的门铃再次响起。

柯姣心里想着这次应该是芮优他们了，一边想着怎样将他们劝回去，一边朝门口走，所以都没有看猫眼，就直接将门打开了。

看到门外站着的人时，她却彻底傻眼了。

“你怎么回来了？”眼前的人，分明是应该凌晨时分才会回家的谢修弋。

“怎么。”谢修弋走进门里，摘下帽子，一手揽住她的腰身，漂亮的眼睛微微眯起，目光略带不满地低声说，“你在家里藏男人了？”

还真是有个男人……

她躲闪着他的目光，拍拍他的手：“家里有人。”

“谁？”

柯姣退开身体，忐忑不安地示意他看沙发上坐着的谢父。

原本谢修弋的表情还算是放松，但当他看到谢父的时候，神色立刻就微微起了变化。

“你爸爸来了一会儿了。”她望着他神色不明的脸色，轻声说。

谢父见他回家，站起身，朝他微微点头：“好久没见了，你还好吗？”

谢父的问话让柯姣听得心里越来越七上八下，他们之间的气氛也让她微微有些害怕。

“我正好来T市出差，就顺道过来看看。”谢父见他不说话，又开口道，“我周五就回M国了。”

谢修弋的目光如灯般忽明忽暗了片刻，然后，在柯姣和谢父都始料未及的情况下，他竟然面无表情地，像看也没有看到谢父一般走过谢父身边，大步进了卧室，反手就重重地关上门。

柯姣完全没有想到谢修弋会是这样的反应，有些手足无措地看着谢父：“叔叔，那个……”

谢父回头看了一眼紧闭着的卧室门，抓了抓头发：“我也差不多想到他会是这样的反应。”

她无话可说。

“我不会生气的，因为我从小没给过他像你父母给你的那样的关爱和温暖，我对他一点也不好，他讨厌我、恨我很正常，现在我再来找他，他也只会更唾弃我、鄙视我罢了。”

说完，谢父走到玄关处，回头看了她一眼，笑了笑说：“小柯，今后就麻烦你一直照顾他了，我儿子像我，不太好伺候。”

谢父突如其来地来访，又毫不留恋地离开，柯姣站在空空荡荡的客厅里，觉得心里莫名有些难受。

她站了一会儿，轻轻打开卧室门，就看见谢修弋正戴着耳机躺在床上，闭着眼睛听音乐。

男人之间的感情本就含蓄，这对父子之间的问题，恐怕也只有他们两个自己才清楚。

“过来。”察觉到她进了屋子，他侧过身，朝她招了招手。

柯姣走过去，立刻被他拉上床，然后被他轻轻地抱在怀里。

他将自己的一只耳机塞在她的耳朵里，靠在她额头边说：“这是今天刚录完的新歌录音样带。”

好听又特别的旋律，端正的字腔，她靠在他暖烘烘的怀里，觉得浑身都很舒服。

心情也好像能够通过耳机传达，她抱住他的腰身：“很好听，特别好听。”

“真的？”

“嗯。”

她能感觉到他的心情似乎稍微有些好转，感觉到他的手在她的背后轻轻打着节奏。

“歌都录完了，专辑已经开始进入制作阶段，估计到夏天的时候，就能够发行了。”他低声说。

“太好了。”她从他的怀里仰起头，笑着看他，“我就说，你是绝对不会违反军令状，会按时完成所有歌曲的创作和演唱的嘛。”

谢修弋看着她的脸颊，过了良久，突然亲了亲她的眼睛，然后，用更低凉的嗓音，像是在告诉自己，又像是在告诉她：“柯姣，不准离开我。”

霸道又强制的语气，却隐隐地透着不安。

她一怔，却已经被他更紧地拥抱住了。

他拥抱的力量令她无法挣脱，她内心有些触动，沉默几秒，也用力地回抱住他：“你放心，我不会离开你的。”

周三的晚上，谢修弋回家的时候突然告诉她，明天晚上会有一个风云榜的颁奖晚宴。

原本他并不应该在晚宴的出席名单上，但是由于《黑白面具》的成绩实在是太出色，他被破格列在了出席名单以及最佳新人男歌手的候选人名单上，连推辞也不能。

柯姣当然很为他高兴，要知道，风云榜是一年一度的音乐界盛会，云集了众多当红歌手和演员，如果能获奖，那是至高无上的荣誉。

“曾倩有工作证，她会把你安排在视角最好的贵宾席。”

在洗漱间刷牙时，他突然含糊不清却很严肃地告诉她：“你一定要来。”

无论他是否能够得奖，他总希望她能在离他最近的地方看着他。

柯姣察觉到他佯装凶恶的表情下的小心思，她心里既感动又好笑，突然心生欺负他的念头，面露为难：“不过我明天晚上有可能有事，要在家赶稿，因为后天就是杂志短篇的截稿日了。”

果然，话音刚落，谢修弋立刻就扔了牙刷，把她整个人拖过来，用力捏了捏她的脸，嘴里满是牙膏泡沫威胁道：“你来不来？”

她不说话，在他的怀里直笑。

“柯姣，你现在长本事了啊……”谢修弋非常不满，顶着满嘴的泡沫朝她的脸上、脖子上胡乱地蹭着，“嗯？”

她最是怕痒，被他这么对待又笑又躲。

“那个……”她的脑中一闪而过想到了什么，脱口而出道，“我可以带其他人一起来看你吗？”

谢修弋的手已经不规矩了起来，呼吸略微重地“嗯”了一声，他不耐地回答：“你要带芮优和孟伊芸？可以，告诉曾倩一声就好……”

“真的吗？”她的眼睛亮亮的，和他再三确认。

“嗯。”

“忘了说。”他吐了嘴里的泡沫，漂亮的脸颊上带着淡淡的笑意，“参加宴会的嘉宾都会在大剧院旁的酒店住一晚，你和我一起。”

第二十二章　双瑞莲

颁奖晚会在当晚的七点整在大剧院准时开始。

前一个小时是嘉宾的走红毯时间，所以柯姣和曾倩约好的时间是晚上八点。

柯姣从衣柜里翻出了压箱底的黑色小礼服裙，还认认真真地化了个妆，出门前她对着镜子左看右看，实在是有点不好意思。

大冬天的，她穿得这么少，外面套一件厚外套也会觉得冷，而且关键是，在会场内还不能穿外套，她这样露着个肩膀，会不会感冒？她还真是很少化那么浓的妆，总觉得不太自在……

都怪谢修弋，那天晚上说今天要一起在酒店住宿，让她现在还没出门就变得特别紧张……

不过，这份紧张在她看到隔壁的芮优和孟伊芸之后，就彻底烟消云散了。

“喂，小菠菜，你不要笑啊！”

只见孟伊芸穿着紫色的礼服裙，一边拼命把胸前的裙子往上提，一边面红耳赤地指着柯姣：“我知道我很少这样装扮，我也不想这样的啊！但芮优那白痴不肯让我穿西装，非要让我穿裙子！”

“你是女的，当然得穿裙子而不是西服。”身穿黑色西装的芮优锁上门，回过头，俊脸上满是理所当然，“你这身材不露出来太可惜。”

孟伊芸被说得脸一红，一巴掌就拍上芮优的手臂。

“怎么？欣赏自己女朋友都不行啊？”

柯姣从下楼开始到上车就一直在欣赏着这对俊男美女的激烈交锋，只觉得无比赏心悦目，一时之间都忘了紧张。

等来到布置精美的大剧院内场，之前还一直在斗嘴的小两口却一下子就闭上了嘴，瞪大着眼睛开始观赏着四周来来往往的艺人。

柯姣对这些艺人不是很感兴趣，好不容易抓到了像只老鼠似的全场窜的曾倩，赶紧和她咬耳朵：“我之前叫你帮我多留一个位子的，你留了吧？”

“没问题没问题，我办事你还不放心？”曾倩的眼珠子滴溜溜地转，“话说，你到底要留位子给谁啊？谢修弋的朋友不就来了两个吗？”

“那个。”她咳嗽了一声，“你不要和谢修弋说啊，我把他爸爸叫来了。”

“啊？”曾倩愣住了，“他爸爸？就是在M国的那个？”

“嗯。”柯姣点头，“他们关系不是很好，我也不是想让他们和解，就是想让他爸爸来看看，他爸爸明天就要回M国了。”

曾倩一听她这么说，瞬间就领悟了其中的深意，拍拍她的肩膀：“小菠菜，你真的是最佳女友。”

柯姣无奈地抚了抚额，从曾倩手里拿来了工作证：“你去忙吧，我等会儿把他爸爸带进会场。”

“好的，我会保密的。”曾倩给了她一个飞吻，要走之前，又回过身贼兮兮地摸了一把她的锁骨，“你今天太美了。”

柯姣眼看所有艺人都走完了红毯，她坐在位子上，找了好一会儿，才找到坐在前几排的谢修弋。

他今天身穿灰色西装，从她的视角看过去，能看到他俊逸的侧面，还有始终不苟言笑的神色，而在剧院灯光的映射下，却英俊得根本让人移不开眼。在场的许多女艺人的眼睛也都在往他身上瞟，从她坐下来开始，她就已经看到不少于三个女艺人走过去和他搭讪了。

“啧啧啧……老谢这块小鲜肉可真香啊……”一旁的芮优不怀好意地看着她。

柯姣刚被芮优调侃得心里不舒服，放在包里的手机就响了起来，她摸出来一看，发现是谢修弋发来的短信。

【谢修弋：在哪。】

她咬了咬唇回复。

【柯姣：在你左后方。】

她发完后过了没几秒，就看见之前还目空一切的人，微微朝左后方侧过了身，朝她的方向看了过来。

他的视线直直对着自己，像是真的看到了自己一样，看了没几秒，再次面无表情地侧过了头去。

这么远的距离，他应该看不到她吧？看他的神色也不像是看到她了。

她刚这么想，手机上的短信又跳了出来。

【谢修弋：黑色裙子，头发盘起来了。】

他真的看到她了？

她还没回复，他又追加了一条。

【谢修弋：把外套穿上，等会儿进房间给我看就好。】

柯姣赤红着脸默默地穿上了外套，愤怒地将手机收了起来。

颁奖晚会正式开场，随着主持人宣布前面几个奖项的颁奖嘉宾以及候选人，柯姣一直在静静等待着电话。

来之前她就从曾倩那里拿到了节目单，所以她知道谢修弋会在什么时候上场，因此她在心里默默计算着时间。

晚宴开始后过了半个小时，谢父的电话才打来。

“喂，叔叔你好。”她接起电话，弯着腰从侧门离开大剧院，“你在哪个门？我过来接你。”

谢父等在D门，柯姣看到他后立刻朝他招了招手，示意他跟着自己走。

“今天谢谢你了。”谢父走在她身后，这时开口道，“还能带我进入这样的会场。”

“没关系。”她回过头，“我认为你应该会想来看。”

谢父听完她的话，微微一怔，然后轻轻眯了眯眼，跟着她入座。

芮优就是那个向谢父供出谢修弋住所的人，也是给柯姣提供谢父联系方式的人，所以他立刻和谢父打了声招呼。

谢父也认得这个和儿子结交至深的朋友，朝芮优点了点头。

柯姣觉得芮优想得应该和自己一样。他们都是为谢修弋考虑的人，即便明知会惹怒谢修弋，但还是做出这样的决定。

晚会进展到一半时，主持人开始宣布最佳新人奖的颁奖嘉宾。

出乎柯姣意料的是，颁发这个奖项的嘉宾，竟然是一位非常重量级并已经隐退的人——演艺行业的传奇Tay。

这个人是她年幼时最喜欢的偶像，也是谢修弋唯一崇拜的艺人。

Tay登台后，全场立刻响起热烈的掌声，作为乐坛曾经的神话，他的歌曲影响了千千万万的人，这股热潮甚至至今都没有衰退。

这就是真正会玩音乐的人，也是谢修弋最想成为的人。

她的目光下意识地朝谢修弋看去，她发现他的坐姿从原本慵懒地靠着座椅上慢慢坐直了。

“下面，由我来宣布这一届最佳新人歌手奖项的候选人。”

Tay握着卡片，“请看大屏幕。”

等大屏幕播放完候选人的作品和人像，柯姣立刻屏住了呼吸。

在全场瞩目中，Tay淡定地打开了第二个信封，看了一眼，嘴角微微勾起，还给大家留了个悬念："这个名字啊，我也觉得他实至名归。"

"好紧张，到底会不会是 Djay 啊……"只听孟伊芸在一旁绷着声音小声说。

柯姣也很紧张，紧张得连心脏都要跳出来，她从未如此在意过一件事。

她知道他为了他的世界，付出了多少努力；她知道他有多喜欢音乐，多想做好音乐；她也知道他是个多么有天赋的人，多么骄傲的"战士"。

虽然这样说很自私，很没有根据，可是在她眼里，没有人能比得过他，她希望所有人都能够肯定他的出色。

"那么，获得这一届最佳新人歌手奖的歌手是——"Tay 终于开口，一字一句地念出了卡片上的名字，"《黑白面具》这首惊人之作的唱作人谢修弋，恭喜你！"

柯姣的心脏就像瞬间砸在了地上，捂住了自己的胸口，开心得鼻子都一瞬间开始发酸。

在全场的热烈掌声和隆重的背景音乐中，谢修弋从座椅上起身，一步一步走向舞台。

"天啊，他真的好棒啊！"芮优和孟伊芸鼓掌鼓得手都快肿了，开心得恨不得从椅子上跳起来。

柯姣何尝不是心潮澎湃，她偷偷看了一眼坐在她身边的谢父，发现谢父深沉的神情里也有淡淡的光彩，虽然不表露，但是却真实地存在着。

等谢修弋上了台，Tay 接过礼仪小姐手中的奖杯，亲手递给谢修弋，柯姣看到谢修弋此时难得露出了淡淡的笑容，和 Tay 用力握了握手，两人寒暄过后，Tay 竟然还靠在他耳边和他低声说了几句话。

Tay 说完后，她发现谢修弋的笑容变得更深了。

"谢修弋，来吧，作为乐坛目前最被期待的新人，请发表你的获奖感言。"主持人这时笑吟吟地将话筒递给他。

全场顿时安静下来，所有人都很期待这位明日之星的获奖感言。

谢修弋沉默了一会儿，抬手举了举奖杯，只说了两个字："谢谢。"

“啊？”主持人傻眼了，“就……就这样？”

全场的人也都愣住了，可谢修弋却轻轻勾了勾嘴角，将话筒递还给主持人：“足够了。”

在所有人都感叹谢修弋真是当之无愧、名副其实的高冷奇葩音乐人后，站在一旁的 Tay 却接过了话筒，似笑非笑地看着谢修弋说：“我更看好你了。”

主持人见“乐坛神话”开口，连忙追问：“Tay 你为什么这么说？”

“因为他知道，有些话，不需要拿来对着所有人说，只需要对着想要说的人说就足够了。”Tay 的脸上是岁月沉淀下来的老辣，“我说得没错吧？”

谢修弋望着自己的偶像，难得给了面子，微微颔首。

以最年轻的资历，拿到了这个奖项，无论对于谢修弋本人，还是对于乐坛来说，都是多年难遇的奇迹，今夜，他是所有人眼中最闪耀的星辰和王者，前途无量。

多么有趣独特的风格，可这就是她爱的人啊，她最爱的人。

随着下一个奖项的宣布，谢修弋从舞台侧方慢慢走回自己的座位，所有人的目光都已经聚焦在了新的候选人身上，可柯姣的眼睛却一直紧紧盯着他的身影。

果然，谢修弋走到自己的座位上时，并没有马上坐下，而是回过头，看向了她的方向。

不知有多少人看到，但是她却看得比谁都清晰——那个手里拿着奖杯的、从来都高傲无比的人，就这样无比随意地朝她举了举手里的奖杯，然后，竟然低头吻了吻自己的手背，再微微抬向她，俊脸上含着一抹最真诚的笑。

她微微一怔，脸颊却已经开始发烫，眼眶也有些发热。

他一定是在她不知道的时候，仔仔细细地看过了她写的《回到过去》，不仅是广播剧剧本，还有实体书。

书中的男主角是演艺行业的天王，在电影节上获得最佳男主角奖后，就是这样对着自己的爱人，做了这样一个动作。

所有的荣誉都属于你，我最爱的人。

在柯姣被谢修弋难得的浪漫感动得一塌糊涂的时候，一旁的芮优和孟伊芸都开始低声发出“啧啧啧”的感叹声和笑声。

柯姣被他俩的反应弄得有些不好意思，只好收回视线，佯装镇定地摸了摸自己的耳垂。

而她没有注意到的是，她身旁的谢父，也更意味深长地看了她一眼。

颁奖晚宴在十点多的时候圆满结束，芮优和孟伊芸小两口说要去江边散步，早早就撤了，而谢修弋早已给柯姣发了酒店房间的号码，说是不参加庆功宴，直接在房间里等她。

她脸热热地将手机收起来，先送谢父出会场。

“谢谢。”谢父走出会场时，在路灯下再次向她道谢。

柯姣看着气度非凡的谢父屡次向自己道谢，心里顿时有一种说不出的感觉。

“我是明天中午的飞机。”谢父朝她颔首，“有机会的话，希望我们以后还能见面。

“说来也是惭愧，我都不知道我这辈子还会不会再见到我儿子。”转身前，谢父像是在自嘲般说了这么一句。

“叔叔。”柯姣连忙叫住他，“虽然我是外人，但是我并不觉得你和谢修弋之间的关系已经无药可救了。”

谢父的脚步顿了顿，回过头，朝她露出了一个算得上是亲切的笑容：“我们以后就是一家人了。”

柯姣一怔，脸颊有些泛红地“嗯”了一声。

“你们办婚礼的话，记得瞒着他偷偷请我来啊。”谢父朝她摆了摆手，朝停车场的方向远去。

目送谢父上了车，柯姣的心里暖暖的又涩涩的。

她刚抬步朝酒店的方向走去，包里的手机铃声就打破了寂静的夜晚。

她接起一听，那头立刻传来谢修弋不满的嗓音：“这么慢。”

“等等。”她红着脸小跑几步，对着手机说，“我马上就上来了。”

“等你。”

柯姣静静地听着他说话，总觉得他的语气好像有点奇怪："谢修弋，你是不是喝酒了？"

过了两秒，那头竟然传来他慵懒的肯定回答："嗯，叫曾倩买来的，很好的酒。"

他这么不胜酒力的人，竟然会主动想要喝酒，看来今天晚上他是真的很高兴啊。

柯姣怕他喝了酒之后东倒西歪，加快了步伐："你少喝点，我马上就来。"

她挂下电话，三步并作两步冲进大剧院旁的酒店。

她一路直奔电梯，可意外的是，她竟然在电梯附近，看到了曾倩和一个和她有过一面之缘的人——时新。

他是当时在谢修弋的经纪公司，因为不满公司对谢修弋的重点栽培，而和谢修弋还有曾倩盛气凌人地对峙的那个歌手。

"当时你们告诉我，给了我和谢修弋同样的资源，很不好意思，现在我还真是不太明白'同样'这个词的含义了。"

只见时新一手拿着烟，满脸的怒意："我出道一年，你们才开始策划我的新专辑，谢修弋出道两个月，你们已经开始做他的个人专辑了。我进入公司后从来没有拿到过演唱电影主题曲的机会，谢修弋刚签约就因为一首电影主题曲一夜成名，现在他拿到了最佳新人奖，我算是什么？炮灰？他的垫脚石？"

曾倩一头乱发，看上去很焦虑和不耐烦："因为这件事你跟我吵过多少次了？我说过，你们都是我带的艺人，我不想拿你们做比较，我只能告诉你，谢修弋绝对不比你在音乐上花的力气少。"

柯姣这时看着他们，想了想，还是走上前去，拍了拍曾倩的肩膀。

"哎？"曾倩回头看到是她，勉强笑了笑，"来找谢……"

曾倩刚说了一个姓，立刻想到身后还有时新，赶忙改口："你怎么来了？"

"你无端被人堵得慌，我看不下去了。"柯姣对时新的印象实在是不太好。

时新看了她一会儿，大概是想起了她："你就是上次那个帮谢修弋说话的女人？怎么？你是他的床伴？"

他粗鄙的用语听得柯姣和曾倩都眉头一皱，曾倩刚想替柯姣骂他，就被柯姣挡在了身后。

“谢修弋不像有些所谓的音乐人，顶着做音乐的名号四处寻乐，他有那些时间全都拿去做音乐了，所有人都知道他获奖是实至名归。”

眼看着时新的脸色越来越难看，她抬手按了电梯的上行键：“还有，你难道不知道吗？他唱《黑白面具》的主题曲，是导演和制片人找上他的。真正有才华的人，所有人都会慷慨地对他伸出橄榄枝，机会也都是自己送上门的。”

说完这些，她没再多言，迅速大步踏入打开的电梯门。

柯姣感觉自己仿佛替曾倩出了一口恶气，她摸了摸自己的胸口，有点被自己现在越来越猖狂的说话方式给震惊到了……

肯定是因为近墨者黑，她天天和谢修弋厮混在一起，还真是把他那套盛气凌人和趾高气扬的气势学得惟妙惟肖。

她走出电梯，来到谢修弋给她的房间号门口，轻轻抬手按了门铃，咬着唇，紧了紧自己的外套。

怎么办，她已经开始有些手足无措了。

没过几秒，门就从里面被打开了，她甚至连谢修弋的脸都没看清楚，就被一只大手给拖进了房间。

“嗯……”

连话都还没说出口，她就被谢修弋狠狠地摁在了门背后，来了一个漫长的、充满着酒香气的吻。

柯姣被亲得连耳根和脚跟都发软了，整个人无力地靠在门背后，好不容易才和他拉出一点距离：“你……”

“我怎么？”

谢修弋身上只穿了一件白衬衣，领口还解开了两个扣子，一双眸子亮得比舞台的灯光都亮，直接又炙热地看着她。

她被看得浑身发热，只能别过头去：“你不是好人。”

“哦？”

为了扯开话题，她就简略地把刚刚在楼下发生的事情告诉了谢修弋，说完，她重重地叹了口气："你看，我都被你带坏成这样了，我以前脾气可好了……"

谢修弋听到时新的名字后，眼睛里微微闪过一丝异样，不过这股异样却没有停留太久，他这时低笑一声，用下巴蹭了蹭她的脸颊："是吗？有多好？"

柯姣被他的笑声撩拨得心弦微颤，连话都说不出口了。

他见她一副羞怯的模样，将她整个人抱了起来，走到了落地大窗旁。

"你看。"将她放下地后，他从背后拥住她，示意她看落地窗外的T市夜景，"如果将整个城市比作乐坛，那么这个城市今后就是我的。"

他的语气淡定却傲然，仿佛他真的是整个城市的主宰，说得她内心已经隐约开始沸腾。

这个男人不动声色，浑身上下却都是风情和迷人。

因为背对着他，她看不见他脸上此时的表情，只能感觉到他灼热的呼吸喷在自己的脸颊旁。

他在她面前总是毫无保留，就像此刻，他会这样丝毫不避讳地说出他的野心。

"我相信事实一定会是如此。"她这样回答他。

谢修弋听了她一本正经的回答，又笑了起来："要不要给你举一块牌子挂在脖子上，上面写着'我老公世界第一好'？"

柯姣被他调笑得恨不得立刻挖个洞钻到地底，有些微恼地用手拍了拍他的手臂。

"谢修弋……"

两个人这么静静相拥着，她突然忍不住说："我发现你醉酒之后会比平时神情丰富很多……"

不过，他的笑容真是让她看一眼就觉得心脏怦怦乱跳，却又甘愿这么为他沉迷。

"不喜欢？"他咬住她的耳朵。

柯姣红着脸摇了摇头，突然想到了什么："对了，今天晚上Tay在台上和你悄悄说了什么？"

她可没有忘记，他听了 Tay 的话之后笑得更开心了。

“啊。”谢修弋这时淡淡地应了一声，略微松开她，让她转过身看着自己，“他对我说，你现在一定有个很爱的女人吧？我在事业最如日中天的时候，也露出过像你现在这样的表情。”

因为有这样一个人在你身边，所以你才会拥有比别人多几倍的力量和决心去做你最热爱的音乐。

他何其有幸。

“柯姣，我很高兴。”他摸摸她的头发，“我最崇拜的人肯定我的音乐和我选中的伴侣，我在走他曾经走过的路。”

今夜，他难得褪去了平日里所有冷漠的盔甲，对她露出了最柔软的心绪和情感。

柯姣在这一刻，深深地感觉到自己的内心像是被什么用力地敲打了一下。

她觉得，今天晚上，自己像是重新爱上了这个男人，爱上了这个只会在她面前暴露所有怪诞、可爱和纯粹的大男孩。

她一定会一直看着他，给予她能奉献的所有热忱和温暖，陪着他越走越高，站到顶峰。

“再次爱上我了？”谢修弋像是能听得到她内心的声音，这时不怀好意地凑近她。

柯姣被戳中心思，害羞地想从他的怀里挣脱出来。

他摸了摸下巴，俊眸微眯：“准备好了吗？”

他将她搂在自己身上，热乎乎地在她耳边问。

“准备好了什么？”她不断喘息着，有些茫然。

谢修弋沉默两秒，靠在她耳边说了一句话。

柯姣本来就脸颊绯红，此时脸颊红得都快炸开了，瞪大着眼睛看着他。

她看着他一副淡定自若的样子，总觉得他今晚绝对是有备而来……

谢修弋没有给她机会多想，他低头咬着她的锁骨，含糊不清地说：“尿布钱我会努力挣的。”

第二十三章　天门谣

谢修弋吃饱喝足，酒也醒了大半，此时抬手关上了床头灯，大手一捞，让她靠在自己身边，亲了亲她的额角："去洗澡？"

柯姣此时红着脸，缩成一团，连话也不想说。

他在浴缸里放了水，抱着她一起躺在舒适的浴缸里，她背靠着他，眼睛转着转着，很自然地就落到了自己平坦的小腹上。

谢修弋像是完全掌握着她的心理活动，此时竟然悄悄地将手放在了她的小腹上轻轻摸了摸。

安静的环境里，她看不到他的表情，只觉得心里一紧，又很暖。

"谢修弋，你难道……不觉得现在太早吗？"

上次孟伊芸问她谢修弋有没有向她求婚的时候，她还以为谢修弋并未将这些事提上日程，却不知他早已比谁都严肃认真地在考虑这件事情。

"你现在刚拿到新人奖，第一张专辑马上就要发行了，正是事业黄金期的起步阶段，如果现在……"

许许多多的艺人为了打拼个人事业，极少顾及儿女情长，也对绯闻避之不及，生怕自己在粉丝心中的形象被破坏，人气一落千丈，而且艺人的个人生活，一般要在经纪公司的严格控制之下。

"如果现在我就和你结了婚，有了孩子，我们就成了你的累赘。"

他打断她的话："我就知道你会这么说。"

柯姣讪讪地摸了摸鼻子，忍不住回过头看他。

"对于我来说，没有什么比现在就拥有你和孩子更幸福的事情。"他专注地看着她，"至于其他的……天王？偶像？其他人怎么想我的与我何干？经纪公司也根本捆绑不住我。"

"柯姣，我只想做一个好的音乐人，好丈夫和好爸爸。"

她认真地听完他说的话，沉默一会儿，声音低低地说："我知道了。"

"你知道什么了？"他挑了挑眉。

"我……我会做好准备的。"她轻轻握住了他放在她小腹上的手，抛下了所有的害羞，"我也会做一个……好太太和好妈妈。"

"嗯。"他抬手摸了摸她的耳垂，戏谑地勾了勾嘴角，"我认为，过段时间你差不多就能去医院做检查了。"

柯姣恼怒地瞪了他一下，却被他视作暧昧的信号，她还未来得及逃开，就再次被他一低头吻住了嘴唇。

第二天天亮，他就准备起床洗漱去工作室工作了。

柯姣此时侧躺在床上看着他在浴室洗漱、换衣的身影，反而越看越清醒了。

"再看我就不去上班了。"他用修长的手指扣扣子，侧头看了她一眼。

她一怔，哪里还能再看他，红着脸气鼓鼓地转过脸去装睡。

谢修弋看着床上那团包着被子的团子，嘴角一直含着一丝浅浅的笑意，等到要出门之前，他走到床边隔着被子抱了抱她，低声说："我走了。"

"别回来了。"她的声音闷闷地从被子里传来。

"真的？"

柯姣没说话。

"我会早点回来的。"他低下头亲她露出来的耳朵。

谢修弋今天有点不同寻常的肉麻，她在被子里被他的动作搅得心脏怦怦直跳，想了想，还是探出头去叫住他。

"怎么了？"谢修弋已经走到了门口，"不舒服？"

"不是。"她这时掀开被子，下定决心，"你爸爸今天就要回 M 国了。"

果不其然，此话一出，他立即就沉默了下来。

"我知道，这么多年你对他的看法很复杂，我也知道我不是你，没法切身体会这种心情，但是……你都说了，以后我就是你的家人了，所以我现在说话也不怕你生气。"

她抱着被子，一字一句地说："昨天我邀请他来看了你的颁奖晚宴，他很高兴。我看到他露出了很欣慰的笑容，是真心的笑容，你不在他身边，他没有必要逢场作戏。或许他以前做错过很多事情，但是他毕竟是你的父亲，你以后自己也会做一个父亲，人都应该有被原谅的机会，一辈子太短，错过就真的是错过了。"

她一口气说了那么多话，无比紧张地看着他脸上的表情，却发现他的神色里没有任何的喜怒。

他究竟会不会给他的父亲一次机会？

这世界上，唯双亲是唯一的，永远不能被推翻。

她希望他能懂她心中所想。

过了良久，谢修弋突然走过来，伸出手，无比用力地像是要把她揉进骨头里一般地抱了抱她。

"笨蛋。"

在工作室工作了一上午，谢修弋长吁一口气，和Jim他们打了一声招呼，摘下耳机，走到工作室外去透气。

他站在窗户边静静地看了一会儿楼下的车水马龙，神色终于微微起了变化，拿出手机，拨了一个号码。

电话响了一会儿才被接起，电话那头传来了一声中年男人的应答声，背景音里还有机场的航班播报声。

他的目光轻轻闪烁片刻："是我。"

那头的谢父听到他的声音后，彻彻底底愣住了，半天都没说出话来。

"修弋？你怎么打电话来了？"一向从容不迫的中年男人，这个时候却仿佛彻底乱了手脚，连声音都有些磕巴，思绪也彻底乱了，"你，你是不是在工作？很忙？"

"还好。"他简略回答。

两个人一时又陷入沉默，谢父好不容易才缓过神来，声音里是根本掩饰不住的开心："昨天晚上啊，小柯叫我来看你的颁奖晚宴，恭喜你获奖，那首歌我也听了，真的很好听，以前我看你玩音乐，还以为你是在瞎闹，没想到现在真的是当成事业来做，还做得那么好，真棒啊，一点也不像我五音不全。"

他说了很多的话，带着长辈的啰唆，又很真挚，谢修弋不禁回想起小时候的时光。

他也不是完全没有感受过父爱，曾经谢父不忙碌的时候，也陪伴过他玩电玩，也去学校看过他打球，后来父母离异，谢父还在法庭上强烈要求他跟着自己。

既然他是谢父的儿子，骨子里的内敛应该都是随谢父的，将心比心，或许谢父也在他看不见的地方，一直用认真的目光看着他，可一直到认识柯姣之前，他都对谢父避而不及，永远留给对方一个背影。

但是因为有了她，他才觉得，或许他已经慢慢不再需要对这个世界那么戒备，不用对自己的父亲那么疏离。

因为她给他的温暖，他才愿意渐渐打开心房，相信他曾嗤之以鼻的东西。

不知不觉，这个电话打得他手上的手机都发烫了，大多数时候他都在听，偶尔谢父发问，他也会简略地给出回应，哪怕是几个字，他也能感觉到谢父的喜悦。

那么多年没有过交流的父子，在这个时候，并没有显得多么陌生。

"啊。"这时，他突然听到谢父发出一声叹息，难掩遗憾地说，"我要登机了。"

"嗯。"他应了一声，"我也继续去工作了。"

差不多是该挂下电话的时候了，可谢父却根本不想挂，依旧在电话那边重复地说些他之前已经听过的话。

"你去登机吧，误机就不好了。"

他的一只手握住了门把手，声音虽然低冷，顿了顿又说："柯姣说，之后你再来 T 市出差，她下厨做菜给你吃。"

谢父愣了愣，过了一会儿，笑了起来，可笑容里仿佛有一些哽咽："好好，我一定会来的，一定。"

“再见。”他说。

“修弋啊。”谢父的声音微微有些发颤，“谢谢你，还有……帮我谢谢小柯，虽然和她接触时间很短暂，但是我已经明白为什么你会选择她，你找到了那么好的小姑娘，我真的很为你高兴。

“我啊，一直是个很自私的人，也是个非常糟糕的丈夫和父亲，想找真正的伴侣，不想委屈自己，哪怕离婚也要去追求，却没有想到这会给我的孩子造成伤害。”

谢父沉默几秒，无比认真地告诉他：“不过啊，真是太好了，我的儿子比我幸运多了，也比我负责多了。”

谢修弋收起电话，站在门边，静静地想着刚才的那个电话。

在遇到柯姣之前，他从未想过，自己这辈子竟然还有一天会主动拿起电话，打给那个他抱有复杂感情的父亲。

就像谢父说的，他真的很幸运，找到了一个他愿意用所有去换去珍惜的女孩子。

真想快点回家啊。

从前，他只喜欢一个人待在自己的房间里，或者在外忙碌，不愿回家。可是现在，每天他都想早点回家，早点看到她。

他打开工作室的门，刚想去问 Jim 下午的工作安排，却见 Jim 和其他几个工作人员都聚精会神地看着电脑屏幕。

“怎么了？”他反手关上门。

所有人这时都回头看着他，Jim 更是一脸凝重：“你过来看新闻。”

他走到电脑屏幕前，便看到娱乐新闻上，正显现着一组图文。

今晨，据业内人士爆料，昨晚刚在风云榜颁奖盛宴上获得最佳新人奖的人气新人男歌手谢修弋，和网络古风男歌手 Djay 可能为同一人。

经过技术分析后发现两人声线极其相似，性格特征也如出一辙，如果不是同一人，那么谢修弋极有可能是找 Djay 为自己代唱。作为乐坛目前风头最盛的新人，谢修弋的唱功一直为人惊叹，而这一爆料并非空穴来风，无疑是一颗重磅炸弹。而且谢修弋早已金屋藏娇，有一位已经处于同居阶段的女友……

谢修弋一动不动地看着这则消息，看着他的照片，还有记者偷拍到的柯姣的背影的照片，目光愈来愈沉。

他已经猜到这位爆料的业内人士是谁了。

当昨晚柯姣告诉他时新在电梯前和曾倩表达自己强烈不满的时候，他心里隐隐约约就觉得这位从他出道后风头就被他压制着，已经忍到极限的素质不佳的歌手，可能已经想要采取旁门左道的方法来扳倒他了。

毕竟，他今年很快就要发行个人专辑了，一旦发行，谁都再也无法阻挡他势如破竹的发展势头了，时新只有选在这个时机孤注一掷，才可能对他的发展造成影响。

果然，今天就出了这样的新闻。

Jim 和工作人员也都看到了他的脸色，Jim 沉吟片刻，此时说道："你现在打算怎么办？"

谢修弋淡然地拿起手机，看了一眼已经打来电话的曾倩的号码："回公司。"

等他驾车回到公司，只见公司的正门前已经围满了记者，他将车子驶入地下车库，从车库的电梯直达会议室。

他一走进会议室，就见公关团队、老板、曾倩和时新全都在场。

谢修弋落座后，众人皆沉默不语，老板托着下巴，目光锐利地看着神色始终平静的谢修弋："你有什么想说的吗？"

谢修弋耸了耸肩，看了一眼坐在他对面一副难掩落井下石的快感的时新，淡然回答："没有。"

"你的网络古风歌手身份，签约之前我们的确都是知道的。"老板的目光此时微微闪烁，"但是因为惜才，我们没有禁止你继续使用 Djay 这个身份，不过我们一直都很小心地保护着这个秘密，毕竟，现实和网络的重叠，难免落人口舌，你会被指责爱财想红等。”

“老板，我认为，如果始终是网络歌手的身份，从网络到现实发展线下活动实在是很正常，也不会引人反感，但是最开始是网络歌手，却突然直接以另一个身份在现实中出道，那不就是在欺瞒大众了吗？”没等老板说话，时新突然玩世不恭地说了这么一段话，“哪怕他在现实和网络上的人气都很高，粉丝也会出现抵触心理。”

谢修弋抬头看了一眼时新，没说话，而曾倩则是恨不得直接一掌拍上这张小人得志的脸。

“嗯。”老板沉吟片刻，看样子认同时新说的话，“还有，谢修弋，那个被拍到的女孩子，真的是你的女朋友？”

谢修弋眼皮也不抬：“嗯。”

“从个人的角度，我完全不反对你恋爱或者结婚，但是从你的发展来说，公司难免需要考虑这会不会影响你的人气，毕竟，一个单身的新人男歌手，肯定会比一个已婚的新人男歌手要抓人眼球。”

办公室里的所有人都在沉默，公关团队也在紧急地查看着网络上现在的情况，曾倩更是焦头烂额，一边恨得牙痒痒，一边又无可奈何。

而就在这个时候，一直极端镇定的谢修弋却突然再次开口了：“这件事其实很好解决。”

在所有人讶异的目光和时新不可置信的眼光里，他目光锐利地说：“我会对所有人承认事实，并放弃其中一个身份。”

老板一怔，目光却意味深长起来，其他人也似乎领悟了他的意思。

“另外，我的原则不会退让，我要保护我的未婚妻和家庭，避免对她们造成的影响。”

柯姣中午从酒店醒来之后，洗了澡，吃了点东西，便回到了家里。

她原本想打开电脑看一会儿电影等晚点做饭的，可目光一低，却发现视频广告上打出的一条今日娱乐新闻。

看完了整条新闻，她整个人从头到脚都凉了。

谢修弋的另一个身份 Djay，竟然被曝光了……她也被曝光了……

她从未感到如此惊慌，腾地一下从椅子上站了起来，脑中一片空白，不知道自己下一步应该做什么。

谢修弋现在应该也已经知道这件事了，可能已经回公司和公关团队开会制定应对媒体的方案了。公司会雪藏他吗？到底是谁曝光的？是时新吗？他马上要发行专辑了，专辑还能如期上市吗？

就算她这个圈外人也知道这是一件对他很不利的事情，她真的很担心他所有的努力都会付诸东流。

还有，她会不会真的成为他的累赘？

太多太多的念头，全部都在她的脑中疯狂地转着。

一直关注谢修弋消息的柯父、柯母也立即打来了电话，很担心地向她询问，可没有从谢修弋那边获得任何消息的柯姣没办法给他们答案。

柯姣实在是没有办法在家里这样苦苦等待着，她理了理乱发，想去隔壁找芮优和孟伊芸商量一下，可敲了门，却发现他们两个根本不在家。

而微信群里，知道内情的岱华等人也都焦急地询问着她，她无法回应，只觉更加沮丧。

柯姣没有任何能够商量的人，她慢慢地走回家，一个人坐在沙发上，觉得心里很难过。

早晨，她还能那样轻松地触碰他的眉眼，她还能看到他淡淡的笑容，听到他戏谑的调侃，被他有力的双臂拥抱，觉得自己是全世界最幸福的人。

现在，她被曝光是他的女友，接下去或许会被越挖越深，被挖出她是作家，个人生活也可能会被彻底影响，她或许再也没法自由轻松地写作。

可是，比起这些，她更害怕他会失去他最爱的音乐。

或许爱一个人到极致就是这样，无论自己的处境有多困难，却永远觉得对方所失去的才是最可怕的。

她一个人木然地从下午一直呆坐到晚上，连双腿都发麻了，这时突然听到了家里的开门声。

她一下子从沙发上跳起来，三步并作两步朝门口跑去，几乎是冲进了谢修弋怀里。

谢修弋一手抱住她，一手关上门，还得了空调侃她："今天是怎么了，这么主动地投怀送抱？"

柯姣听到他的语气还是那么轻松，从他的怀里抬起头看他，声音都是紧绷的："你回来的时候有没有被围堵？家里的地址有没有被曝光？你老板他们怎么说？"

柯姣发出一连串的问话，却发现他的神色始终都很镇定。

"让我先喝口水。"谢修弋拥着她走进厨房，倒了杯水，看了看空空如也的料理台，"没有晚饭？"

"我没做……"她抓着他的衣角，"我快担心死了，哪还有心情做晚饭啊？"

倒是他，发生了这种大事，还是这样一副没事人的样子。

"我很饿。"他喝完水，眨眨眼睛，"你不给我吃饭，我哪有力气和你说事情。"

柯姣听了他的话一愣，手足无措地望着他。

谢修弋本想继续逗逗她，可看她实在是惊慌无措，叹了口气，将她带到沙发上坐下，打开了电视机。

"答案都在电视机里。"他如是说。

柯姣疑惑地看向电视机，却发现电视机上正在播放他接受采访的画面。

"谢修弋，听说今日你被曝出和网络古风歌手 Djay 实为同一人，还传出你已经有订婚的女友！"

"谢修弋，请问这些事情是真的吗？"

"这个爆料在粉丝中已经引起了轩然大波，粉丝都非常惊讶愤怒……"

"请问今年夏天你的个人专辑还会如期上市吗？"

被所有的"长枪短炮"这样围堵着，风暴中心的人此刻却还是淡然镇定，柯姣忍不住侧头看他一眼，心中的惊慌已经慢慢开始消退。

他就是心智这么强大的人，只要他在的地方，再多的阴霾也会消散。

“的确，三年前我用 Djay 这个名字在网络古风圈开始唱歌，今年年初我在乐坛出道，我只能告诉你们，我的确是 Djay，你们想知道的更多答案，我今天晚上八点整会在网络语音平台 Y 站上说明。”

说完这句话，他就在保镖的掩护下撤离记者的围堵，而作为他经纪人的曾倩便顶上来，替他告知了所有人 Y 站频道的号码。

听完那个号码，她慢慢侧过头：“曾倩报的是我的 Y 站频道？”

“嗯。”他摸了摸她的发尾，耸了耸肩，“是你的。”

所以说……她的两个身份，今晚也要被迫公之于众了吗？

当红新人歌手谢修弋的神秘女友就是网络言情小说作家菠菜？

“所以。”他收紧手，将她整个人拉进自己的怀里，低声在她耳边问，“害怕吗？”

害怕吗？在他这样问她的时候，她也同样在心里问自己。

她曾想要的生活，是平静而不被惊扰的，只要每天在自己小小的世界里，做自己想要做的事情，她就很知足了。

可在遇见了他，被他卷入他的世界的那一天开始，这个愿望就已经被彻底改变了。

纵使她知道他会竭尽全力保护她，她也会不可避免地被更多的目光所包围，被不同的人所指指点点，生活再也不可能回到从前那样的平静。

可是，她一点也不后悔，只要在他身边，她就愿意鼓起勇气陪着他一起，去面对所有的不平静。

他若成王，她就是他身后坚强守护着他的王后。

她看着他良久，然后用力地摇了摇头。

“你已经做好准备和我一起面对所有了？”他微微展颜，“可能要面对被人指责、被人攻击、被人围堵这些事情，你在心里都已经做好准备了吗？”

她回给他一笑：“跟着你那么久，我已经不再是从前那个会被小困难吓得惊慌失措的菠菜了，不拿出点当家夫人的气魄，怎么能说是谢修弋的女朋友呢？”

“更正。”他低头亲亲她的嘴角，“是未来的太太。”

第二十四章　丁香结

柯姣随意地做了个晚餐，两个人一起吃过后，七点四十五分的时候，谢修弋便打开电脑，用 Djay 的账号登录上了她的 Y 站频道。

虽然柯姣就在他身边，但是为了表达自己的立场，她也拿出了自己的电脑，和他的电脑并排放在一起，用自己的账号登录上 Y 站。

频道里，在线人数的数字早已经令人咋舌。

柯姣看到岱华、白银……所有他的朋友全都在线，包括芮优和孟伊芸，他们可能是得知了消息，马不停蹄地赶回了家上线。

她所有的管理员都在一丝不苟地维护着频道里的秩序。

已经足够了。

这么多年，他拥有了这些能够与他风雨同舟的朋友，她也拥有无论发生什么都会追随着她、保护着她的读者和管理员。

数以万计的在线人数中包括 Djay 的粉丝，自然也包括许多根本不了解这个圈子，只是因为娱乐新闻而满怀着好奇心前来观望的人。当然，也有好事者和隐藏的媒体记者。

公屏上有各种各样的言论，她没有多看，只是静静等待着八点的到来。

当时钟准时地播报起了八点的到来，谢修弋轻轻握了握她的手，对着话筒低声道：“晚上好。”

只有三个字，可刚刚还杂乱无章的公屏，立刻就仿佛出现了一片海洋。

【公子晚上好啊！】

【偶像好久不见！】

【好想你啊……】

这个声音还是大家最熟悉的声音，是那个怪诞的Djay，也是网络上神话般的Djay。

这一句话，就能勾起所有人对于Djay的感情。

“首先，今晚的第一件事，是《回到过去》广播剧的首发。”

在柯姣震惊的目光里，只听他这么说：“这部广播剧是根据我的女朋友作家菠菜的同名小说改编的，包含预告在内一共有六期，已经全部完成，今天在这里，先播放一下预告。”

他没有再多说什么，很快对着一个音频文件按了播放，频道里的所有人，包括柯姣，都全神贯注地听着这段预告。

她曾认真写下的每一段台词，都由他、岱华、白银、柒凰、凯凯、寒霜……在这段预告里完美地呈现了出来。

这些人都是最优秀的配音演员，可以用声音还原出一个最动人的故事，让人只听便能为之发笑或动容。

因为他，她也结识了这些好声音，和他们成为朋友，留下了许多美好的回忆。

她已然觉得鼻子有些发酸，回过头去看着他，却见他也正托着下巴似笑非笑地看着她。

“给你的惊喜。”他用口型无声地告诉她。

她咧开嘴对着他笑，用力地点了点头。

他又是这样，不知在什么时候，在专辑工作那样忙碌的前提下，抽空录完了整部广播剧，让其他所有人都瞒着她，在今天作为礼物送给她。

预告播放完，公屏里再次如潮水般地涌现出了数不清的评论，即使管理员设置了发言频率，也阻挡不了所有人的热情。

【这就是Djay啊，还是这样美丽的声音，Djay怎么会是假的呢？这样动人的声音世界上唯Djay而已啊！】

【无论其他人怎么说，我喜欢Djay，无论Djay在现实生活里是谁。】

她看到了很多这样的评论，看到了很多的粉丝认认真真地在电脑前敲打下的这些文字，她仿佛能通过这些文字，看到她们的神情，看到她们相信着他的心情。

“我进入配音圈、古风圈和翻唱圈三年。”

无声的频道里，再次响起谢修弋能够震撼人心的声音：“我录过一些广播剧，唱过一些歌曲，认识了一些希望长久结交的朋友，拥有了一些素未蒙面却坚定地喜欢着我的声音的粉丝。

“我一直觉得，这个世界上，没有谁是有义务一直喜欢着我，无偿为我付出的，但是在这个圈子里，有很多粉丝都是这样对待着我。

“我不是一个热情的人，对你们的付出从来没有回报，只能通过鲜少的歌曲和广播剧让你们高兴。”

说到这里，柯姣突然看到他调出了播放列表，点击了一首歌曲。

下一秒，《凤仙引》的背景音乐轻轻地流泻了出来，出现在了所有人的耳朵里。

他在她的身边，握着话筒，慢慢地唱起了曾在她耳边响起过无数遍的歌曲。

“明天做红烧肉。”

“为了报恩。”

“你有男朋友吗？”

“昨晚刚写好的新歌，想听吗？”

“生日快乐，我是 Djay。”

“全领域的偶像，也包括现实生活中的。”

“刚发给你的那个，是《凰枝令》的录音样带版，没做后期，昨天半夜随手录了，先给你听着玩。”

“我喜欢你。”

她和无数的人一样，因为《凤仙引》这首歌彻底爱上他的声音，从此以后，因为他发的每一支歌曲、配过的每一部广播剧、写下的每一条微博而怦然心动。

那时她没有看到过他的脸，不了解他的生活，可是她就是这样执着地爱着他的声音，爱着这个陌生人的声音。

在这个圈子里，很多粉丝都是这样地爱着自己偶像的声音，维护他、支持他、喜欢他，不求任何回报。

而后来，她却比任何人都幸运，阴差阳错地和这个声音的主人相识了，因为他的举动生气、快乐、眷恋，她曾害怕、曾退缩，也曾惊慌。

可是最终，她深深地爱上了他，爱上了包含他声音在内的完整的他。

她也知道了，他并不是如她曾臆想的那样完美，他也有缺点，脾气古怪，喜欢捉弄人，可是她却还是一天比一天爱他。

他曾是 Djay，可是现在，他是谢修弋。

直到他的尾音落下，她觉得自己眼前的视线已经彻底模糊了。

下一秒，就感觉到他的指腹轻轻擦上了她的眼角。

“有人会觉得，我是贪图名利才在现实中出道成为歌手的，有人会觉得，我之前一直用两个身份生活，是欺瞒的行为。”谢修弋这时对着话筒，再次开口，“可是这些想法，根本不能影响到我。

“哪怕以后没有人会买我的专辑，哪怕没有人会来看我的演唱会，哪怕没有人喜欢我、追逐着我，哪怕很多人诋毁我，这又怎么样？我还是会每天都做我喜欢的音乐，为之付出我的所有。

“我会将我喜爱的古风歌曲融入我现在正在制作的中国风音乐，做出更好的、更纯粹的音乐，这和别人怎么想我没有任何关系。”

这就是谢修弋，从不会为别人的想法而活，也不会被任何困难阻碍前进的脚步，虽然时新想破了脑袋想扳倒他，可是时新根本不明白，他根本无法用任何世俗的圈套套住这个叫谢修弋的男人。

他是最纯粹的音乐的化身，是能够让别人听到他的音乐后获得力量的人。

所以，他怎么可能被轻易击倒呢？他只会用更强大的力量席卷而来，登上无人可及的巅峰。

“从今天开始，我将要告别 Djay 这个名字。

“这个名字，曾带给过我许多快乐和美好的回忆，我用这个名字配音的广播剧，演唱的歌曲，也永远都在那里，不会被取代，不会被删除。

“只是，在你们的世界里，不会再有 Djay 这个人，只有谢修弋，对你们来说稍显陌生的，一个初出茅庐的新人男歌手。

“没有任何人可以逼迫我做这个选择，我只是觉得如果继续用两个身份生活，对我未来的太太，实在是有点不太公平。”

柯姣听到这里，嘴巴轻轻地张了张，呆呆地望着他。

“没有菠菜，也就是柯姣，就没有现在的我，她虽然是因为 Djay 的身份喜欢上我，但却选择了作为谢修弋这个满身缺点的我作为终生伴侣。”

谢修弋一边说着，一边含着淡淡的笑，轻轻将她的手握在了自己的手心里，十指相扣。

“从今往后，我会用现实中的平台，做出更多的好音乐，谢谢你们曾给我的所有支持和鼓励。

“缘来则聚，缘去则散，网络上的 Djay 留给你们，今后现实中的谢修弋，只属于柯姣。”

他放弃了 Djay 这个身份，用谢修弋的肩膀，给予了她这一生唯一的纯粹的爱情。

一滴一滴豆大的眼泪从她的眼眶里慢慢滚出，滑过她的脸颊，滴在他们交叠的手背上。

而在她再也没有心思顾及的电脑屏幕上，原本像是被按了暂停的公屏，慢慢地出现了一句话。

【岱华：Djay, you are the one.】

【白银：Djay, you are the one.】

【凯凯：Djay, you are the one.】

【贺曲优：Djay, you are the one.】

【夕元：Djay, you are the one.】

从岱华开始，所有他们的朋友，再到后来，所有的粉丝都打出了这句话。

哪怕你将要离开这个平台，哪怕从此以后再也没有以 Djay 为名所作的歌曲，我们都知道，在更广阔的天空里，我们依然能看见你的身影，听到你的声音，看到你幸福而有力地为我们做着最纯粹动人的音乐。

你永远是我们心中最喜爱的声音，没有任何人可以替代的，我们最爱的 Djay。

谢修弋这一晚在 Y 站语音上的话语成为了这一年演艺行业最热门的话题。

曾经的王牌网络古风歌手，如今的乐坛奇迹。

两个身份同时落在一个人身上，而且被他大方承认，连他的未婚妻也被公开。

谢修弋既然敢公开，就必然有绝对的自信可以保护好柯姣，他不卑不亢的态度，让他在媒体中拥有了不错的人缘，所以媒体记者并没有在这件事上再刻意为难他，关于柯姣的信息也很快就被压了下去。

或许这世上，只有他有魄力这么做，并且，也只有他这么做了之后，非但前进的步伐没有被阻碍，反而越走越快。

至于柯姣，她原以为自己面对这些风浪的时候会害怕，但是出乎意料的是，那晚他说的每一句话，就像是给她注入了源源不断的勇气，让她在面对所有网络上或者现实里的言论都毫无波澜，在网络上也不再遮遮掩掩，反而坦然地继续自己写书的生活，也没有什么压力可言。

她想，要站在他这样的人身边一辈子，自己决不能怀着庸碌无能之辈的心态。

八月初的时候，谢修弋的个人首张专辑《Dear》正式公开发行。

专辑主打歌《Dear》毫无悬念地冲上内地榜、全球榜、新歌榜以及综合榜的第一，其他歌曲也都牢牢占据前十名，并蝉联数月。

在唱片市场日渐萧条的当今，他以全球专辑销量四十万的成绩，直接问鼎新晋小天王的宝座。

所有人口中谈论的都是《Dear》，无论男女老少、线上线下，大家随口哼唱的俱是专辑里的歌曲，谈论的也都是谢修弋独一无二的嗓音。

这个人真是特别，出了专辑之后，除去首次发布会的一次现身宣传，之后竟然就再也没有音信，根本不出现在公众面前，就像人间蒸发似的，大家唯一知道的，就是每天越来越火爆的专辑销量。走到哪家音响店，他的专辑都是售罄状态。

买谢修弋的专辑，仿佛成为了时尚潮流一样，人手一张在微博、微信上转发晒图不亦乐乎。

媒体和知名毒舌评论家，将这种现象戏称为暴风来袭。

而谢修弋，就是这股暴风。

此时暴风本人失踪的原因，并非人们传言的闭关修炼，而是他无视经纪公司的通告，把自己女友的闺密兼他的经纪人曾倩直接拉黑，给自己放了一个悠闲的大长假。

说是大长假，其实就是天天赖在家里缠着柯姣而已。

柯姣原本每天在家写写书还挺舒坦，可因为谢修弋这家伙这一阵子都在家，她的个人空间急剧缩短，睁开眼他就在身边，好不容易她能起床了又要开始给他做饭，就这样日夜循环，谢修弋神清气爽，身上还长了点肉，而她却足足消瘦了几斤。

隔壁的芮优和孟伊芸每次过来串门时，都用一种沉默而又痛心疾首的目光看着谢修弋。

不过，谢修弋怕过谁？越是斥责他，他却越是欺负柯姣。而这样频繁密集的欺负的后果，很快就产生了。

谢修弋恢复工作后的一星期，他在工作室接到了柯姣的电话。

平时他在工作室的时候，柯姣几乎从来不主动联络他，但是这次她不仅没通过短信的方式联系，还直接打了电话过来。

他对 Jim 做了个手势，摘下耳机，去阳台接电话。

“老婆，怎么了？”他一边侧过脸夹着耳机，一边打开可乐。

那边的柯姣沉默片刻：“你什么时候下班？”

可乐打开的声音一时将她的声音淹没，他喝了一口可乐问：“你说什么？我没听清楚。”

谁知那头电话里的声音换了个人接，竟传来孟伊芸活力四射的声音：“谢修弋！你要做爸爸了！”

谢修弋听完这六个字，一向天塌下来都不变的淡定脸色彻底变了。

“菠菜刚在医院做完检查，我和芮优正陪着她呢。”孟伊芸握着电话，低头看着在医院长椅上坐着的柯姣，“谢修弋你赶紧的，什么时候下班啊？这天下还有比你老婆、孩子重要的事吗？”

长椅上的柯姣两只手交叠在一起，脸颊上泛着红，表情有些迷茫、诧异、羞涩，又有些……欣喜。

其实，她心里还是有点预感的，可是真的来临了，她却还是会觉得茫然无措，连后来孟伊芸和谢修弋在电话里说了什么她都没有听清楚。

她要做妈妈了。

从此以后，她和谢修弋的家里，将会再有一个人的存在，那个人，会开口叫她妈妈，叫谢修弋爸爸。

孟伊芸和芮优两口子看着她的脸色，相视一笑，倒是难得停止了聒噪，安安静静地陪她等谢修弋的到来。

谢修弋来得很快，连电梯都没有乘，直接从楼梯一路狂跑上来。

柯姣眼看着一个人影出现在自己面前，遮住了自己面前的光，刚抬起头，突然整个人就被一双手臂一把从长椅上抱了起来。

“喂，谢修弋你动作稍微轻点！”孟伊芸在旁边急得手舞足蹈，“怀孕前三个月要无比小心啊！”

柯姣虽然被吓了一跳，可很快还是抱住了她最熟悉的人的脖颈。

医院里来来往往的人里，已经有很多人认出了谢修弋，都激动和好奇地围观着这个情景，可一向低调至极的谢修弋却全然不顾这些目光。

“有很多人在看。”她看着他的眼睛，红着脸说。

“嗯。”他随口应了一声，眼神炙热地注视着她。

“明天上新闻头条不要紧吗……”她靠着他的额头说，“你在妇产科门口，大家怎么想都会想歪吧……”

他稳稳地托着她，用额头贴了贴她的脸颊，答非所问地说："我开心得要命。"

柯姣忍俊不禁，看着他脸颊上显露无疑的喜悦和孩子气，觉得心里说不出的暖，就像吃棉花糖的那种感觉，非常非常幸福。

以前她曾问过他喜不喜欢小孩子，他那时候冷着脸很果断地摇了摇头，过了一会儿又傲娇地加了一句："你生的我会喜欢。"

还真是这样。

"你怎么一点都不惊讶？"她温柔地擦了擦他额头的薄汗，她本以为他会对这个消息感到措手不及，可看起来他好像只有喜，根本没有惊。

"我是孩子的爸爸，他什么时候来我当然最清楚。"蓄谋已久的谢修弋非常坦白地承认。

柯姣想到了之前那段时间的事情，脸颊更红了。

"现在你总应该愿意和我去领证了吧？"谢修弋这时突然叹了一口气，"你总不能让我们的孩子没户口吧？"

她一怔，"扑哧"一笑，答道："好。"

虽然两个人的婚事早就是板上钉钉的，但是柯姣一直对和他一起出现在民政局这件事感到有点压力，总想着再拖段时间，现在连孩子都有了，她也就彻底淡定了……

"明天就去。"

"好。"

谢修弋这时忽然又想起了什么，严肃地问道："老婆，是男孩还是女孩？"

柯姣还没说话，一旁在光明正大偷听的芮优和孟伊芸立即捧腹大笑，芮优一巴掌拍上他的肩膀，笑得上气不接下气："谢修弋，你智商被鸡吃了啊？有没有常识啊？这才刚怀孕两个月，谁知道是男孩还是女孩啊？"

谢修弋估计说完就知道自己是紧张开心过头导致头脑混乱了，被他们笑得脸颊也有些发青，看了一眼忍着笑的柯姣，终于扭过头，大步抱着她朝电梯走去。

“哈哈哈谢修弋当了爸爸之后智商直线下降，不是都说孕妇一孕傻三年吗？小菠菜没傻你怎么先傻了？”孟伊芸和芮优跟在他们后面，继续嘲笑谢修弋。

四个人一起进了电梯，谢修弋小心地把柯姣放下，然后紧紧将她搂在怀里，转向还笑得东倒西歪的芮优和孟伊芸，相当高冷地斜睨他们。

“我知道你们只是嫉妒我先有孩子。”

芮优和孟伊芸两人皆无语。

自从那天在医院产检后，果不其然柯姣怀孕的消息就像插着翅膀一样飞速地登上了各大新闻的头条。

柯姣倒是彻底淡定了，毕竟她和谢修弋都去民政局露过脸了，当时民政局那个众人围观的场面她都能扛下来，怀孕这事还能怎样？身为一个偶像的太太，她已经越来越有自觉了。

而谢修弋这种对私生活一向不爱透露半句的人，有次在接受采访的时候，竟然专门对此给了一句回应：“我太太怀孕，我非常高兴，我相信你们也为我高兴，所以请不要用多余的关注去干扰她安胎。”

之后的日子，柯姣便被柯父、柯母以及谢修弋勒令在家休息，过上了更宅的生活，谢修弋最近不知道怎么回事，每天有一大半时间都待在家里陪着她，甚至都开始学做菜了。

“老公。”吃完饭，柯姣摸着已经微微隆起的小腹，靠在料理台边，陪着谢修弋洗碗，“你最近不忙吗？”

谢修弋一边洗碗，一边看着她挑眉：“你不想我在家？”

“没。”她赶紧摆手，生怕惹怒这位“祖宗”，“你陪着我我很开心啊，可是曾倩和你老板不会不高兴吗？”

他洗干净碗，擦擦手，将她拉到自己身前。

厨房的灯从他的头顶倾洒下来，柔和了他的五官，她望着他，不禁抬起手触碰他的脸颊。

谢修弋侧过脸亲了亲她的手，神情无比温柔：“下个月，我的个人巡回演唱会就要启动了。"

他轻轻搂着她的腰身说："暂定的计划是四个城市，A 市、S 市、W 市，在 T 市结束，每个月一场，一直到你预产期前两个星期左右结束。"

她听完一怔，然后便是恍然大悟。

因为他知道接下去的一段时间他将没有办法天天陪伴在她身边，所以这段时间才会和公司协商，尽量多陪伴、照顾她。

"演唱会一定会很成功的。"她笑着说。

"我并不想在你怀孕的时候举办演唱会，但是迫于整体的计划，我没有办法，只能尽早在你预产期前结束演唱会，回到你身边。"他的脸上没有太多的笑意，"我不在你身边的时候……"

"没关系，有爸妈，还有伊芸、芮优他们，你看我在怀孕期间一点剧烈的反应都没有，吃得香，睡得好，精神也很不错。"

"我知道，但是我还是不放心。"他压低声音，"怀孕后期你可能会出现新的情况，所以你一个人的时候，尽量不要出门，晚上早点休息，我会让爸妈还有孟伊芸他们轮流陪你，每个月产检我也都会陪你去，所以你乖乖在家等我。"

柯姣听他说完，沉默几秒又说："谢修弋，你最近真的比以前话多了好多……"

以前的谢修弋，往往是别人说十句，他心情好了才会回一句，可现在对着她，他总是连她的细枝末节也要关心到，甚至有点过分啰唆了。

她总觉得马上要身为人父的他，越来越有人情味和接地气了……

"嫌我啰唆？"他不满地低头咬了一口她的嘴唇。

她笑着摇头："我可不敢。好了，放心吧，我会平安等你回来的，你就全力以赴地去忙演唱会的事情吧。"

谢修弋静静注视了一会儿她的笑颜，突然微微俯下身体，将头轻轻贴在她隆起的小腹上。

柯姣居高临下地看着他的动作，觉得眼眶慢慢有点发酸，可嘴角的笑容却越来越大。

她知道这个男人，给了她一个尽量不受外界惊扰的安逸的世界，保她平安，保她快乐。

她也知道，她嫁给了一个很不平凡的男人，可在面对她时，他却永远是这个最温柔、最称职、最宠爱她的平凡的丈夫。

所以，对于他工作上的忙碌，她永远会给予最有力的支持。

圣诞节过后，谢修弋的个人巡回演唱会也正式拉开帷幕。

晚上的时候，柯姣躺在沙发上，一边和孟伊芸他们聊天，一边看着娱乐新闻播报。

谢修弋在A市的首场演唱会毫无悬念地大获成功，所有门票一开售就立刻售罄，演唱会结束时他再登场表演了两次，所有观众还都意犹未尽，不肯散去，接下去在S市和W市的两场演出同样火爆无比。

她望着电视屏幕前他意气风发的模样，心里无比欣慰，却又无比地想念他。

看完电视，孟伊芸他们回到了隔壁，她刚刷完牙，他的电话就准时打了进来。

“我女儿今天情况怎么样？”低冷又温柔的声音。

她握着电话，失笑地说：“谁告诉你是女儿的？”

“我说是就是。”

她笑着躺上床，关上灯。

“我老婆今天情况怎么样？”他的声音更低了。

“也很好。”她摸了摸自己的小腹，“今天还感觉到胎动，好像被踢了一脚。”

谢修弋沉默两秒：“等他出生我一定揍他一顿。”

“哪有那么凶的爸爸。”

“老婆，我很快就回来了。”

“嗯，我知道。”

“T市的演唱会你想来看吗？”他又说，“我会让孟伊芸和芮优保驾护航的。”

“当然。”她两眼弯弯，“请务必留给我内场最中央的位置。”

T 市的演唱会当晚，戴着帽子和眼镜乔装打扮后的柯姣和芮优他们早早就从特别通道来到自己的座位上。

柯姣的肚子此时已经很大了，孟伊芸和芮优一左一右扶着她坐下，一个给她递水，一个给她递暖手宝。

她接过他们手上的东西，笑道 ：“我看你俩照顾孕妇真是照顾出精来了，说真的，芮优，伊芸，谢谢你们。”

这几个月，都是他们代替谢修弋照顾她，还得定时向谢修弋汇报，他们真的能称得上是肝胆相照的朋友。

“别客气，我是积累经验，以后能照顾我自己的老婆和孩子。”芮优扬扬眉。

孟伊芸听了他的话“切”了一声 ：“谁给你生孩子啊。”

“除了你还有谁！”

八点整，演唱会正式开始。

柯姣靠在座位上，望着出现在舞台上的谢修弋，目光专注得根本舍不得移开哪怕一秒。

好几个星期没见，他好像又瘦了一些，应该是出去巡演太辛苦了。

他这么挑剔的人，只爱吃她做的菜，不在她身边都不知道有没有好好吃饭。

为了新歌表演，他还特意练了舞，在现场看甚至比电视机上都要惊艳。

他的唱功越来越出彩，对音域的把握也越来越精准。

还有，她现在好想和他一起回家，两个人静静靠在一起，听他说话。

两个多小时的演唱会，她亲耳听到整个场馆里的人是以怎样的热情去回应他的演出，整个场馆都是蓝色的海洋，所有人都整齐地挥着荧光棒，全场甚至出现过好几次大合唱。

这所有的一切，都是他应得的荣耀，他终于实现他曾亲口和她说过的蓝图——乐坛之王。

他付出的所有的努力，他对音乐的认真，她比谁都清楚，所以今天，她也比谁都为他感动。

不过，她现在只想伸出手，用力地抱抱他，抱抱她的丈夫，她孩子的爸爸。

演唱会结束后半个小时，全场的观众才慢慢地、意犹未尽地散去。

“哎，老谢可真是厉害。”芮优竖竖大拇指，从椅子上起身，和孟伊芸在柯姣没看见时互相使了个眼色。

“菠菜，你先坐会儿，我和老曲去找曾倩，让她带我们走特别通道离开会场。”孟伊芸笑眯眯地说。

“好。”柯姣点点头。

芮优和孟伊芸离开了好一会儿都没有回来，柯姣刚拿出手机想给他们发个短信，却忽然发现一双温热的手不知不觉间已经轻轻摸上了她的膝盖。

她猛地一抬头，就看见一张无比熟悉的脸正定定地望着自己。

谢修弋显然是一脱下演出服，随便套了件短袖就赶过来了，此时一头乱发，满头大汗地蹲在她面前，样子实在是有些滑稽。

“大冬天的你穿那么少，一冷一热要感冒的。”她笑着看着他，将手里的暖手宝塞到他的手里，再把围巾围到他的脖子上。

粉丝们谁都没有发现内场最前面被大音箱挡住的那块地方，竟然藏着他们的偶像和偶像的太太。

“老婆。”谢修弋将暖手宝和她的手一起握在自己的手心里。

“嗯？”

她现在才想到，芮优他们应该是早就和谢修弋串通好了，故意把她一个人留下来的。

“我想你。”他低咳一声，很显然有些不好意思，也很不习惯说这种话，但是还是认真地说出了口。

柯姣看着他，笑了笑说：“嗯，我也是。”

“老婆，我回来了。”

“欢迎回家。”

她还没回过神，就发现不知道什么时候，他的手心里已经托着一个小小的锦盒。

整个会馆此时很安静，和之前的人声鼎沸截然不同。

现在，这里只属于他们。

“你老实告诉我，你到底是什么时候瞒着我偷偷看完《回到过去》的？”她的鼻子已然有些发酸，此时抬起手揉了揉自己酸涩的眼睛。

明知道孕妇容易动容，他还偏偏要这么做。

“笨蛋，我当时自己配了《回到过去》的广播剧，我还能不知道核心剧情？”他打开锦盒，俊眸里倒映着璀璨的钻戒，“不过，我还是和男主角不同，他是在舞台上，在万人面前向他太太求的婚，我可不乐意让人把我老婆哭得稀里哗啦的样子随意看了去。”

她被他引得发笑，眼泪也跟着笑一起滚了出来。

“我知道，这顺序有点问题，先同居，后怀孕，再领证，孩子快要生了才求婚，婚礼也还没办。”

谢修弋难得褪去了一贯的淡定自若，竟看上去有些说不出的紧张。

“也还好你愿意包容我的特立独行。”

“是啊。”她笑着流泪，“还好我愿意替天行道，收了你这奇葩。”

寒冷的冬天，他和她的手心却都是炙热的，此时交缠在一起，分也分不开。

“谢谢你愿意喜欢我的声音，谢谢你愿意喜欢我的一切。”他一字一顿，用她最深爱的声音清楚地告诉她，“柯姣，我爱你。”

我比谁都爱你，比谁都会爱你爱得更久远。

柯姣潸然泪下，边哭边笑地连连点头。

她从最初他还是网络里的陌生人开始，便执着地喜欢他，然后看着他经历所有的一切，从网络走到现实，从幕后走到幕前，到今天，看到他在台上被千万人所喜欢，看到他的歌曲被无数人所传唱。

她陪他实现梦想，也陪他从一个大男孩走到今天已然要为人父。

她想，她一定会一辈子继续陪伴着他，走到白首迟暮。

我爱你，你听得到。

谢修弋，曾用网名：Djay，人称公子，雪夜渔舟音乐团队元老，T 市人，因演唱广播剧《凤仙引》同名片尾曲而闻名。

代表原创古风作品：《凰枝令》《丁香结》等。被无数人称为古风圈、翻唱圈和配音圈的王牌好声音。

尽管众人一直想着，如果哪天有谁抢走了公子，所有人一定都会无法接受，伤心欲绝。但是，所有人的心里，却还是都深深希望公子能够遇见那个命中注定的女孩，许你一世不离，陪你朝夕相依。

料此会，前生姻眷，今日会佳期。喜得过门后，夫荣妇贵，永效于飞，从今喜气，后成双尽老，福禄永齐眉。

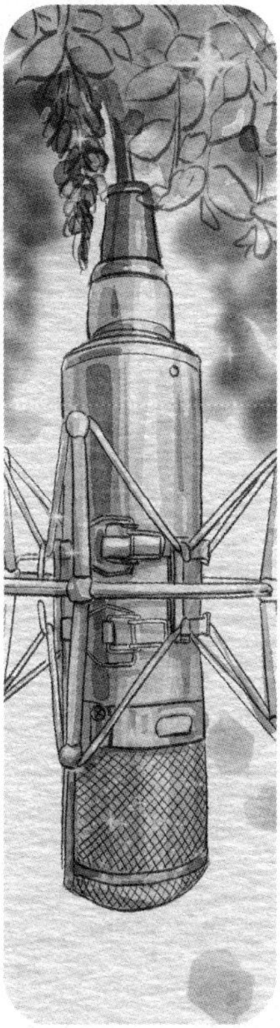

番外卷

大本钟

【老曲老曲！我家老曲！】

【老曲我爱你！】

【老曲威武！】

孟伊芸托着下巴，开着Y站小号潜伏在四月之声翻唱团的春季歌会上，默默地窥屏。

一看这公屏的阵势，就知道是动漫歌曲翻唱圈的暴脾气小王子贺曲优出现了。

贺曲优，人称老曲、优爷、小优优，动漫歌曲翻唱圈著名歌手，以嗓音高亢激昂出名，其性子与嗓音如出一辙。

大家知道的关于他的私人信息就只有一条，他的身高是两米一。

他为人低调，最不喜出风头，最讨厌粉丝在Y站拼命发他的名字，还为此直接发过火立规矩。

圈里如此特立独行的，除去古风圈王牌Djay之外，就数动漫歌曲翻唱圈的贺曲优了。

可这样耿直的脾气，却引得粉丝更疯狂地追随着他，只要他发一条微博，几秒钟之内留言就如火箭般上涨。

更别提他难得发一次新歌，或者登录一次Y站，很多人兴奋得夜不能眠了。

听完他唱的两首翻唱歌曲，随着他在众人的挽留中毫不留情地退出 Y 站，电脑前的孟伊芸伸了个懒腰退出频道，在聊天聊天件上私信他。

【古奈：刚刚两首唱得不错啊！】

她的消息刚发出两秒，就立即得到了他的回复。

【贺曲优：昨天刚练的，新动漫的主题曲，很有感觉！】

【古奈：帮我看看我马上要发的新照片。】

【贺曲优：你扮演的角色是巴卫啊？】

【古奈：不然呢？我这么帅气风流。】

【贺曲优：哈哈哈哈帅气风流的古公子！】

她看着他的对话框一个个弹跳出来，心里总觉得说不出的开心。

只有她知道，别人嘴里高冷的贺曲优，私底下却是一个什么都愿意和她分享，每天有很多时间和她聊天拌嘴的人。

她看到过很多他真实的一面。她知道他的工作，看过他的照片，有他的微信，和他打过电话，和他视频过，就差没有在现实生活中见面。

两个人虽然不在一个圈子，但是，所有人都知道他们是特别要好的朋友。

而两人没有在现实生活中见面的原因，只是没有一个合适的契机，虽然他们在同一个城市生活，但是似乎跨出这一步，有什么就会彻底改变了。

她很想很想见他，只是不敢，她不知道他是怎么想的。

【古奈：怎么样？】

她一连发了三张图片过去，都是精挑细选过的相片，作为角色扮演圈当红的角色扮演者，每一回她发的关于角色扮演主题的微博，基本都能得到几千以上的转发和评论数量，说句骄傲的话，她的人气在圈内很难有人能匹敌。

她给自己立下过规矩，每次要做，就一定要做到最好。

【贺曲优：啧啧啧……】

【古奈：干什么？】

【贺曲优：说真的，一个男人漂亮成这样还真是难得，你还别说，真

和巴卫有几分神似啊！】

【古奈：几分？几乎是神还原好吗！还有，谁是男人？】

【贺曲优：你啊。】

【古奈：你才是男人。】

【贺曲优：我本来就是，宇宙第一直男，就是我。】

说到最后，两个人又开始你一言我一语地拌起嘴来，孟伊芸一手点鼠标，抬起另一只手摸摸自己及耳的短发，微微蹙起眉。

虽然这些年她扮演过的所有角色都是男性，虽然她头发是短了点儿，怎么留也留不长，稍微长长点她嫌不舒服就一刀剪了，但是不管怎么说，她真的是个货真价实的女人啊。

她的所有粉丝都知道，古奈只是网络世界里的男人。

可这都三年了，她每次和贺曲优谈到这里，都会演变成这样的局面，她总是怀疑，他是真的不知道，还是在和她装糊涂？

很快，就在这样每天理不清的打闹里，炎炎夏日到来。

孟伊芸是狮子座，八月出生的，随着暑假的到来，她的生日也到了。

生日的当天，她的粉丝早早就在微博上发出了为她做的生日视频，而她在角色扮演圈、古风圈和翻唱圈的朋友，也都各自发微博为她送上了生日祝福。

她在整个圈子里，始终有着良好的人缘，她不牵扯是非，作品也拿得出手，所以才能这么多年一直处于这样鼎盛的状态。

一整天里，她收到了很多祝福，无论是网络上还是现实生活中的，但是她最想听到的那个人的祝福，却一直都没有出现。

孟伊芸本就是个急性子，丝毫没有耐心，此刻她坐在电脑前，已经在愤怒的边缘，抬手就想拨电话给那位在这么重要的日子竟然闹失踪的某人。

她一直等到了晚上十点多，贺曲优那边还是音信全无。

她愤怒地关上电脑，跳上床，盖上被子，一个人像个傻瓜一样生闷气。

可就在这个时候，在一边的手机突然响了起来。

她一怔，立刻把被子丢在一边，以迅雷不及掩耳的速度抓起手机，连看也没看来电人，就把电话接起贴在耳边。

“喂？”

“怎么嗓门老是那么大。”那边传来了贺曲优上扬的调笑声。

“要你管！”一听到他的声音，她就像从刚刚的谷底弹到天空，整个人都悬浮在空中。

那边贺曲优似乎把手机拿得离耳朵远了点，声音也轻了下来：“耳朵都要被你震聋了。”

孟伊芸捂着嘴偷笑，嘴上却没好气地说：“震聋你就挂电话啊，那么晚打电话来干什么！我要睡觉了！”

“哪个女孩子愿意找你做男朋友啊？这年头，暖男最吃香，知道吗？暖男！”

“你自己那臭脾气还说我！”

二人没说两句就要吵起来，她心里又开心，又有一种更加掩饰不了的情绪在慢慢发芽。

“行了。”那边贺曲优咳嗽了一声，“我没忘记你生日，今天一天都有事，所以才那么晚打来电话的。”

她心中咚咚直跳，强装冷淡：“噢。”

她说完这个字，半天都没听到他说话，翻了个身坐起来，心里还在想难道他生气了，就听到那边突然传来他的歌声。

“祝你生日快乐，祝你生日快乐……”

他的歌声不再是平时他展开歌喉时酷炫的咬字和发音，好听又低沉的歌曲，每个字都是最温柔的音调。

从小到大，她曾听过很多人给她唱过生日歌，其中有不少都是著名的网络歌手……可此刻，所有的版本加起来，都不及他今夜，在电话的那一头，匆匆忙忙毫无准备地这样唱着一首既没有背景音乐，又没有起伏的生日歌。

他的每一个咬字，哪怕是没着调的，她都喜欢得要命；他的每一个尾音都带着他特殊的气息，只要一听，就能让她浑身发热。

孟伊芸从来没有在这件事情上自欺欺人过。她喜欢他。她喜欢这个暴脾气的网络翻唱歌手贺曲优，也喜欢这个搞笑又真实的男人。

她记得他和她说过他的真实姓名——芮优。

她孟伊芸喜欢芮优，喜欢了整整三年，从没有一天停止过。

“唱完了。”他此时清了清嗓，“我本来想录好发给你的，但是想想可能等录完都要到第二天了，所以还是先在电话里随便唱唱，你就随便听吧。”

她默默地听着他的每一个字，深深地呼吸了一口气：“芮优，我们在现实中见面吧。”

动漫节在八月中旬的时候如期在 T 市举行。

孟伊芸作为首席角色扮演嘉宾，自然早早亲临现场，参与活动，耐心地给粉丝签名并和粉丝合照。

粉丝对着她时热情的叫声几乎响彻整个场馆，等她好不容易拎着粉丝送的大包小包的礼物从会场出来，赶紧去卸了妆，马不停蹄地赶往场馆后面的小公园。

从前她做活动总是很认真，还会满足粉丝的所有合理要求，所以往往都要一整天才能结束活动，可今天，她从早上开始就心神不宁，一直不停地在看手表，连她的粉丝会长都悄悄追问她怎么了。

原因……当然是因为今天她要和芮优见面了。

生日那天她提出见面，芮优一开始在那边犹豫了一会儿，最终还是下定决心，同意了今天和她在现实中见面。

不知道他看到她的时候会怎么想呢……

她就这么像怀春少女一般纠结着，终于来到了公园门口。

她刚过马路，远远就看到公园门口售票处附近站着一个引人侧目的无比高大的男人，那个身高，除了他之外……绝对不可能有第二个人。

“喂。”她深呼吸一口气，走到他面前，叫了他一声。

“嘿。”芮优本来戴着耳机在听歌，看到她出现的时候，愣了一愣，然后仿佛有点在躲她的视线，不好意思地应了一声。

“走吧，这个公园里有个咖啡店，里面的蛋糕特别好吃。”

她按捺住心里的兴奋，一边示意他往里走，一边找话题：“你等了多久？”

“没多久。”芮优收起耳机，“刚刚去会场看了你一眼，差点被粉丝认出来……”

“啊？”她眼睛瞪得大大的。

“因为身高。”他无奈地挑了挑眉，却很自然地就伸手接过她手里大包小包的东西，“我刚走到展台附近，就碰到几个小姑娘走上来问，请问你是老曲吗？吓得我撒丫子就逃走了……”

“哈哈哈哈哈！”她笑得前仰后合，“你逃走了不就更让人确定你就是贺曲优了吗？你这笨蛋啊，哈哈哈！”

芮优在一旁默默看着她笑得眉眼弯弯的眼睛，英俊的脸颊上突然有点泛红，低咳了一声，他挠了挠自己的头发，粗声粗气地说：“你是笑眼啊，笑起来比女孩子都好看……”

孟伊芸本来走路走得好好的，听到他这句话，猛地停了下来。

“怎么了？”他被她吓了一跳。

“芮优。”她的脸上此刻突然没有任何表情，“我告诉你，我真的忍你很久了，你今天一定要说清楚，你老说我是男人，到底是真的蠢还是在装糊涂？”

芮优听完她的话，表情更加诡异了：“你本来就是男人啊……”

“你才是男人呢！”

孟伊芸看他根本不像是在装糊涂，心里像被冷水浇了个遍，彻底被他的态度惹怒了。

“你全家都是男人！”

他看着她气得暴跳如雷的小脸，咽了口口水，整个人完全被震住了。

“来，你摸！”

就在这个当口，她竟然一咬牙，抓住他的手就往自己胸上放：“我有胸！”

芮优活了二十几年从来没料想过自己会遇到今天这样的场景。

不管怎么说，他一直是个翘课出去鬼混，回来还能拿年级前三的学霸，看一遍课文闭着眼睛就能倒背如流的人物，从小智商一直十分高，情商更不低，也很少碰到过大脑空白的时刻。

可现在，他目瞪口呆地站在原地，竟然还下意识地紧了紧自己的手。

下一秒，站在他面前的孟伊芸脸颊彻底红了，“啪”地一下把他的手掌打开。

她又气又羞地说：“所以你现在知道了吗？”

“知，知道啥？”

“我是女人啊！”她无比大声地告诉他，愤怒地从袋子里拿出长发的假发套，戴在头上，命令他看着自己。

“我声音是男性化了点，真实的头发是短了点，但你告诉我我到底哪点不像女人了？”

芮优心惊胆战地看着她长卷发下小小的脸，眼前分明就是个长相可爱精致到不行的姑娘，他视线在她的脸上停留片刻，再渐渐向下移动。

还真的没有喉结！

孟伊芸被气了个半死，狠狠瞪着眼前这个身高两米一的男人，他的脸色一会儿青一会儿白一会儿红，虽然她在心里骂他是个傻子，但还是隐隐期待着他的反应。

不知道他到底会怎么想她呢？如果之前他们之间那种感情是兄弟之情，那么现在……这种感情到底有没有可能会转变成男女之情呢？

两个人在这种诡异的气氛下大眼瞪小眼了不知多久。久到所有经过他们身边的来公园打太极拳的老爷爷和老奶奶都驻足观望，久到玩捉迷藏的小朋友们都咬着棒棒糖蹲在一边兴高采烈地旁观。

芮优经过了这辈子最最激烈的内心搏斗后，终于给出了回应。

“古奈。”孟伊芸看着他用她从来没有听过的，怒到极点的声音叫着她的名字，“你竟然敢骗我！”

她傻眼了。

“你……你竟然是个女人……”说到这里，他赤红着脸，顿了顿，音量却更高了，“现在你竟然告诉我你是个女人？你让我怎么接受？啊？我怎么接受得了啊！”

围观的众人聚精会神地听着这段信息量极大的对话，而作为当事人的孟伊芸却觉得像迎头泼来一盆冰水，将她整个人从之前的热情快乐彻底地给浇醒了。

她没有想到，他真的会愚蠢到这个地步，她也真的没有想到，他得知真相后，竟然会是这个反应。

“古奈，我现在觉得我自己就像个傻子你知道吗！”他简直是在嘶吼，整张俊脸愤怒得都快扭曲了，“你这个骗子啊！你是人吗！”

孟伊芸从未想到会被自己喜欢的人这样劈头盖脸地骂着，她木木地看着他，半晌，用没有任何感情的声音道：“你和 Djay 是好兄弟，我们现在去找他，看看他是怎么说的。”

谢修弋看到他们两个出现，虽然有一瞬间的讶异，但是很快还是恢复面无表情，坐在沙发上淡定地看着愤怒得浑身发抖的芮优和心如死灰的孟伊芸吵到不可开交。

孟伊芸本来以为作为一个聪明的男人，谢修弋至少可以帮已经撞到死胡同的芮优开解开解，可谁知天有不测风云，恰好这时候谢修弋的心上人来了。

她眼看谢修弋头也不回地就去哄自己的心上人，留下压抑着怒火的芮优再次变得像头吃错药的狮子一样暴跳如雷。

“古奈，你就是个网络骗子你知道吗！”

“我骗你什么了？”

“你还没骗我？”

芮优一拍桌子，厉声大吼：“你骗了我整整三年！我和你认识到现在，一直把你当作除了谢修弋外最好的兄弟，虽然我们没有见过面，但我对你掏心掏肺，现在你出现在我面前，告诉我你竟然是个女人！你还没骗？骗时间，骗感情，除了没骗钱没骗色你什么没骗？”

“芮优我现在一点也不想跟你吵。”

她只觉得难过到连说话的力气都没有，抬头看着他，眼眶渐渐有些泛红：“反正，从头到尾都是我不好，我是骗子，我花时间，花精力就为了骗你三年的兄弟情，可以了吗？”

“我从此以后从你的世界里消失，再也不出现，可以了吗？”

“我古奈，只在网络世界里的男孩子，在现实生活中，我从来都是女孩子，我告诉你，你以为你就是全世界最大的大傻子吗？”她将刚刚为了证实自己是女孩子戴上的假发套往他的身上一甩，眼泪再也忍不住夺眶而出，“芮优，不是你，是我！我才是傻子，我是脑子被门撞过了才会全心全意喜欢你三年！”

说完，她在他僵住的眼神中，飞快地夺门而出。

她的眼泪不断地掉落下来，她这个乐天派一辈子都没有这样掉过眼泪，身后根本没有人追上来的踪迹，当电梯门关上的时候，她慢慢地蹲坐了下来，终于放开嗓子，哭得声嘶力竭。

再见了，我的初恋。

从未开始，就要结束；甚至连开始的资格都没有，所有的真心都已经被狠狠地全部否定成谎言。

太痛了，痛到连轻轻呼吸一口气都觉得疼。

而另一边，芮优呆呆地望着门被关上，一手抓着她刚刚扔过来的假发，一动不动。

在一旁哄完了柯姣的谢修弋实在是看不过去，向他走过去，一把扯住他的衣领就往外拖。

“芮优。”谢修弋将他一把扔出门外，拍了拍手掌，声音冰冷而嘲讽地道，“你真的刷新了我对智商低的看法。”

“一个男人，三年了，连自己喜欢的人性别是男是女都弄不清楚，你真的该去精神病院看看了。”

孟伊芸是真的被伤透了心。

回到家后，她做的第一件事情，就是打开电脑，先取消对芮优的微博账号的关注、移除粉丝，接着，再删除他的好友，再是微信、电话号码。

做完这些，她深深呼吸一口气，再次打开自己的微博。

除了她自己每次发的原创角色扮演照片，其余大部分转发的微博内容都是关于他的了。

他的每一首翻唱歌曲，她都会第一时间转发，因为他们关系好，就算她一时忘记，还有一大票粉丝会在他的微博下提醒她让她来转发；而如果是他发的原创微博，她会马上就在下面写上搞笑的回复。

当一个人已经潜移默化地存在在你的生活里，你会觉得哪里都好像有他的印记，好像转头就能看到他的笑，眨眼就能听到他熟悉的嗓音，如果已经到了这种地步，现在将他彻底从你的生活中剥离开来，还来得及吗？

她机械地删除着她转发的他的微博，抬手抹了抹眼角又慢慢渗出来的眼泪。

就算是自欺欺人，她知道自己也必须这么做。

她从来是个敢爱敢恨的人，拿得起，就要放得下啊。

时间一定会覆盖一切的，她相信。

那天之后，她在家里睡了整整三天没有去学校上课。

她打开微博，就发现许多私信留言，忠实粉丝们都是火眼金睛，自家偶像如果有任何的异动，粉丝都会在第一时间就察觉，这不，早有粉丝发现了她取关芮优，顿时，一传十，十传百，数不清的询问和猜疑便满天飞了。

【奈奈你和老曲怎么了？为什么你们互相取关了啊？】

【奈奈和老曲如果分开了，我就再也不相信爱情了。】

【奈奈！我一直都以为总有一天你一定会和老曲在一起的啊，只是时间问题啊，你们到底怎么了？】

【奈奈！老曲他把自己的所有微博都清空了……】

铺天盖地的文字，她看了几眼就觉得头疼。

网络上的世界虽然是她的后花园，却也是她在这个时候，最最不想去触及的地方。

她的父母工作忙，很少着家，也很少管她，她这时去厨房随意弄了些吃的，吃完后，便拿着手机看微信。

室友和她关系很好，早先发来微信，问她心情不好要不要出去聚会吃饭解解闷。她问室友是不是就她们两个人，室友支支吾吾地说到后来，终于坦白说是隔壁系有几个挺不错的男孩子看上她了。

她想了想，面无表情地却回了一个“好的，我现在就过来”。

虽然她因为这几天的作息混乱，整个人感觉有些浮肿，但是化了点妆，还是能掩盖一些。

等到了和室友约好的地点，她推开门，就看见许多男男女女正高兴地唱歌、聊天，或玩着游戏。

“小伊芸来啦！”室友一抬头，立刻开心地招呼她过去。

她笑嘻嘻地和每个人打了个招呼，很快就融入到大伙之中。

那几个看上她的男孩子，一看到她出现，就醉翁之意不在酒了，借着玩游戏的时候，都过来亲近她，和她说话。

“小伊芸现在有男朋友吗？”其中一个男孩子这时问她。

她微微顿了顿，然后咧开嘴笑：“没有啊。”

“怎么会？”大家都很惊讶，“小伊芸你那么可爱，还是网络上的著名角色扮演者，应该有大把男孩子追在你身后吧？”

“真没有。”她打开啤酒罐，喝了两口，轻轻扬扬嘴角，“我还刚被人甩了呢！”

众人虽然十分诧异，却都似乎更来了劲，其中有一个男孩子特别大胆，这个时候还悄悄在她耳边问她，愿不愿意和他单独出去玩？

孟伊芸一心想喝酒，这个时候已经有点醉了，但是意识还是清醒的，于是立刻离那个男孩子远了些，以去厕所想透透气为借口出去了。

她刚刚推开门，头晕眼花地扶住墙壁，就听到衣服口袋里传来了手机嗡嗡的振动声。

她看也没看来电显示，喘了几口气，接起放在耳边：“喂？”

“在哪？”

孟伊芸听了那个声音，沉默了几秒，猛地睁开眼睛，酒都醒了。

“我问你，在哪？几号包厢？”芮优的声音里夹带着怒气。

她握着手机的手有些发抖，此时用手揉了揉自己的额头：“你在说什么？我要挂电话了。”

“你喝酒了是不是？你给我站着别动，看我怎么收拾你。”

芮优已经怒到极致，根本不理睬她，她只能听到他一声一声的脚步声。

虽然她的手指已经放在了挂断键上，可是不知是出于本能还是内心的柔软作祟，她还是一直没有按下去。

“转过来。”

没过一会儿，她就听见一个男人的声音响在自己身后，转过身去，就看见芮优单手握着个手机，目光愤怒地望着她，仿佛下一秒就要打断她的腿。

“孟伊芸，你给我过来。”

孟伊芸慢慢地将手机从耳边移开，手轻轻地垂落下来。

她看着对面这个从她的生活里消失了几天的男人，看着这个她以为已经从她生命中彻底剔除出去的男人，看着他熟悉的眉眼、神态。

她以为自己一定能放下，她以为自己绝对不会再对这个男人抱有任何和“喜欢”有关的感情。

“还不过来？”芮优的耐心显然已经到了极点。

她渐渐收起脸上刚刚暴露出来的神情，然后，转过身，拔腿就跑。

“孟伊芸！”芮优在后面气得头发都快竖起来了，立刻紧随其后，“你再跑我真的要把你的腿给打断了啊！”

虽然这里很吵，但是他们俩在走道里这样大声喧哗还是让路过的人很诧异，孟伊芸知道现在这样很丢脸，但是她觉得再怎么丢脸，也比在他的面前失态要好。

又或许，从最开始她就已经失态了。

她气喘吁吁地跑到楼下，刚刚冲到马路旁，想抬手拦一辆车，就被百米冲刺过来的芮优猛地拽住了手臂。

芮优本来就人高马大，这时把她像捉小鸡一样捉到自己面前，一条手臂紧紧地把她扣在怀里，锐利的目光直直地射在她脸上，像要把她的脸射穿一样。

“我第一次知道我原来那么可怕啊。”他俊眸微闪，居高临下地看着她，“我是老虎还是狮子？你看到我就要逃？”

孟伊芸挣脱了几下没有挣脱掉，这时自暴自弃地将头垂到一边，不和他说话。

谁叫她自己刚刚好死不死在微博上发了一条定位，说自己去唱歌去了，芮优肯定是看到她的定位，火急火燎就赶过来了。

所以说……就算她已经把他移除关注了，他还是在看着她的动态？

“不说话？”

失踪了三天的人此刻在自己怀里，真实可及，芮优刚刚还火冒三丈的心总算稍微平静了点，声音也放软了：“喝酒喝得头晕吗？”

她别着脸说：“我要回家。”

“好，我送你回去。”他二话不说，抓着她就要去拦出租车。

“不要你送，我自己回去。”她还是犟。

两个人四十公分的身高差，还有男女之间的力气之别，这个时候就体现出来了，芮优哪里是能听得进去她话的人，抬手就把她和自己都塞进了出租车。

她一路上冷着脸，还是一句话都不和他说，等到了她家小区门口，她跳下车，作势又要逃。

“孟伊芸你再给我跑一次试试，信不信我就在这里亲你？”

芮优关上车门，手臂一伸就捉住她的后衣领。

她听到他的话，浑身一颤，终于猛然转过身，语带讥讽地说：“我骗了你三年自己是个男的，你还亲得下去？”

芮优一言不发。

“芮优，我求你离我远点吧。”她望着他，“我想找个好好珍惜我的人，不会伤我心的人，你别让我为难了。”

“珍惜你、不会伤你心的人。”他将她的话重复出来，“你喜欢那个人吗？”

她一怔。

他为什么非要逼她看自己的真心呢？为什么不允许她自欺欺人呢？为什么非要告诉她，她依然深深地喜欢着面前这个伤透她的心，却让她度过了人生中最开心的三年的男人呢？

“孟伊芸，你看着我的眼睛告诉我，你喜欢的人是谁？”

她咬着唇，眼眶已经微微有些发热。

“说。”他薄唇轻抿。

空气里都是夜色的寂静，她一只手紧紧地握成拳垂在身体边，半晌，用力地冲着他吼：“我喜欢你，你高兴了吗！”

她吼完，就有眼泪掉下来，她真的很讨厌自己，都说女孩子一定要找一个懂得自己的好的男人，可是为什么她被他这样拒绝过后还是想着他，还是喜欢他喜欢得要命呢？

孟伊芸，你根本就是活该啊。

芮优看着她哭得泣不成声，这时向前一步，伸出手紧紧将她抱在怀里：“不要哭。”

她喝了酒本就不清醒，再加上情绪失控，根本没有感觉到一向特立独行的男人，此时温柔得根本不像平时的他。

接下去的一切是怎么发生的，她已经记不清了。

不知怎么的，她就回到了家里，而芮优也跟着她一起进了屋，她哭得很伤心，而他却耐心地低下头，一点一点亲她的眼泪，到最后，认真地吻上她的嘴唇。

“孟伊芸，看着我。”他的眼睛在黑暗中就像黑曜石，“看着我。”

她有些害怕，却又觉得他温暖的怀抱太舒服，就这么蜷缩在他身下，大口地喘息着，迷迷糊糊地竟然叫着他的名字：“芮优……”

“嗯，记住，抱着你的人是芮优。”他的眼睛里闪烁着最温柔又虔诚的光芒。

她没有应声，只有浑身不住地战栗。

“我的小伊芸，真是太可爱了。”

他不住地亲吻着她，嘴中喃喃自语：“这么可爱的女孩子。”

她神志不清，并不知道他说的是什么内容，可心里却觉得暖暖的，一股暖流像是流遍了她的全身。

“孟伊芸，你只许喜欢我。”

终于，他眼神逐渐黯淡，用力地抱着她，就像抱着自己最珍视的宝物。

“我不许你喜欢别人。”

一夜的云雾翻腾。

孟伊芸因为宿醉的头疼，睡得并不熟，很早就醒了过来。

她身体微微一动，就觉得疼得不得了，而低头一看，还能看到一条男性的手臂正牢牢地圈着她。

她盯着那条手臂看了十分钟，终于，浑身僵硬地轻轻转过身。

在她的视线里，她的少女系粉色枕头上，躺着一张她最最熟悉的脸，是芮优。

她咬住自己的唇，脸颊已经红得快要爆炸。

她在心里大吼一声，将脸颊埋在自己的手掌里，羞恼得快要疯了。

就在她又疼又难过又害羞又纠结的时候，她感觉抱着她的那条手臂收紧了。

“孟伊芸。”清晨性感的男性嗓音突兀地响在她的脑后。

她一颤，一条腿已经从被子里伸出来想要逃走。

“孟伊芸。”芮优早已察觉她的动作，瞬间将她与自己贴得更紧，“你要负责。”

孟伊芸怔愣两秒，红着脸转过身怒视他。

芮优见她终于肯这样生机勃勃地看着自己，就像往常一样，哪怕是愤怒的，那双明艳动人的眼睛也只落在自己的脸上。

芮优内心一动，抬手轻轻摸了摸她的耳朵，脱口而出：“孟伊芸，我喜欢你。”

她目瞪口呆地看了他一会儿，眼睛一亮，可过了一会儿，却黯淡下来。

“芮优，如果你是因为昨晚的事情所以说这种话，那你大可不必，我不会在网络上透露分毫，也不会在现实中告诉任何人，我不需要你对我负责。”她故意装作语气很冷，“大家从此以后桥归桥，路归路，再无干系便好。”

芮优估计没想到她会这么说，问道：“我说我喜欢你啊，你干什么和我桥归桥路归路？”

“喜欢？”她用力地朝他吼，“你知道喜欢是什么意思吗？喜欢不是勉强，不是怜悯，是真心实意。”

“你走吧。”她挣脱他的怀抱，从床上起身，背对着他，“我现在不想看见你。”

那天之后，孟伊芸虽然三番五次警告过芮优，不想再看见他，但是已经知道她家地址的芮优却是铆足了劲，三天两头就在她家楼下蹲着。

哪怕她看到他冷眼走过，哪怕她对他拳打脚踢，他还是锲而不舍地守在她看得见的每一个地方。

“芮优，你再这样我告你性骚扰了啊！”

她一出校门，就能看到两米一的芮优像路牌一样杵在校门口，完全不顾往来女孩子惊艳又爱慕的目光，熟门熟路地走过来帮她拿书包。

“你不上班吗？你没事干吗？干什么整天来烦我？”

她心里虽然是开心的，但是忍不住对他恶语相向。

“你知道我是家里蹲。”他耸了耸肩，“在家画画图纸就能养我女朋友了。”

孟伊芸本来正喝着他给她买的奶茶，此时差点一口珍珠噎在喉咙里：“谁，谁是你女朋友啊！”

他眨了眨眼睛，诧异地看向她：“你啊。”

她气得头发都快倒竖了，拿手指着他说：“芮优，你别瞎说啊！”

她怎么不知道自己竟然答应做他的女朋友了？她不是还讨厌他，气他气得要死吗？

他看着她可爱的脸颊，忍不住淡淡一勾嘴角，摸摸她的头发，答非所问地说了一句：“今晚记得上 Y 站。”

虽然她不想听命于他，但是晚上吃了晚饭，她还是不情不愿地登上了 Y 站。

她之前去看了一下他的微博，看到他有转发今晚参加的一个活动。

因为他属于四月之声翻唱团，所以过段时间就会参加一个活动，带新人翻唱歌手一起唱歌。

她开着小号蹲在早已热闹非凡的 Y 站频道里，托着下巴看着粉丝们已经热烈地喊着他的名字。

为什么今晚要叫她上 Y 站呢？只是为了让她听他唱歌吗？

她满肚子都是疑问和忐忑，却拉不下脸去问他，只能慢慢地等。

八点一过，他准时顶着一条乱码的名字来了频道。

新人歌手唱完后，轮到他上麦，他还是老样子，废话不说，认认真真给大家唱了两首歌。

可唱完之后，他却难得没有立刻下麦，而是等着主持人，也就是他的翻唱小伙伴小理理上麦。

“咳咳，今天晚上老曲突然找我，说网络上问他的问题太多，他实在来不及一一回答，就让我在这边抽几个问题问他，他一并答完。”

小理理也是歌曲翻唱圈著名男歌手，性格活泼开朗，和芮优关系非常好。

“没想到吧？你们高冷的老曲竟然会做小访谈啊。”

粉丝都开心得要命，要知道按照贺曲优的脾性，只要他自己不愿意，拿枪顶着他问问题他都不愿意回答啊。

“好了，第一个问题，老曲，有机会你会考虑唱古风歌曲吗？”

“不会。”

“老曲以前帮朋友干过架吗？”

“干过不少架。”

等小理理问了不少无关痛痒的问题之后，突然话锋一转。

“老曲，你喜欢微胖的女生吗？如果是吃货你会介意吗？”

此问题一出，粉丝们都更加疯狂起来，而孟伊芸的心也抽了一抽。

“不介意，就算不胖以后也会被我喂胖。”

众粉丝立刻直呼老曲实在是太帅了！

“老曲以前谈过恋爱吗？”

“一个，没两个星期就分了，对方嫌我太无聊。”

“那是什么类型的女生？”

"笑眼，黑长发，温柔贤惠。"

孟伊芸听完，总觉得一股火气冒了上来，他是怎么回事，就是想让她来听他以前的感情史的吗？

"但是，我现在有个特别特别喜欢的女孩子。"

没等小理理问下一个问题，就听芮优深沉沙哑的嗓音又响了起来："她不是黑长发，也不温柔贤惠，唯一符合我标准的估计就是笑眼了。"

孟伊芸本来正在喝水，听到他这句话，彻底愣住了。

公屏上，已经有聪明的粉丝开始发古奈的名字。

"是啊。"谁知，他竟然真的开口回答了粉丝公屏上的问题，"就是古奈。"

众人，包括小理理在内都哗然了，孟伊芸觉得自己的心跳突然变得非常快。

"我这辈子一直觉得自己没干过什么蠢事，但是前几天才知道，我竟然连自己喜欢的人究竟是男的还是女的都没搞清楚。"

虽然声音很别扭，芮优还是坦然地说了："之前三年，我每天都在疑惑自己为什么会对着一个男孩子心动。"

她愣了愣，扑哧一笑，却又觉得鼻子开始发酸了。

这个笨蛋啊……怎么会有那么笨的笨蛋呢！

"因为她是短发，声音也不是很像女生，我就一直误会着，我这人死脑筋，认定一件事就不会改，所以在知道她其实是个女孩子后气得暴跳如雷，说了很多伤她心的话，因为我之前那么纠结了三年，竟然闹了个大乌龙。"

小理理终于忍不住开口调笑："所以说，奈奈现在还没气完吗？"

"哄了好多天还是在生气啊。"他无奈地说，"软硬都不吃，但是没办法，我就是喜欢她，别的谁我都不要。"

"啧啧，看来老曲这次陷得很深啊。"小理理再次调侃，"话说，奈奈有那么好吗？"

孟伊芸坐在电脑前，眼眶红红的，此时一只手已经拿起了手机，想拨电话给他。

“有啊。”芮优的声音又响了起来，“我觉得这世界上没人比她更好啊。”

“好了，说完了，我要继续去哄她了。”说完这句话，他这时终于恢复平时的样子，“走了走了。”

众粉丝沉浸在今晚的惊天大新闻中，手舞足蹈地想要挽留他，包括小理理都意犹未尽，难得能听到贺曲优的真心话，还听到告白了，怎么能让他就这么溜了呢？

可芮优还是撤得非常干脆，一秒都没停留。

孟伊芸呆呆地看着依旧热闹非凡的Y站公屏，只觉得心里还是无法平静下来，心跳越来越快，眼睛也越来越酸。

她真的被这个大笨蛋蠢哭了。

或许，这个笨蛋曾经伤透她的心，对着她暴跳如雷，让她一度觉得自己一辈子都缓不过来了，可是终究，他这三年来对她的心是和她一样的，虽然他纠结着自己的性取向，却还是和她一样，认真地、专一地、义无反顾地喜欢着对方。

她也是，她这辈子谁都不要，谁都再也喜欢不上，她只喜欢他。

“咚咚咚。”

家里的门这时被人用力敲了敲。

“孟伊芸，开门！”

她咬了咬牙，立刻从椅子上坐起来，冲到门口，打开门。

门外站着的，可不就是刚才才在Y站里和她表白的人。

芮优此时手里拿着电脑和耳麦，挠了挠自己的头发：“我学Djay，刚刚就在你家走道里。”

她看着他，啼笑皆非。

“你还生气吗？”他见她不说话，眼睛却红红的，头一次大气也不敢出，小心翼翼地问。

真的喜欢上一个人的时候，就是这样，会变得不像原来的样子，再淡定自信的人，也会紧张，会手足无措，会谨小慎微。

一切只因为，面对着的，是自己最喜欢的人。

“以后不许再对我发脾气，不许再对我大吼大叫，要听我的，要唱很多我喜欢的歌给我听，要带我去吃很多好吃的，要陪我去漫展，要看我的照片，不许看其他任何女孩子，一辈子只能喜欢我，不许喜欢别人。”她沉默良久，终于面向他，不停歇地说了这么一长段的话。

他认认真真地听完，轻咳一声：“还有吗？”

“暂时没有，我想到以后会再添加的。”她恶声恶气地说，可眼泪却已经从眼眶里滑出来。

“好啊。”

他将手里的电脑和耳麦扔在沙发边，将她整个人抱了起来，笑着望着她，说：“我一定会遵守的。”

这世界上总有这样一个人，他可以轻易把你惹怒，却也可以轻易让你破涕为笑，你给他伤你心的权利，可你也会特别轻易地就原谅他。因为他，你没有原则，一辈子只想在他的怀里任性妄为，让他只看着你一个人。

因为他是你最爱的人。

麦芽糖

周六的下午。

谢佑识小朋友睡完午觉起来之后，揉了揉眼睛，打了个哈欠，非常乖巧地自己掀开被子，屁颠屁颠地走下床。

整个客厅里此时静悄悄的，一点声音都没有，他一步一步小心翼翼地走到沙发旁，看到谢修弋正戴着耳机，面无表情地看着膝盖上的电脑。

“爸爸。”谢佑识伸出手，拉住谢修弋的衣角。

谢修弋听录音样带听得入神，根本没有感觉到这只小手的力度。

“爸爸！”谢佑识着急了，两条小短腿借着力道翻上沙发，一把抓住他的肩膀，“爸爸！”

谢修弋这才注意到儿子，此时摘下耳机，眉头微微挑了挑，淡声道：

“怎么了？”

“爸爸，妈妈呢？”

谢佑识完全继承了父母无比优良的五官，一双大眼睛和谢修弋如出一辙，鼻子和嘴巴则长得像柯姣，所有认识他的人都说，这孩子以后长大绝对是个比他爸更英俊的美男子。

“出门了。”

“啊？那妈妈什么时候回来？去哪了？”

“和伊芸阿姨去超市了。”

“哦……”小朋友很沮丧，立刻塌下脸来，“我要妈妈……”

本来每天下午，妈妈等他午睡醒来，总会亲手喂他吃芒果布丁，还会给他讲故事的，可是今天妈妈不在，他吃不到布丁，也没有故事听了……

他的大眼睛滴溜溜地转了一圈，看看谢修弋那张万年冰山脸，谢佑识在心里盘算爸爸会有几成的可能给自己讲故事。

他知道，他的爸爸是是炙手可热的男歌手，是出门会被很多人围堵、会有很多闪光灯围着的人，他时常在电视上看到爸爸，然后他在幼儿园也时常被老师、其他同学，以及同学的妈妈们争相地抱着，或者和他说很多话。

爸爸很忙，平时总是很晚回家，周末在家的时候也只会缠着妈妈，很少和他有太多交流，他一直觉得爸爸不是特别喜欢自己，不然，爸爸为什么从来不对自己笑，也很少陪自己玩呢？

小朋友这么认真地思考着，玄关处突然传来了开门声，他脑子一动，立刻三步并作两步地跳下沙发，朝玄关跑去。

“妈妈！妈妈！”

他一跑过去，就看到柯姣朝他迎面走来，手上还提着超市的袋子，他特别开心，一踮脚就想朝柯姣扑过去。

可谁知道，他还没动，一双大手突然从后把他捞起来，然后轻轻放在了一边。

刚刚还在沙发上的谢修弋此时竟然已经来到了柯姣面前，接过她手里的小袋子，熟稔地搂过她的腰。

“累吗？”

“还好，重的东西都是芮优提的。”

柯姣擦擦额角的汗，又看向被谢修弋扔在一边的儿子。

“佑佑是不是等妈妈等得着急了？妈妈给你买了草莓味的布丁，等会儿喂你吃好不好？”

谢佑识被爸爸丢在一边，心里沮丧得不得了，可听见妈妈这么说，立刻又笑了起来：“好！妈妈喂！”

“你妈妈先喂我，才会喂你。”

谢修弋这么多年也毫无长进的巨婴搂着老婆，居高临下地看了儿子一眼。

谢佑识被这一眼看得瑟瑟发抖，缩在墙角。

跟着柯姣身后走进来的孟伊芸和芮优这时对视一眼，芮优长臂一伸，将小家伙从墙角提过来，让他坐在自己肩膀上。

“优叔！”同样是男性，还是身高两米一的男性，比起自己的父亲，谢佑识却比较不害怕芮优，这时很高兴地抱住了芮优的脖子。

芮优拍拍他的小脑袋，看向谢修弋：“佑佑，你要原谅你爸爸，因为他眼里只有你妈妈和你妈妈肚子里的小妹妹。”

谢佑识也知道妈妈又怀孕的事情，听说妈妈肚子里的小妹妹或小弟弟只有三个多月，所以爸爸才会禁止他朝妈妈猛扑。

“来，伊芸阿姨亲一口。”

大着肚子的孟伊芸这时关上门，在他粉嫩的小脸上亲一口。

“爸爸不喜欢，有伊芸阿姨和优叔喜欢。”

几人这时一起走到客厅，谢修弋去给柯姣倒了杯水回来，然后侧头看了芮优一眼：“男孩女孩？”

芮优刚小心翼翼地把谢佑识放在地上，再扶着孟伊芸在沙发上坐下，想了一会儿，才明白谢修弋说的是什么。

“应该是男孩。”

今天早上他陪着孟伊芸去做了产检，猜测是男孩子。

“我喜欢男孩子，像佑佑这样，多可爱，帅气得不得了，不知道有多少星探想把他抓去当童星了。”

孟伊芸一边揉着谢佑识的小脸蛋，一边在沙发上不断地手舞足蹈：“男孩子保护妈妈，我很开心！”

芮优抓抓头发说：“我其实……想要女儿。”

“你说啥？”孟伊芸冷眉一挑，“你不喜欢儿子吗？好啊芮优！好你的，你不喜欢我喜欢！我儿子不要你养！”

孟伊芸现在是孕妇，孕妇最大，芮优结婚前也答应过她从此以后再也不对着她大吼大叫发脾气了，这个时候立刻就在她身边坐下，一边给她揉背，一边转了语气：“不，老婆，我也喜欢儿子的，长大以后身高像我，我能带他打篮球，你老公我以前可是国家篮球运动员啊。”

孟伊芸看他这副样子，抛了一个“算你识相”的表情，接过他递来的水杯，高冷地喝了一口。

一旁的谢修弋看着以前恨不得斜着走的芮优现在这副准妻奴的样子，十分鄙视，自己则跷着二郎腿，一手抱着柯姣，等着她给自己喂布丁。

柯姣打开布丁包装，看看眼巴巴望着自己的谢佑识，再看一眼谢修弋，低声对谢修弋说：“你好意思和儿子争？让我先喂他。”

“不。”谢修弋回答得很干脆，“他自己有手。”

柯姣震惊了：“你也有啊！”

这人到底怎么回事，年纪越大怎么越吓人了……

“我小时候可没他那么娇生惯养，凡事自己动手。”他回答着，恬不知耻地在她耳边低低叫了她一声，“老婆。”

这么多年，柯姣对他的声音还是半点抵抗力也没有，这时脸一红，手一抖，很干脆地就将布丁喂到他嘴里，就如当年他追她的时候一样。

另一边的芮优和孟伊芸此时面无表情地看了一会儿谢修弋，终于不忍直视地别过头去。

谢佑识看着妈妈喂爸爸吃布丁，委屈地扁扁嘴，自己抱着布丁，悄悄地走到自己房间去了。

爸爸不疼他，妈妈总是被爸爸霸占着，他……他是个没人爱的小孩……

虽然眼眶里眼泪在打转，他还是坚强地一口一口自己挖着布丁吃，小朋友坐在自己的床上，觉得全天下的人都不爱他。

“哭什么？”

谢佑识刚吃完布丁，就听到身后传来一声低冷的男声，谢佑识仓皇回过头，便看见谢修弋正靠在门边，一脸淡漠地看着他。

谢佑识对爸爸一向又敬又怕，还有很多埋在内心深处的爱，这时他看着爸爸高大的身影，一时眼泪也忘记掉了，张了张嘴，竟然脱口撒娇道：“我想要爸爸给我讲故事。”

谢修弋看了一眼在厨房和孟伊芸一起洗菜的柯姣，眉眼间微微动了动。

房间里悄声无息，谢佑识壮着胆子看着他爸爸那张没什么表情的脸，小手掌紧紧攥成了一个拳头。

“讲什么？”过了良久，谢修弋竟然真的从门边走进屋子，在他的床边坐下。

谢佑识感觉到床陷下去的力度，惊讶地看着谢修弋：“爸爸……”

“想听什么？”谢修弋脸上虽然没有表情，但是神色却是柔和了一些。

谢佑识看看爸爸，小脑瓜子想了想，突然移动了下自己的身体，依偎在了爸爸的身边。

谢修弋看他一眼。

“妈妈总是抱着我给我讲故事的。”小可爱眨了眨眼睛。

谢修弋心里觉得这孩子可能是真的遗传了自己，不动声色地勾了勾嘴角，将儿子抱在了自己腿上。

“爸爸，我想听《一千零一夜》。”小可爱今天头一次离爸爸那么近，开心得快要飞起来了，手舞足蹈地点名。

“《辛巴达历险记》？”

“好！要听。”

谢修弋翻开小人书，垂下眸子扫了一眼故事，清了清嗓子，当真开始念了起来。

谢佑识抬头看着爸爸俊逸的侧脸，觉得爸爸的声音像是有魔力似的，仿佛将他带入了那个世界里。

爸爸的声音真的好好听啊……芮优叔叔和伊芸阿姨都和他说过，好多好多数不清的人喜欢爸爸的声音，为爸爸的声音着迷，连妈妈听到爸爸说话，有时候都会脸红呢……

“爸爸。”谢佑识好像觉得自己又困了，攥着爸爸的衣角说，“爸爸，你有空的时候，还会给我讲故事吗？”

谢修弋握着故事书，哭笑不得地看着听得快睡着的小朋友，本来想冷冰冰地回答，却还是软了声音，淡淡“嗯”了一声。

“爸爸……”小家伙在梦里，还在迷迷糊糊地叫着他，“不要不喜欢我……”

谢修弋合上故事书，轻轻摸摸儿子的小脑袋，将小家伙塞到被子里。

其实，他并不是不喜欢自己的儿子，谢佑识从小就被身边的所有人喜欢，受到了太多的注目，他从心底里不想让自己的孩子被这种光环套住，以后无法挣脱，所以才狠下心，对小家伙严厉，让小家伙时时刻刻警示自己。

可是，谢佑识毕竟还小，他还不懂太多，只要他们正确引导，他不会被这种光环给惯坏，还是会健康成长的。

因为，他知道，他不想让他的儿子经受他小时候的孤独，他想让他的儿子理所当然地享受他的喜欢和关爱。

“知道了。”

等小家伙睡着了，他才露出平时从不会露出的温柔目光，摸摸小家伙的小脸，低声笑道：“我不喜欢我儿子，喜欢谁？”

谢佑识虽然已经在睡梦中，但是仿佛也感觉到了爸爸难得的温柔，在睡梦中幸福地咧了咧嘴。

他贪心地希望，这个声音能永远陪着他，每一天陪着他成长起来。

这是妈妈最爱的声音，也是他最爱的声音。

平安夜

平安夜当晚，谢修弋提早结束了工作。

他要出工作室的时候，助手匆匆忙忙地跑进来，把手里包装精美的蛋糕盒小心翼翼地递给他："老板！您的圣诞蛋糕！"

谢修弋拿过蛋糕，看了一眼："谢谢，平安夜快乐！"

"恭送老板！"助手见谢修弋似乎对蛋糕很满意，立刻松了口气，"祝老板及夫人平安夜快乐！"

助手马屁拍得很到位，谢修弋出门前淡淡道："今天早点下班陪女朋友吧。"

"谢老板！"助手笑得乐不可支。

其实原本今晚谢修弋是想和柯姣两个人宅在家里度过，点个蜡烛，吃个蛋糕，早早睡觉的，然而，柯姣却说他们几乎每天都是这么过来的，今年平安夜不如热闹一些，去找芮优和孟伊芸一起过。

他当时虽然皱了皱眉想抗议，但是看着自家夫人一副挺期待的样子，想了想，还是作罢了。

回到家，柯姣早就在等着他了，两个人洗了个澡，拿上蛋糕，敲响隔壁的房门。

谁知，等了好一会儿，门才从里面被人慢慢打开。

视线里，芮优平日那张充满活力的俊脸居然板得像一个青铜器，铁青铁青的。

"来了。"芮优抬了抬眉，无精打采地瞥了他们两个一眼。

柯姣和谢修弋对视了一眼，柯姣露出笑容，举了举手里的蛋糕。

"老曲，平安夜快乐啊！"

芮优动了动薄唇，想要说"同乐"，却憋了半天还没说出来。

"你怎么回事？"谢修弋没有耐心，冷冷道，"大冬天的，你把我和我老婆整整晾在门口五分钟都不让我们进门，你脑子被驴踢了？”

芮优听到他这么说，烦躁地挠了挠头发：“我说，你们俩今天还是回去自己过吧，别影响你们俩心情。”

“怎么了？”柯姣估计芮优肯定是和孟伊芸出了点问题才会这样，“你和小伊芸吵架了？她人呢？”

“她在屋里。”

芮优耷拉着脑袋：“已经半天没和我说过话了。”

“啊？”柯姣疑惑，“为啥？”

她前两天看到两个人的时候还是好好的，怎么平安夜突然就变了？

谢修弋搂着柯姣的肩膀，作势要转身：“别浪费我们时间，两米多的大男人，居然和老婆吵个架都搞不定。”

“谢修弋你别横啊！”芮优跳了脚，“你别站着说话不腰疼！”

“你们俩到底怎么了？”柯姣又问了一遍。

“哎……”芮优叹了口气，挣扎了好一会儿，才声音低低地道，“其实就是一件特别小的事情，她今天早上给我看了一张她和另外一个女性朋友的合照，我随口说了一句这女生长得还不错，然后她就发飙了……”

柯姣愣了愣，无奈地扶住了额头。

嗯……这的确像孟伊芸小朋友干出来的事……

“她说我其实就是喜欢长发的姑娘，说我根本不喜欢她这样的，还要把我赶出家门……”芮优边说，边打开了门，让他们进来，“我就纳闷了，我就随口说了这么一句话，她怎么就能联想到这么多呢，我要是不喜欢她我还会娶她吗你说……”

柯姣虽然知道他很沮丧，但是看到曾经天不怕地不怕的小王子居然变成现在这样，还是忍不住笑了出来。

“菠菜，你还笑我！”芮优瞪大了眼睛。

“笑你怎么了。”谢修弋横了他一眼，“你这种人活该被骂。”

“你快让小伊芸出来吃蛋糕。”柯姣这时说，“你好好和她解释，没有过不去的事情。”

“我说了，她不听啊！”芮优急得快撞墙了。

“小伊芸。”柯姣对他们眨了眨眼睛，对着卧室那边的方向说道，“快出来吃蛋糕了，是你喜欢吃的圣诞马卡龙蛋糕！”

“我不吃！”两秒后，孟伊芸具有穿透力的声音从屋里冒了出来，“让芮优滚出去！他滚出去我再出来！”

芮优面如死灰，柯姣背过身去笑出了声，谢修弋动了动嘴唇，也是一副忍着笑的样子。

屋里再次归入平静，柯姣切了蛋糕，分成四块，她自己先吃了两口，见身边谢修弋一副不准备动勺子的样子，只好无奈地拿起叉子，挖了一口喂给他吃。

“喏，接下来的自己吃。”她对他说。

“还要喂一口。”谢修弋面不改色地道。

柯姣只能再喂他一口。

“老婆，再喂一口。”

柯姣喂了一口。

“老婆，我要吃这个草莓。”

又是一口。

“老婆，我自己吃没你喂吃得香。”

再来一口。

“老婆，我手断了。”

柯姣满脸无语，还没动作，一旁旁观了全程的芮优终于发飙了：“谢修弋你给我滚出去！别在我家秀恩爱！”

“好。”

谢修弋起身起得飞快，一把抓起柯姣的手。

“走了。”

晚上睡觉前，柯姣拿出手机看微博，看到的第一条居然是一向不爱发微博的芮优发的。

贺曲优：十二月二十四日，因本人自以为是，信口开河，心术不正，居然在本人老婆面前说其他女人长得好看。我心甘情愿写下这条认错微博，我承认自己的错误，希望老婆能够原谅我，放我进门。

见证人：古奈。

柯姣实在笑得眼泪都要出来了，赶紧把这条微博给身边的谢修弋看。

两秒后，已经几个月没有发微博的 Djay 破天荒地转发了这条微博。

【Djay：祝跪搓衣板夜愉快。】

你听得到

柯姣最近一阵有点烦躁，原因无他，每过一段时间总会冒出来折磨她的写文瓶颈期又到了，哪怕是坐着写，趴着写，躺着写……都是毫无头绪，这情况已经持续了好几天了，让她几近崩溃。

晚上谢修弋忙完工作回到家，就看到她把自己整个人埋在被子里，只露出一个蓬头垢面的头的模样。

听到他的脚步声，她也没动静，他放下钥匙，抿了抿唇，走到床边，把那团被子往自己怀里捞了捞。

他说："我的饭呢？"

柯姣的声音闷闷的："没做。"

"我的水果呢？"

"没切。"

"我老婆呢？"

"没气了。"

他勾了勾嘴角，微微低下头凑过去，轻碰了一下她的嘴唇和脸："还有呼吸啊。"

柯姣皱了皱眉头："我没洗脸。"

“我不介意。”

“我没洗头。”

“我不介意。”

“我真的很烦。”

“我知道。”

“我啥都不想写，写啥都觉得没劲，写啥都觉得无趣，写一千字就得把这一千字给推翻了，写两万字也得删了这两万字。”

“嗯。”

“我好烦啊，我不想写了，写了也没人会看吧。”

“我看。”

“啊？”

“无论你写什么，只要你还在写，哪怕写得超级烂，我也看。”

柯姣微微在被子里翻了一个身，看着他安静的脸庞，冷哼了一声：“你从来不看言情小说，你以为我不知道？”

“你写的我会看。”

她还没来得及说话，他就已经自顾自地把她所有写过的小说的梗概，包括人物性格都一一列举了出来，居然没有一点遗漏。

他的声音那么好听，认真地对着她说着这些，慢慢地，好像就让她觉得快要爆炸了的脑子没那么难受了。

过了半晌，他摸摸她的脑袋：“前几天忙，我知道你情绪不好，就等着这个时候想好好跟你说。”

她呼了一口气：“谢修弋，你是那么温柔的人吗？”

他淡淡地耸了耸肩，一副理所当然的样子：“除老婆外不可见。”

她再闷了一会儿，从被子里翻了出来：“我去给你做饭。”

“不用了。”他将她一把拉回怀里，“我给你唱歌听。”

“唱哪首？”她咬了咬嘴唇，忍不住就开始笑，“唱得不好听，我还是会奓毛的。”

他佯装认真地想了想，靠近她的耳边，一字一句地说：“你听得到？”

最爱的声音

谢修弋最近不太高兴。

当然，能让他不高兴的事其实还真不少，毕竟他在外人面前脾气确实挺糟糕。

唯一能让他产生不高兴情绪的人只有一个，那就是他的太太柯姣。

柯姣上一本小说刚完结，实体书的正文和番外稿也全都交了，现在整个人是一身轻的状态。

因此，当早上她和谢修弋一起把儿子谢佑识送去幼儿园，谢修弋自己去录音棚录歌之后，她就回家进入了独属于她自己的"狂欢"状态。

她最近沉迷于一款手机游戏。

其实这款游戏并不太特别，是现下很多年轻女孩子喜欢的恋爱经营类游戏。游戏里有不同类型的男主角，玩家通过完成各种主线和支线任务和男主角发展恋爱关系。

以前，她对这种游戏没太大的兴趣，但这款游戏却在这一类游戏中做到了顶端，请了目前全国超一线配音演员来演绎这些男主角。

而其中有一个男主角的声音，恰好特别对她的胃口。

因为这人的声音和谢修弋有点像。但又不是完全相似，谢修弋的声音比他冷一些，这个配音演员的声音则偏柔和一些。

其实柯姣根本没怎么花时间去了解这个配音演员究竟是谁，甚至连对方的名字也不知道，她只是单纯觉得这人的声音很好听，和这个虚拟男主角在游戏里互动还挺有意思的。

而在她持续玩这个游戏一周之后，谢修弋发现不对劲了。

他最近忙于录制新专辑，陪她的时间比之前少，但这并不代表他不关心她，没有注意她的情况。

这天晚上，当柯姣洗完澡在床上玩这个游戏的时候，他一边擦着头发从浴室里出来，一边淡声问她："你怎么最近那么喜欢玩这个游戏？"

柯姣对着手机，头也不抬地说："还好吧，我只是想快点通关而已。"

早上谢修弋在看到她玩这个游戏的时候，已经默默地记下了游戏名字，也已经私底下查过了这到底是个什么游戏。

所以，他的眉头慢慢蹙了起来："这个男主角能有多帅？能比我有吸引力？"

她听到这话，终于从手机上抬起了头，冲着他笑："哎呀，你和游戏里的虚拟人物吃什么醋呀？"

谢修弋放下了手里的毛巾，面无表情地说："你觉得给这个男主角配音的人声音很好听？"

柯姣的心事被戳破，但又不能直接承认，只能含糊其词："就……还行吧。"

他这时又朝她走近了一步，微微弯下腰，一双漆黑漂亮的眼睛紧紧地盯着她："能有我的声音好听？"

她张了张嘴，对着这个已经和自己结婚好几年，儿子都能打酱油的男人，心跳竟然一下子有点儿快："没……当然没有啊。"

他依旧维持着这个姿势看着她。

就在她以为他要偏头朝自己吻过来的时候，他却忽然往后退了一步。

"行。"一室的柔光中，谢修弋看着她说完这个字，紧接着冷笑了一声。

柯姣一脸蒙。

之后，谢修弋没有再在她面前提起关于这个游戏的事情，就好像他已经完全不把这件事放在心上了一样。

这天晚上，柯姣把谢佑识哄睡着了以后，回到房间边打开游戏，边等谢修弋回家。

可她登录游戏之后，却发现游戏界面突然弹出了一个奇怪的对话框。

有一位叫 DKJ 的人想和你聊天，请问你是否愿意？

下面标着“愿意”和“不愿意”的选项供她选择。

她狐疑地盯着那个对话框，总觉得在自己的记忆中，玩这个游戏这么久从来没有出现过这样的情况。

难道是今天游戏更新后，新版本增加了支线副本剧情吗？

这个 DKJ 是个新的人物角色？

她对着那个对话框思考了两秒，最终还是点下了“愿意”的按钮。

然后，下一秒，她的手机屏幕上就出现了一个她此前从未见过的男性角色。

这个游戏人物留着黑发，眼睛生得极漂亮，鼻梁很挺，嘴唇薄薄的，尾端有些翘，皮肤又很白皙，是那种典型的大帅哥。

不仅如此，她盯着这个陌生的游戏人物，竟然感觉有一丝莫名的熟悉感。

因为她的手机没插耳机，因此下一秒，她就听到一道声音从她的手机里传出来。

“你好。”

在柯姣听到这个声音的那一刻，她感觉自己的脸颊红了。真的不夸张，只有两个字，但她一下子就觉得自己耳热脸红。

因为这道声音，让她想起了当年她第一次听到谢修弋，也就是 Djay 的声音时，自己心跳加速的感觉。

这也太像了吧？

她有一瞬间都感觉这好像是谢修弋的声音。可是她也很清楚，给这个游戏人物配音的人绝对不可能是谢修弋。

然后，她选择给对方打了招呼，那道声音又说：“看到你，总觉得有些莫名的熟悉感，或许这就是一见钟情吧。”

那道声音冷冷淡淡的，说着这样的话，却更能吸引人。

听完这句话，柯姣捧着手机的手心都出了手汗，她咽了口口水，有一瞬间觉得自己好像背叛了谢修弋。

这可太离谱了。

她一个有老公有孩子的人，对着游戏里的一个虚拟人物，此时此刻竟然心跳快得都要从身体里蹦出来似的。

但是，这声音也太好听了吧！

作为一个声控，对着这么好听的声音，她真的受不了啊！

柯姣一边痛苦地承受着“出轨和背叛”的罪恶感和愧疚感，一边又无法忍住继续和这个游戏人物对话。

她就这样玩了一连三天。

就算她已经极力控制自己不要老盯着游戏，可只要谢修弋一不在，她就会忍不住上线和这个叫 DKJ 的人物对话，只为了多听听他说话的声音。

她觉得自己疯了，就好像回到了最开始痴迷 Djay 的声音，翻来覆去听他的古风歌曲几百遍的那段日子。

第四天。

当她在给谢佑识弄早饭，因为想着 DKJ 的声音差点把儿子的早饭都给打翻的时候，她终于忍无可忍，决定等会儿对谢修弋坦白，并发誓从此以后把这个游戏彻底从自己的手机上删除。

将谢佑识送到幼儿园后，她制止了谢修弋想要发动车子送她回家的举动。

封闭的车厢内，柯姣深深地呼吸了一口气，而后抓住了谢修弋的手：“老公。”

谢修弋抬了抬眼皮，低声“嗯”了一声。

“我有话要对你说。”她咬着牙，努力在心里给自己打气，“我想向你道歉。”

他挑了下眉头，却也没见他感到意外。

“为什么要向我道歉？”

她看着他那双漂亮的眼睛，说话渐渐开始磕巴起来：“就是……你记不记得，我一直在手机上玩的一个游戏，就是恋爱经营类游戏……”

他靠在驾驶座的靠背上，侧头静静地看着她：“然后呢？”

“就是……”柯姣渐渐感觉有些难以启齿，“就是……前两天，这游戏里出了一个新的人物，给那个新人物配音的那个配音演员，声音……特别特别好听……”

说到这里，她微微垂下头叹了口气，实在是不知道该怎么继续说下去了。

难道就这样对着谢修弋直接说——因为那个配音演员的声音实在是太好听，和你太像了，所以我都快要爱上他了。因此，为了及时制止我自己的罪恶行为，我打算立刻删游戏并乞求你的原谅吗？

下一秒，她忽然听到谢修弋说：“你好。”

柯姣浑身一震，猛地抬起头看向他。

他用手支着自己的脸颊，似笑非笑地望着她：“看到你，总觉得有些莫名的熟悉感，或许这就是一见钟情吧。”

柯姣惊呆了。

DKJ 的声音和面前的人的声音在她的脑中滚动播放，最终完完全全地重叠在了一起。

真的一模一样。他连一个字都没有说错，而且连说话的腔调，都和游戏里的 DKJ 一模一样。

柯姣彻底蒙了，她瞪大着眼睛看着他，张了张嘴：“你……”

“我就是 DKJ。”他扬了扬眉，“Dear Ke Jiao，亲爱的柯姣，是这个名字的含义。”

她目瞪口呆地望着他，觉得自己的心脏都要从嗓子眼儿里跳出来了。

“之前在发现你玩这个游戏的时候，我就已经找到了这家游戏公司的负责人，和他们签了合约并录了一些音频过去，让他们塑造出 DKJ 这个人物。接着，我让他们的游戏设计师把由我配音的 DKJ 这个人物推送到你个人的游戏界面里，和你对话，和你走剧情。

“这个人物不会对外发行，所以，这是一个独属于你的人物。

“只有你能和他，也就是和我对话，并发展恋爱关系。”

他说完这些，忽然就朝她靠了过来。

柯姣呼吸一滞，眼睁睁地看着他越靠越近，最终，感觉到他的吻轻轻地落在了自己的唇角。

这实在是太离谱了。

原来她这几天的“出轨对象”，竟然就是她老公本人。

他怎么能背着她玩这么一招！这让她想发脾气，都不知道该从何发起啊！

在她发愣的时候，谢修弋已经吻上了她。

柯皎听着耳边自己如雷的心跳声，感觉仿佛回到了刚开始和他谈恋爱的时候。

不知道过了多久，他才终于慢慢地退开了一些。

而后，他低笑了一声，靠在她的唇边，用无比诱人的声音对她说：“所以，亲爱的，我希望你通过这件事，能够明白一个道理。”

“你这辈子最爱的声音，只能是我。也只会是我。”

心动伊始

这天，谢修弋独自去长川参加一个商演。

按照惯例，柯皎要是没有什么事情的话都会陪着他一块儿去，两个人会直接毫无负罪感地把儿子扔到爸妈家或者芮优家，在老曲的叫骂声中，潇洒地出去公费旅游。

但这回情况特殊，柯皎最近刚好在连载一篇新文，这篇新文的背景还是历史架空，有点难写。她都差点把自己的头发给薅秃了，所以便没有跟着去，而是留在家里勤勤恳恳打字，顺便照顾孩子。

晚上十点多好不容易将儿子谢佑识哄睡着后，她刚打开电脑准备工作，就听到家里的门铃响了。

柯皎一脸疑惑地从书桌前起身，想着这个时间点有谁会来家里，穿着拖鞋跑到玄关。

结果，她透过猫眼往外一看，傻眼了。

柯姣急急打开门，斜斜倚靠在门外看着她的，可不是今天晚上本应该在长川过夜的谢修弋吗？

即便亲眼看着面前的人英俊的脸庞，她还是感觉自己仿若在梦中。直到他上前一步，关上门将她拥个满怀，她才恍然回神。

“你……你怎么回来了？”她抱着他宽厚的背脊，依然感到有些不可置信，“你不是应该明天早上才……”

谢修弋满脸不开心，凉飕飕的嗓音里透露着一丝委屈：“被迫吃了一晚上狗粮，实在心里不爽，就提前坐车赶回来了。”

她一听“狗粮”二字，大约就猜到是谁惹到她家巨婴了，掩着嘴偷笑：“是桃心和芮疏予吗？”

桃心和芮疏予是当今演艺行业炙手可热的夫妇，也是她和谢修弋的挚友。今晚的商演他们俩也在场，用鼻孔想也知道肯定是这对刺头夫妇把她家巨婴给招惹了。

谢修弋搂着她走到沙发边坐下，从鼻孔里“哼”了一声。

她抬手揉了揉他柔软的黑发，给他顺毛：“跟我说说，他们俩怎么欺负你了？”

他背靠在沙发上，神情里满是嫌弃：“表演还没开始的时候，其他几个认识的歌手拉我们一块在后台玩真心话大冒险。”

“玩就玩吧，他们俩老是被国王抽到，要回答问题。

“回答就回答吧，每次的国王都特喜欢他俩，然后就问他们一些恶心的问题。”

谢修弋平时惜字如金，难得一口气说那么多话，看来是真给气坏了。

不知道为什么，柯姣明明知道他在生气，却觉得越看越可爱，还觉得很好笑。但为了顾及他的颜面，她只能憋着笑，憋得差点喘不上气。

“唔。”她竭力将嘴角边的不断伏起的笑意压下去，“那国王问他们什么问题了？”

谢修弋面无表情地说：“为什么会喜欢上对方，第一次对对方心动是什么样的场景，最喜欢对方身体的哪个部分……”

说到这儿，他都给气笑了："呵，其他的记不得了。"

柯姣拼命用手指掐着自己的手心，装作义正词严的模样。

"那他俩也太过分了！那么多人在场呢，也不注意点儿影响，生怕别人不知道他俩是连体婴是吗！"

谢修弋冷笑一声："可不是吗？平时上综艺节目撒狗粮还嫌不够腻歪。"

"就是。"

"微博上天天隔空表白还嫌不够招摇过市。"

"没错。"

"每次当着我们的面搂搂抱抱还嫌我们不够反胃。"

"对。"

"就他俩有对象是吧？就他俩能撒狗粮是吧？"

"太爱显摆了！"

没等柯姣继续附和，就听到谢修弋冷不丁插了一句进来："那你第一次对我心动是什么样的场景？"

眼见谢修弋两只漂亮的眼睛一眨不眨地盯着自己，且有要是她今晚不回答就别想睡觉的趋势，她心底暗暗感叹了一句"这年头老公简直比儿子还难带"，绞尽脑汁地开始回想。

"第一次开始有心动的感觉应该是你帮我配音我的小说《回到过去》，说你是为了报恩吧……"

谢修弋搂着她的肩膀，眉头轻微动了动，似乎并非对这个答案感到完全满意。

"当然，最最心动的还是你因为停电，抱着电脑在楼道里给我唱《凰枝令》帮我庆生的那一天。"

那一天，她的幻想被照进了现实，她的偶像和她初有好感的男孩完完全全重叠了起来，从此开启了她无限甜蜜的未来。

时至今日，她都时常感慨自己是个多么幸运的人，能够有幸拥有一个这么可爱的大男孩。

他似乎是看出来了她对那一天的铭记和眷恋，这才傲娇地稍稍点了点头，紧接着追问道：“那你为什么会喜欢上我？”

“一定要说理由吗？”

“难道不是因为声音吗？”

“当然不止是因为声音呢。”

喜欢你，声音是经久不衰的旋律，但心动却完完全全源于你这个独特的人本身。

他眸色微动，似是便黯了些，嗓音也压得极低：“那你……最喜欢我身体的哪个部分？”

相识相爱那么多年，他可以拿捏她对他声音的哪道声线最没有抵抗力，每回都用这样的小手段轻而易举地俘获她的悸动。

她一听这个问题，耳根就红了。

在一室的安静中，她咬了咬唇，目光想触及他的身体，却又堪堪避开。

“我……我最喜欢……”柯皎咬着唇，吞吞吐吐半天，就在她想再次抬眼朝他看过去的时候，却发现谢修弋的脸已经近在咫尺。

“没关系。”他轻轻吻上她的嘴唇，在她的唇边低语，“等会儿再慢慢告诉我吧。”

甜蜜小剧场

1

有一次，一档国内最红的访谈节目请到了前实力男演员司空景和人气男歌手谢修弋一起做访谈，这种事情可能一辈子只会碰到一次，因此，那期节目开始前，全国人民都紧张兮兮地守在了电视机前。

节目开始后，主持人寒暄过后便开始对两位顶级偶像进行提问。

主持人问：“请两位偶像聊聊，你们现在一般在家主要在做些什么呢？”

司空景答："陪老婆散步，给她做饭，和她一起教育孩子。"

主持人感叹道："真是招人羡慕！做你的太太也真是幸福！"

司空景笑着说："她应该是觉得挺幸福的。"

谢修弋淡淡开口："我觉得比起我老婆，我比较幸福吧。"

主持人问："为什么这么说？"

谢修弋一副冷漠的表情说："因为我在家里不做家务不带小孩不烧饭，基本什么都不干。"

司空景略讶异地问："那你在家里干什么？"

谢修弋一副傲娇的表情说："黏着她啊。"

司空景说："小子，你这是在我面前秀恩爱吗？"

谢修弋说："不敢，只是陈述实情。"

2

有一天，芮优照例带着老婆到谢修弋家玩，两个大男人在客厅里打了会儿游戏，准备歇下来去瞅瞅老婆们在干什么。

一进房间，就见柯姣和孟伊芸两个人都戴着耳机凑在电脑前聚精会神的模样，芮优走过去戳戳孟伊芸的背脊，孟伊芸回过头，他看得吓了一跳，问道："老婆你怎么了？"

只见孟伊芸的鼻子下此刻有一行清晰的鼻血，她抬起手擦擦自己的鼻子，下一秒立刻紧张地捂住了电脑屏幕，冲着芮优说："你别过来！"

一旁的谢修弋此刻眯了眯眼微笑，以迅雷不及掩耳之势摘下柯姣耳朵里的耳机插进自己耳朵里，柯姣始料不及，赤红着脸试图阻止："你别听……"

谢修弋定定地听了一会儿，脸色铁青地摘下了耳机。

柯姣知道今天自己完蛋了，赶紧把身边的孟伊芸推走："你快走你快走。"

谢修弋此时伸出手把孟伊芸扔进芮优怀里，对他说："快滚。"

芮优一脸不解。

谢修弋说："你老婆和我老婆在听和我们俩声线很像的漫画广播剧。"

芮优发出疑惑的声音："哈？"

谢修弋又说："快走吧，你个傻子。"

3

今年的万圣节是周一，于是一众人说好当晚各自穿奇装异服到芮优家去搞万圣节聚会。

临近傍晚的时候孟伊芸给自己搞了一个小丑女的造型，她迷反派迷得不行，坏姑娘的风格尤其适合她，她满意地拍了几张自拍，然后嘚瑟地拿着棒球棍去骚扰正不耐烦地把自己装扮成小丑的芮优。

帮芮优上完妆之后，孟伊芸看着他三秒，笑得倒地不起，芮优气得吹胡子瞪眼，把她提起来凶了好几句，然后一看孟伊芸变脸了，又没骨气地赔不是。

小夫妻闹了一会儿，孟伊芸提出要去谢修弋家瞅瞅那两位打扮成什么样了。

两个人按了好一会儿门铃，谢修弋才从里面开了门，孟伊芸看得眼睛一亮，情不自禁地脱口而出："好帅！"

原来谢修弋已经把自己装扮成了吸血鬼，黑色金花纹的里衣、披风，配上他俊逸的五官，简直就是迷倒万千少女的吸血鬼王子。

孟伊芸这一惊呼，芮优顿时大怒。

"老谢你把自己收拾得那么人模人样做什么？说好的比谁恐怖呢？还勾引我老婆！"

谢修弋冷漠地看着暴跳如雷的芮优，把门重新关上，走回到卧室。

卧室里，柯姣正红着脸对着一个箱子发愁，他走过去从后搂着她，低沉道："还没想好穿什么？"

柯姣羞恼地指着箱子说："万圣节谁会穿这些？我可不能穿这些去芮优家……"

只见箱子里此刻摆着各种各样的衣服，兔女郎服、小护士服、猫女郎服……无所不有，但都是不能穿出去的服装。

谢修弋挑唇一笑："那就别去了，在家穿给我看就好。"

当晚，果然谢修弋、柯姣夫妇没有出现。

4

平安夜晚上，芮优给谢修弋打了通电话，想给他和柯姣道声平安夜快乐。

谁料电话响了很久，却始终都没有人接听。

直到这天的凌晨，芮优抱着孟伊芸都快睡着了，谢修弋才吝啬地回了条微信。

【谢修弋：嗯？】

【贺曲优：你几个小时不回电话，在干什么呢？】

【谢修弋：平安夜，我为什么要回你的电话？】

【贺曲优：你是不是又去欺负柯姣了？】

谢修弋没回了。

彼时，谢修弋正靠在床头，看着怀里柯姣安静的睡颜，眼底不自觉地带上了丝笑意。

芮优打电话来那会儿，他其实正在应她的要求给她唱圣诞歌。

唱着唱着，他却忽然动了坏心思，即兴编了一段《今夜晓晓》的旋律进去。

于是，原本听得正开心的柯姣忽然被那段性感的唱腔逗得满脸通红，随后不自觉地就想逃离沙发这块危险地带。

然而谢修弋早就想好了要怎么截她的后路，一手捞人，将她的抗议统统都堵进了吻里。

第二天一早，芮优起床给老婆做早餐，才收到了他的回信。

【谢修弋：你倒也没说错。】

【贺曲优：你这个禽兽！】

偏心

柯姣是个脾气很好的人。

她平时向来温和待人，鲜少动怒，有些人遇到某些事可能早就气急跳脚了，可到了她这儿，她似乎都不会有什么太大的反应，经常笑眯眯地来一句“没关系”就把事情给揭过了，闺密曾倩以前经常戏称她为“活菩萨”或者“柯大佛”。

而谢修弋性子冷僻是众所皆知的事情，关键是他不仅冷，还有点怪，用芮优的话来说，就是“真难伺候”。

可这样两个性格截然不同的人从谈恋爱走到结婚，相处却始终很融洽。

谢修弋极其宠爱珍视柯姣自然是原因之一，但在芮优他们这些好朋友的眼里，柯姣包容谢修弋身上所有的奇奇怪怪是更为重要的原因。

“要是换我来跟谢修弋过日子，我绝对连一分钟都过不下去！”有次聚餐，芮优拍着桌子说，“菠菜，我是真佩服你，我这辈子就没见过比这家伙更难搞的人。”

他话音刚落下，没等柯姣发话，回应他的就是谢修弋毫不留情的一脚。

“谁要你跟我过日子？”谢修弋冷着张帅脸，极其嫌弃地瞥了芮优一眼，“我还可怜孟伊芸得天天和你这个大老粗过日子呢。”

最后这顿饭毫不意外地以芮优鼻青眼肿地在地上骂骂咧咧收场。

在大家的眼中，谢修弋和柯姣可能这辈子都不会有闹别扭的时候，他们会一直这样惹人嫌地腻歪到老。

直到某一天，正和孟伊芸一起给家里那对双胞胎小魔王洗澡的芮优听见家里的门铃响了，然后他顶着一身被小魔王们泼湿的衣服，无比烦躁地拉开家门，发现自己家门外站着一脸落寞的谢修弋。

谢修弋的身上还穿着睡衣，一向服帖的头发罕见地有些毛躁……大约是被他自己抓的，而那张俊脸更是史无前例的难看，简直比烧焦的锅底还要黑。

芮优打量了他两秒，刚刚被儿子们折腾疯了的心忽然就不烦躁了。

这个世界上怎么可能有人不想看谢修弋吃瘪啊！

于是，他丝毫没有掩饰自己满脸的得意和欣喜，甚至连语气都是上扬的："咋了？一脸吃瘪的表情？终于被菠菜赶出家门了吗？"

谢修弋的额头上青筋迭起，他连一个字都懒得回芮优，直接用脚将两米多的芮优踹开，大步进了芮家的大门。

"老曲，你人呢？"

原本在浴室等芮优回来的孟伊芸见芮优迟迟没有出现，只能从浴室里探了个脑袋出来找人，结果却迎面撞上了谢修弋。

"谢修弋？"孟伊芸疑惑地望着站在浴室外气势汹汹的谢修弋，"你怎么来了？"

谢修弋回得言简意赅："有空吗？"

孟伊芸更傻眼了："你找我？"

他点了下头。

孟伊芸仔细看了看他脸上的表情，又看了看他身后手舞足蹈的芮优，迟疑地问道："难道，你和小菠菜吵架了？"

"他都被小菠菜赶出家门了，能不是吵架吗？"

没等谢修弋开口，芮优已经欢天喜地地拿起手机给岱华、白银他们说了这个惊天大喜讯，还不忘偷拍谢修弋的臭脸发过去，激动得就差没在家里贴横幅了。

"让我身后那个傻大个去给孩子洗澡。"谢修弋用尽最后的耐心对孟伊芸说，"我们去书房说。"

孟伊芸看到谢修弋过来找她求救时的第一反应是既惊奇又好笑，等她在书房里听完谢修弋叙述自己是如何被扫地出门的原因后，她的反应就只剩下好笑了。

要不是谢修弋的脸实在不忍直视，她真的会在书房大笑出声。

说是吵架，但实际上只是谢修弋单方面地被柯姣冷战了——毕竟柯姣不是个会与人起言语争执的人，而谢修弋又是个彻头彻尾的妻奴，怎么敢跟老婆呛声？

那谢修弋又是怎么把这么温顺的柯姣破天荒地给惹毛的呢？

原因很简单。

谢修弋家有两个娃，一男一女，哥哥叫谢佑识，妹妹叫谢芷柠，兄妹俩差了整整六岁。

谢佑识情商高，向来很懂事，身为哥哥一直很照顾年龄还小的妹妹，从来都没有跟自己妹妹吃过醋较过劲，还对妹妹十分谦让。

谢芷柠长得可爱漂亮，完全随了谢修弋的五官，跟个洋娃娃似的，还特别会撒娇，谁见了都喜欢得紧。

但身为母亲，柯姣却表现得很公正，从来都没有偏袒过小女儿，对待儿女一视同仁。

而谢修弋呢？他身为孩子他爹，竟然还不如自己的儿子做得好。

他不仅严重偏心谢芷柠，还和自己的亲儿子较劲吃醋。

碰巧今天柯姣连载新文，实在赶不及做饭，就让他给孩子们弄点吃的。等柯姣出来一看，发现谢芷柠在餐桌边吃得满脸油光，而谢佑识则委屈巴巴地在沙发上啃面包。

谢佑识一看到妈妈，就像看到了救星，赶紧冲过去对她说："妈妈，我好饿啊！"

柯姣摸了摸他的脑袋问："爸爸没给你弄吃的吗？"

谢佑识扁了扁嘴："弄了，但是我没吃饱，想让爸爸给我加餐，爸爸不让……可是他给妹妹加了蛋糕。我并不是想和妹妹抢，我只是希望我也能分到一点。"

没等柯姣说话，从厨房去给谢芷柠拿蛋糕的谢修弋就在他们身后冷声开口道："谁让你跟妈妈打小报告的？平时缠你妈妈还缠得不够多吗？"

然后柯姣就彻底生气了。

她二话不说，先去厨房给谢佑识弄了些热乎的吃食，然后将两个孩子都哄去睡觉后，直接把谢修弋关在了卧室的房门外。

“谢修弋，如果你今天不彻底认识到你自己的错误，你就永远别来跟我说话。”

今天的事其实只是一个导火索，连日来谢修弋愈演愈烈的偏心早就让柯姣大为不满。

她曾好言好语地劝过他很多次要他对两个孩子一视同仁，但他每次都会说男孩子皮糙肉厚用不着那么细心地供着，还说一看见谢佑识缠着她就心烦，想等谢佑识再长大点儿就把他送出国。

所以，在孟伊芸看来，谢修弋被脾气这么好的柯姣甩脸子完全是他自作自受，这是真把老实人给惹急了。

“你知道自己哪里错了吗？”孟伊芸瞥了一眼在书房外听墙角的芮优，忍着笑问谢修弋。

谢修弋沉默两秒说：“应该知道了吧。”

“应该？”听墙角的芮优完全不懂得低调，“你这种人到底是怎么娶到老婆的啊！还生了两个娃！”

“滚。”谢修弋头也不回地说，“你有资格说我？”

孟伊芸又问：“那你说说看，你觉得你自己哪儿有问题。”

谢修弋又沉默了片刻才说：“我不该故意给谢佑识少吃晚餐。”

孟伊芸无语。

芮优大笑：“哈哈哈哈哈哈你是真的没救了！”

谢修弋冷冷地说：“你闭嘴。”

孟伊芸面对这位万千少女的梦中情人长叹了一口气，心里想着柯姣真不愧是“活菩萨”，能十年如一日地和这位离谱的面瘫巨婴和谐共处，并且直到现在都还没有被他气出心脏病。

“我这么和你说吧。”孟伊芸看着他，“谢佑识是你亲儿子吧？”

“嗯。”

“他和芷柠都是菠菜忍受十月怀胎的辛苦为你生的，都是你和菠菜爱情的证明和结晶，为什么你总是要偏心芷柠？”

“因为芷柠是女孩子，她还那么小，总需要多一些关注。”

“这个理由根本站不住脚啊！”孟伊芸说，“谢佑识身为哥哥，没有像有些孩子一样，觉得弟弟或者妹妹抢了自己本来应有的关注和宠爱，一直对芷柠很爱护。他年纪也很小，却已经懂得了这个道理。面对这么好的孩子，难道不应该更对他一视同仁吗？

“他们俩都是你和菠菜的孩子，有什么性别之分？你每次重芷柠轻佑识，你觉得菠菜看在眼里会开心吗？”

后面的芮优这时也加入了“讨伐”大军：“爸爸喜欢女儿这点我能理解，小伊芸没给我生出那对小魔王的时候我也在心里天天盼女儿。但既然老天爷要把这对小魔王赐给我，那我肯定还是得感恩戴德地接受并喜欢啊！这件事的重点难道不是这个娃是由你最爱的姑娘为你生的吗？”

孟伊芸欣慰地看着芮优：“今天你总算不是钢铁直男了。”

芮优摸了摸脑袋：“但我有时候还是想把那对小魔王扔出窗外，只是看在我老婆的面子上百般克制而已。”

孟伊芸无语。

谢修弋将好友们的话听进耳朵里，顿时陷入了更长时间的沉默。

孟伊芸这时又对他说：“老谢，将心比心，如果你是谢佑识，你的爸爸永远偏心妹妹，对自己和妹妹完全两副面孔，你心里会是什么样的感受？别看孩子年纪小，但其实他们心里都一清二楚。父母的行径会潜移默化地影响到他们今后的成长，你难道希望他以后也这样对自己的孩子吗？

“还有，他平时只是和妈妈正常互动，你都要像防贼一样防着他。你自己既不付出父爱，又不让他索取母爱，你难道希望你的小孩从小缺爱吗？

谢修弋听到这里，动了动唇，似乎有些欲言又止。

“先说好啊！”芮优这时终于不再蹲墙角，而是直接大摇大摆地推门走进来，“我对小伊芸的爱，绝对和你对菠菜不相上下。”

“你也不是不知道，咱家两个小魔王，可缠小伊芸了。”他抬手往门外的方向指了指，“恨不得整天挂在他们妈妈身上，跟树袋熊似的，但我也从来没喊他们离远点啊！”

谢修弋抬眸看向他：“为什么？”

“什么为什么？”芮优摊了摊手，“孩子依赖妈妈是太正常的事儿了，他们才多大啊？等他们以后长大了，自然会知道去追自己喜欢的女孩子，整天缠着自己未来的太太不着家，到时候啊，你想扯都扯不回来。”

“换句话说，你如果不把佑识当你的假想敌那样整天跟他吃醋，说不定他也会像依赖菠菜那样依赖你。”孟伊芸补充道，“你和菠菜都是他在这个世界上最亲的人，他不依赖你们还能依赖谁呢？”

直到此刻，谢修弋面无表情的脸上才终于流露出了一丝浅显的情绪。

那抹情绪，是懊悔，也是歉疚。

孟伊芸接着说：“我知道，你觉得男孩子理应早些承担责任，不像女孩子需要多护着点，多宝贝着点。可是培养坚强独立的男孩子跟给予他足够的父爱这件事本身并不冲突啊！”

芮优跟着说：“在给予他充分的父爱的同时，你也可以将他教导成一个顶天立地的男子汉。他不会因为你对他好就变得娇弱，他反而会将你给他的爱转化为今后对别人付出，这些你都可以亲自教会他。

“一个在充满爱意的环境中长大的孩子，会更懂得怎么样用爱去回馈这个世界。

“恕我直言，你不是个十分称职的爸爸，但谢佑识是个天性非常纯良的孩子，他说不定会包容你的幼稚和离谱。你非常爱菠菜没有错，但跟自己的亲儿子较劲是真的没必要。”

芮优拍了拍他的肩膀：“你应该把他变成你的友军，有两个男子汉一起疼菠菜，多好？”

孟伊芸在一旁笑了：“我可是被三个男子汉爱着的人，这种感觉简直让人沉醉。”

可怜的谢佑识小朋友刚进入梦乡不到两个小时，就被叫醒了。

他睡眼蒙胧地睁开眼，看到他的爸爸坐在他的床边，一张英俊的脸在柔和的灯光下显得比平时要温柔不少。

谢佑识条件反射地以为又要被爸爸骂了，揉了揉眼睛说：“爸爸，我刚刚没有偷吃妹妹的蛋糕……”

下一秒，他却听到谢修弋用那好听的嗓音说：“佑识，对不起。”

谢佑识愣了两秒，瞪大了眼睛。

谢修弋不是个善于表达的人，说完这句抱歉后，他又等了好一会儿，才勉强地冒了一句：“爸爸总是偏心妹妹，这样对你很不公平。”

谢佑识张了张嘴：“没关系，爸爸喜欢妹妹多一点我不会不开心的。”

谢修弋听了这话，心里更不好受：“为什么从来不跟爸爸闹脾气呢？”

谢佑识像个小天使般笑了起来：“因为我是哥哥啊！”

谢修弋看着这张酷似柯姣的脸，片刻后，他想要俯身去亲吻一下谢佑识的额头，但最终却只是摸了摸儿子的脑袋。

“以后爸爸会对你和妹妹一样好。”就在谢佑识快要睡着的时候，谢修弋才低声开口道，“爸爸也不会再阻拦你和妈妈亲近，还会抽出更多时间来陪你玩。”

谢谢你能生得如此宽容善良，让我这个当大人的反而惭愧万分。

谢谢这么好的你能够成为我的儿子。

谢佑识闭着眼睛，笑着点了点头：“好哦。”

过了许久，就在谢修弋以为谢佑识已经睡着，想要给他盖好被子离开时，他的小拇指却被谢佑识的小手轻轻地攥住了。

“我很喜欢爸爸。”小朋友在半梦半醒之间，呓语般地说道，“跟喜欢妈妈和妹妹一样喜欢。”

谢修弋抬手关了灯。

这样就没有人会知道，在这一刻，他的眼尾因为儿子的这句话，红得一塌糊涂。

等谢修弋从谢佑识的房间里走出来，他发现卧室的门已经打开了。他眼睛一亮，快步走进卧室，看到柯姣正靠坐在床头，似乎就是在等他进来。

见他出现，她抬起手，轻轻拍了拍床铺，示意他赶紧过去。

谢修弋简直是一步飞蹿了过去。

柯姣虽然假装严肃地绷着脸，但她天生就不是个严厉的人，一看到谢修弋那张可怜巴巴的帅脸，心就软了，率先开了口："想明白了吗？"

谢修弋一边小心翼翼地握住了她的手，确认她不会把自己甩开，一边轻而乖顺地点了点头。

"知道自己哪里错了吗？"

"嗯。"

"哪里？"

"不该对芷柠太偏心，应该对两个孩子一视同仁。"

"还有呢？"

"不应该和佑识争风吃醋，我不是个称职的好爸爸。"

柯姣欣慰地叹了一口气："看来还是朋友说话才管用，我和你好说歹说那么多回，你次次都当耳旁风，怎么芮优和伊芸一说你就听进去了？"

他哪敢说自己不听老婆的话，心念一转，直接道："因为芮优那个大老粗讲话实在太难听了，他哪像你那么温柔，听得人心里难受得慌，可能反而听进脑子里了。"

柯姣似笑非笑地看着他："所以你这人，就非得要跟你来硬的，你才肯放心上是吗？"

他将她的手贴在唇边反复亲了亲，虔诚又温柔地说："其实根本原因是我太害怕你不搭理我。"

她将他关在卧室门外的那一刻，他感觉天都塌了，一度都停止了思考……好不容易才缓过来，第一反应就是去对门搬救兵。

幸好救兵靠谱，好好给他上了一课，他下次一定找机会给对门的好兄弟们加个鸡腿。

柯姣望着他，发现自己好像真的没有办法对这个可爱的幼稚鬼大男孩动真气。

晚上那会儿她确实是有点儿生气，心里既失望又难过，但后来转念一想，为人父母不是件那么容易的事，他们会在这条漫长的路上不断地进行学习，和他们的孩子共同成长。

就算是她，和孩子们相处的时候也有不足的地方，只是他欠缺得更多一些罢了。

但今后的日子还长，她发自内心地相信，他们一定会成为更好的父母。

他这么聪明，一旦领悟之后，应该也会学得很快吧？

“你刚刚去跟佑识道歉了，对不对？”

“嗯。”

“他真的是个很好的孩子，你这么长时间以来一直偏心芷柠，但他从来都没有生过你的气。他只是偶尔会跟我说，希望你能多关注他一点就好了，哪怕只是一点点。”

“今后我一定会的。”

“我是他的妈妈，是你的妻子，今后他也会有自己的妻子，有你以身作则，他也会像你爱我一样爱那个姑娘的。”

“嗯，我会把他教成顶天立地的男子汉的。”

“所以说好了，你再也不要吃他的醋，说要把他早点送出国啦！”

“我知道。”谢修弋将她搂进怀中，亲了亲她的鬓角，“我会给他足够的父爱的。”

柯姣满意地笑了笑，刚想叫他上床来睡觉，就听到他又说：“一直到他上高中之后，再让他自己选择要不要早点儿出国。”

柯姣无语。

“或者等他上学的时候，我就教他怎么追求姑娘。”谢修弋得意扬扬地分享着自己刚刚想出来的好点子，全然没有发现老婆的脸又变了，“等他自己有了喜欢的姑娘，就不会整天缠着我的老婆了。”

柯姣怒道：“今晚还是得罚你睡书房！”

谢修弋魔咒

谢修弋从网络上的翻唱歌手转型成演艺行业当红天王之前的网名为 Djay。

出道前，他是万千少女魂牵梦萦的好声音；出道后，他英俊的外表和高冷的性格又使得这些女孩对他更着迷。

即便专情的他早早结婚，早早官宣了他心爱的姑娘是柯姣，都无法动摇他庞大的粉丝群体。

有些人甚至因为他在事业上升期宣布结婚的行为直接转变成他的粉丝，说他有担当有个性，是演艺行业少有的绝佳好男人。

不过，红遍大江南北的谢修弋，在他朋友们的嘴里却成了“面瘫巨婴”。

因为他对谁都冷着脸，可一看到柯姣就瞬间跟变了个人似的，恨不得变成挂件整天黏在她身上，撕都撕不下来，并且还会做出各种幼稚又离谱的事情。

这不，前段时间这位巨婴还跟自己的亲儿子整天吃醋较劲呢！后来是听了芮优和孟伊芸夫妇的话，才决定改过自新，跟儿子低头认错。

芮优拿跟其他人嘲笑了他整整两个星期。

然而，这样一位在大众面前和私底下完全是两副面孔，被友人疯狂吐槽的巨婴，却还是成为了其他所有男主角的公敌。

首先拿跟他们关系最亲近的芮优和孟伊芸来举例，孟伊芸虽然很了解真实的谢修弋是什么样的，但还是不止一次地感叹过：“巨婴的《今夜晓晓》确实最好听，我听过的所有版本没有一版能超过他的。”

作为动漫歌曲翻唱圈当之无愧的天王，芮优听到自己老婆这么说，自然立刻不满地拍案而起：“什么意思？我唱得难道不比他好听吗？我还给你唱了多语种版本呢！你自己说说，中文版、英语版还有日语版，我唱的哪个版本不比他的好听啊？我的日语版在首页挂了整整一个月的榜一好吗！”

孟伊芸答道：“你唱的哪个版本都没他的好听。”

芮优无语。

孟伊芸又说：“你的声音比他厚又比他高，所以唱不出他那种清冷撩人的感觉。”

芮优怒道：“我要离家出走了！”

孟伊芸回道：“哦。”

两米高的傻大个瞬间气短，哭丧着脸抱着孟伊芸哀求道：“老婆，你能不能多爱我一点？谢修弋这个巨婴到底有什么好的！”

再拿芮优的弟弟——演艺行业的三栖天王芮疏予和他的太太——演艺行业的天后桃心来举例。

芮疏予从形象、个性和能力各方面来看，都绝对与谢修弋不相上下。并且他身上还有一种与生俱来的王者气质，放在古装剧里来讲就是压倒性的至尊帝王气。

可即便桃心每天都从早到晚看芮疏予那张帅脸，只要每回见到谢修弋，还是会忍不住叹息道：“上帝造物的时候真是不公平，有失公平。”

芮疏予听到后，在旁边冷笑一声：“你告诉我，这个巨婴到底哪里帅了？”

“他哪里不帅啊？”桃心反问道，“你难道不知道人人都称赞他的五官是黄金比例吗？比用笔画、用尺量得还要精准的那种黄金比例，他也太会长了吧！”

芮疏予的脸一下就黑了。

桃心越说越起劲：“而且，他身上还有一种与生俱来的清冷的公子气儿，我看了演艺行业里那么多帅哥，都没在其他人身上看到过。”

芮疏予的脸已经难看得不能看了。

“对了！你有没有觉得他就像菠菜写的那本古代言情小说里的十皇子，

哎说到这个，为什么老谢不愿意去演戏呢？歌手去当演员的现在真的很常见啊！真的好可惜啊！我觉得十皇子就应该叫他来演啊！他比胡导找的那个男演员合适太多了好吗！你能不能去游说游说他……”

“桃心，你再跟我提这个巨婴。”芮疏予终于忍不住了，凑过去直接堵住了她的嘴，“今晚你就别想睡了。”

再来说说芮疏予的患难兄弟，演艺行业当之无愧的第一男演员江挽川。

众所周知，上到八十岁的老奶奶，下到七八岁的小女孩，没有人会不喜欢风华绝代的实力派男演员江挽川。

江挽川长相英俊，气质温和，年年能得所有电影节、电视节的最佳男主角，拿奖拿到手都软了。

然而江挽川也是位痴情的人，为了自己心爱的姑娘孟恬，毅然决然在事业顶峰时期宣布暂时息影，退居幕后结婚生子。

这样一位堪称十全十美、风度翩翩的美男子，却也躲不过“谢修弋魔咒”。

因为他的太太孟恬是谢修弋的忠实粉丝，还是从谢修弋还在网络上唱古风歌曲时就喜欢上了他的粉丝。

这导致每次江挽川见到谢修弋，都会绵里藏针地暗讽他几句，诸如“你什么时候准备不唱了”“要不早点退休回家带孩子吧”“现在新生代男歌手那么多，你前浪早该死在沙滩上了”等等。

但作为一名无可救药的老婆奴，他还是会咬牙切齿地带着孟恬去看谢修弋的演唱会，并全程忍受一向温柔内敛的孟恬在自己身边尖叫。

演唱会结束，他还会带孟恬去后台找谢修弋，让谢修弋给她在海报上签名，顺便留下合影。

天知道他有多么想掐死在后台用意味深长的眼神看着自己的谢修弋。

没办法，他只是平平无奇的老婆奴罢了！他再讨厌也只能带老婆来看他啊！

这世上还有一位男士也饱受“谢修弋魔咒”的摧残。而这位男士还是所有男士里最无所不能的一位，他位高权重，一手遮天。

没错，他就是现任克伯宫的首席瞿溪昂，人称大帝。

在众人看来，身为一个国家之首的瞿溪昂，是不应该有软肋的。可是他有，他真的有，因为他太太菱画跟孟恬一样，也是谢修弋的忠实粉丝。

当年瞿溪昂千里迢迢带着十二份礼物跨国去求菱画回心转意时，其中一件礼物就是谢修弋亲笔签名的实体专辑，还有一件礼物是谢修弋儿子谢佑识的儿童画。

这件事一直被谢修弋拿来反复调侃瞿溪昂：“没想到有人追妻还要用我的专辑和我儿子的画助力，真是荒唐。”

说一次两次，瞿溪昂通常不会搭理他。但说得多了，他被说毛了，就会面无表情地看着他问：“你是以后不想在A国开演唱会了是吧？”

谢巨婴动了动唇，不说话了。

确实，瞿溪昂动一动手指，就能让他在A国任何一个角落都开不了演唱会。不仅如此，说不定还能把他全家直接扫地出门。

不要脸的瞿溪昂回到家，就听到菱画对他说：“我听菠菜说，谢修弋他们想举办一场有史以来最大规模的古风圈线下演唱会。”

瞿溪昂的脸瞬时呆住了。

菱画接着说：“他们会请所有古风歌手齐聚一堂，宣扬古风文化，最后收来的门票钱全部捐出做公益，他们自己丝毫没有盈利。”

瞿溪昂问：“所以？”

“这么有意义的活动为什么不让批？”菱画瞪着他，“我今天问了克伯宫的其他人才知道，是你一直压着不让这个活动过审，为什么？”

瞿溪昂冷笑一声：“他想开就开啊？他们想要的那个场馆当天早就被预定做别的商务活动了，根本没戏。”

“那你把克伯宫的后花园让给他们。”菱画说，“就是那个专门用来接待外国来宾的大礼堂。”

那个后花园是瞿溪昂用来举办大型活动的场地，可以说是尊贵异常，也是他自己御用的地盘。

一听这话，瞿溪昂更不高兴了："凭什么？他一个小小的演唱会要用到后花园那么高级的地儿吗？"

"整个市里没有其他更大型的场馆可以用了，更何况后花园并不是不能用来做其他非官方的商务活动，之前也是有过先例的。再说谢修弋是你的好朋友，你帮他一个忙怎么了？"

菱画抱着手臂，丝毫不给大帝面子："你可别忘了，当年你把我追回来，人家可是功不可没。没有他的帮助，能有你今天的幸福生活吗？"

瞿溪昂一脸不快，刚在脑子里盘算着怎么能给谢修弋再穿穿小鞋，就听到菱画又说："他这个活动我们俩都得出席，我是必须要去的，所以你别想给我耍什么小心机。"

瞿溪昂无语。

"明天我就让他们把这个项目的审批交给我，你要是不批，从今天开始就别想进卧室睡觉了。"

瞿溪昂怒道："我一定要把谢修弋逐出 A 国。"

谢修弋，全部男主角之公敌兼魔咒也，必群起而诛之！

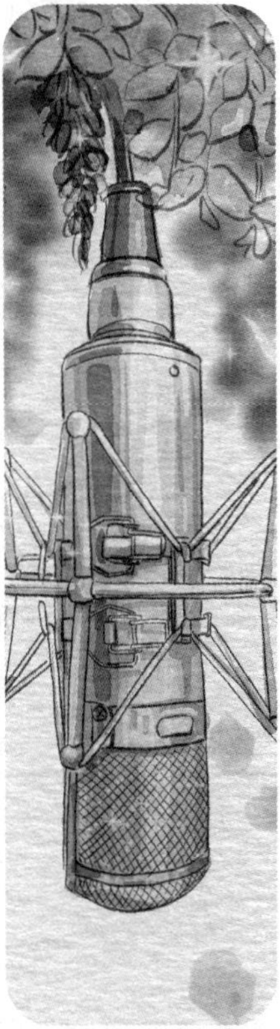

后记

二零一五年，我因为接触并喜欢古风圈和翻唱圈而写下了这本《你听得到》。

我会创作这个故事的契机，是因为那段时间我十分沉迷听各种古风歌曲和翻唱歌曲，也有幸结识了不少优秀的古风歌手和翻唱歌手，还尝试自己举办了 YY 歌会、邀请各路歌手来参加。

所以书中的有些情节都是我自己亲身经历过，有所依据而设计出来的，每当回看，也会让我自己回想起那段钟情古风圈和翻唱圈的快乐时光。

写作十年，我的许多读者都曾告诉过我，他们非常喜欢谢修弋（Djay）。每回我只要在微博上发起我写过的所有男主角里谁最受欢迎的投票，谢修弋毫无悬念总是拔得头筹。

我总会忍不住问我的读者们，为什么你们都会那么喜欢谢修弋呢？

毕竟自恋地说，我写过的男主角其实个个都挺帅的，霸总、特工、演员、数学老师……各种类型都有，并且像《你听得到》这样通篇甜蜜的小甜饼也并非唯一，但大家似乎都特别专情于这个故事。

他们每个人都会告诉我："因为谢修弋很反差萌啊！"

你看，他在外人面前总是一副高冷的模样，可是一到他心爱的姑娘柯姣面前，他就会立刻变身为巨婴，做出一些幼稚又离谱的事，朝着柯姣没有底线地撒娇，不觉得这样的他特别可爱吗？

他还愿意给她的书配音广播剧，停电了搬着电脑在楼道给她唱歌为她庆生，还用那样性感的嗓音为她唱《今夜晓晓》这样煽情暧昧的歌……无论是哪个行为，都足以让人心跳加速好吧！

还有一些人会告诉我："桑桑，我是因为《你听得到》这本书认识你、知道你的，看完这个故事的时候真的觉得很心动。"

每当听到这些话，我都会觉得，当时的我能够凭借一腔热血和冲动写下这本书，记录下那段时光我对古风圈和翻唱圈的喜欢，真是太好了；我能让大家看到谢修弋、柯姣、芮优和孟伊芸这些可爱又生动的角色们，能将我看到的那些歌手的才华投入角色中，真是太好了。

《你听得到》在二零一五年出版后，有幸受到大家的喜爱，这些年都已经快要买不到了。不少读者都给我发了私信，问我什么时候能够有机会再版，有些新读者还说觉得很遗憾错过了这本书，并且当年亲笔签名的数量也很少，非常想要拥有一本有我签名的新版书。

而在时隔七年后的今年，承蒙宏泰恒信团队的肯定，我终于能够有机会让谢修弋和柯姣以一个全新的面貌与大家相见，为大家弥补当年数量不足的签名，另行增加特别签名，并且能够为他们续写全新的番外。

这个故事与大家初见时，你们中的很多人还在念初中、高中，我才刚大学毕业，谢修弋也才刚决定离开网络世界、以现实中歌手的身份与柯姣相守终生。

而现在七年过去，当初陪伴我的老读者们都已工作、成家、生子，新读者们正在上学念书，而我早已成家立业，谢修弋和柯姣更已经为人父母，他们与他们的孩子共同成长着，并继续坚持着自己热爱的事业。

时间真是这世上最奇妙的东西，它可以改变那么多，改变年龄、阅历、想法、心境。

而似乎这七年唯一没有改变的是，我依然还在写故事，而你们依然还在看我写的故事。如同谢修弋和柯姣一样，我依然还在坚持着我的热爱，并且一点儿都没有动过要放弃的念头。

人的一生十分短暂，如果喜欢那就坚持吧！不要畏惧困难，勇往直前！

同时，我也希望能有更多的人，能够因为这本书去了解古风圈和翻唱圈，圈子里有不计其数的优秀的歌手，他们像谢修弋、芮优一样，拥有着美妙的嗓音，唱着好听的歌曲，治愈着许许多多的人。

如果这个故事，曾为你们的生活带来过哪怕一丝亿豪的快乐和温暖，那也是我的荣幸。

谢谢你们，愿意喜欢谢修弋和柯姣。

谢谢你们，愿意喜欢这个故事。

谢谢你们，愿意认识桑玠，陪伴桑玠。

2022年10月15日

桑玠于上海